| 전규호 에세이 제4집 |

느리고 불편함이 보약이다

全圭鎬 著

明文堂

서문

2015년 4월에 필자의 수필 3집 "행복의 씨앗"을 출간하고 오늘 본 수필 4집을 출판사에 상재上梓했으니, 꼭 3년 6개월 만이다.

3집 "행복의 씨앗"은 책명과 같이 주로 부자가 되고 귀인이 되어서 멋진 인생이 되는 길을 안내한 글이고, 또한 각 편 속에 "시서화詩書畵"를 넣어서 쓴 수필로, 이는 대한민국의 수필 중에서 처음으로 시도한 수필의 세계라 할 수 있다.

이번에 쓴 수필 4집은 '순수 수필 · 의인 수필 · 기행 수필' 등이다. 순수 수필은 필자가 살아가면서 어느 날 머릿속에 언뜻 지나가는 깨달음을 모은 것이고, 의인 수필은 처음 시도하는 수필로, 의인義人은 국가의 위난시대에 많이 나오지만, 요즘같이 평화로운 시대에는 나라를 구하는 의인은 나오지 않으나, 그러나 평생 동안 성실하게 이 세상을 살아가면서 혹 재정에 여유가 생기면 주위를 돌아보아 도움을 줄줄 아는 사람들이 있으니, 이런 사람을 태평시대의 의인으로 보고 찾아서 수필화한 것이다.

필자는 오래전부터 우리의 영산인 백두산을 올라가 보고 싶었고,

또한 백두산 기행문을 한 번 써 보고 싶었는데, 2017년 9월 18일에 필자 칠순 기념으로 백두산을 등정하였고, 또한 북간도를 돌아봤다.

필자는 북간도를 돌아보면서, 모든 영업장의 간판과 이정표가 한글로 표기된 것을 보고 '중국에도 한국이 존재한다.' 는 것을 알고 많은 감명을 받았다. 실로 가슴이 뛰는 벅찬 여행이었다. 그리고 중국의 서성書聖인 왕희지의 고택 기행과 퇴계 이황 선생께서 어려서 공부했다는 산인 청량산 기행 등은 모두 수년을 준비하여 실행에 옮긴 쾌거이다. 북한에 있는 금강산과 묘향산 등 명산의 기행문도 함께 싣고 싶었지만 갈 수 없는 곳이기에 다음 수필 5집에 수록했으면 좋겠다.

필자는 동양 사상을 전공한 사람으로, 수필 하나하나에 동양 사상을 넣어서 썼으니, 이는 개화기 이후 우리 교육이 서양 사상을 중심으로 하여 교육하므로, 동양에 살면서 우리의 고유 사상인 동양 사상을 모르는 사람이 너무 많다. 그러므로 이들이 이 수필집을 읽으면 자연적으로 금과옥조와 같은 동양 사상을 습득할 수 있을 것 같아서 이를 기대하면서 심혈을 기울였다.

이 수필도 제3집과 같이 "시서화詩書畵"를 넣어서 독자들이 지루하지 않게 하려고 노력했다.

끝으로 출판에 응해주신 김동구 도서출판 명문당 사장님과 심혈을 기울여 편집해준 이명숙 님께 감사의 말씀을 드린다.

2018년 10월 2일

순성재循性齋에서 홍산鴻山 전규호全圭鎬는 기록한다.

차례

의인 수필

기행 수필

사자성어의 교훈

순수 수필

느리고 불편함이 보약이다

우리의 역사는 장구한 세월을 통하여 발전하여 왔으니, 그러므로 우리들은 언제나 생활의 편리함을 추구하고, 그리고 부유함과 장수함을 추구하며, 그리고 국가적으로 말하면 부국강병富國强兵이 모든 위정자들의 최종 목표였다고 볼 수가 있다.

이렇게 장래의 희망과 자신의 부귀함을 위해서 부단히 노력하다 보니 어느새 새롭고 편리한 기계가 발명되어서 사람들의 생활을 편리하고 윤택하게 만들었다고 볼 수가 있다.

국가적 차원에서 말하면, 국가가 언제나 부국강병을 부단히 추구하다 보니, 토기시대에서 석기시대가 되고 석기石器에서 동기銅器시대로 발전하였으며, 그리고 철기시대로 발전하였으니 철기의 단단하고 뾰족한 무기를 사용하여 강병强兵을 만들어서 세상을 지배하는 시대가 몇천 년간 지속되었으니, 이때는 동양이 서양을 압도하는 시대이었다. 그렇기에 몽고의 징기스칸이 세계를 지배하였고, 산업은 중국을 중심으로 발전하였다고 본다.

그러나 근고近古에 이르러서 서양에서 화약과 총포와 기계가 발전하면서 동양의 나라들이 모두 서양에 지배를 당하는 시대가 되었으니, 이때에 일본이 서양의 문물을 먼저 받아들이고 총포를 만들어서 무력을 앞세우고 조선을 일본에 합병하였다. 서양의 문물을 일찍 받은 덕택에 일본이 36년 동안 조선을 지배하게 되었던 것이다.

이렇게 기계의 발명이 각국의 명암을 갈랐는데, 이제는 동양의 각국들도 서양의 문물을 받아들이고 첨단 기술을 발전시켜서 말 그대로 군웅이 할거하는 시대가 되었다고 본다.

우리나라는 남북으로 나누어진 작은 나라지만, 반도체 기술을 발전시키고 조선과 철강 등을 발전시켜서 세계의 10위 안에 드는 부강한 경제대국이 될 수 있었으니, 이는 모두 기술을 발전시킨 덕분이 아닌가 하고 생각한다.

필자는 아파트에 살면서 문득 편리한 생활에 놀라는데, 무슨 말인가 하면, 필자가 어려서는 아침에 일어나면 물 지게를 지고 샘에 가서 물을 지고 와서 밥도 짓고 소죽을 쑤기도 하고 세수도 그 물을 따라서 하였는데, 오늘날은 방에서 나와서 그 옆에 있는 화장실에 가서 대소변을 해결하고, 그리고 수도를 틀면 언제나 찬물도 나오고 따뜻한 물도 콸콸 나오니, 이처럼 편리함이 어디에 있겠는가!

그리고 버튼을 누르면 문이 활짝 열리고 또 버튼을 누르면 문이 닫히기도 하며, 리모컨의 버튼을 누르면 TV가 켜지고 에어컨이 켜지며, 자동차를 운전하고 하루에도 1000리를 왕복하고, 비행기를 타면 하루에 중국의 베이징이나 일본의 도쿄를 왕복할 수 있는 시대이니, 이러한 편리함을 이용하여 타국에 가서 관광도 하고 일을 보기도 하는 그야말로 초고속시대가 열린 것이다.

그러나 이러한 편리함 때문에 병에 걸리고 건강을 해치는 경우가 많으니, 일례로 예전에는 박을 심어서 바가지를 만들고, 그 바가지로 물을 떠먹는 용기로 사용하였으므로, 인체에 그 어떤 위해를 가하진 않았으나, 요즘은 PVC로 만든 값싼 바가지와 그릇을 팔기 때문에 어느새 우리네 생활 속에 PVC로 만든 용품이 넘쳐나게 되었고, 그로 인하여 PVC에서 나오는 독성으로 인하여 많은 질병을 얻기도 한다.

경찰청의 통계에 따르면, 2016년 220,917건의 교통사고가 발생하여 1일 평균 603.6건의 사고가 난 것을 알 수 있으니, 자동차는 많은 사고를 유발하고 많은 인명을 앗아가는 괴물이 된 지가 오래되었고, 더구나 자동차가 있기 때문에 걷지를 않아서 운동부족으로 인하여 질병을 앓는 경우가 많다.

전화기 역시 예전에는 집에 한 대만 놓고 송수신을 하였으므로, 전화기에 의한 피해는 없었던 것으로 안다. 그러나 이제는 핸드폰이 나와서 우리나라에 사는 모든 사람들이 핸드폰을 가지고 다니니, 내

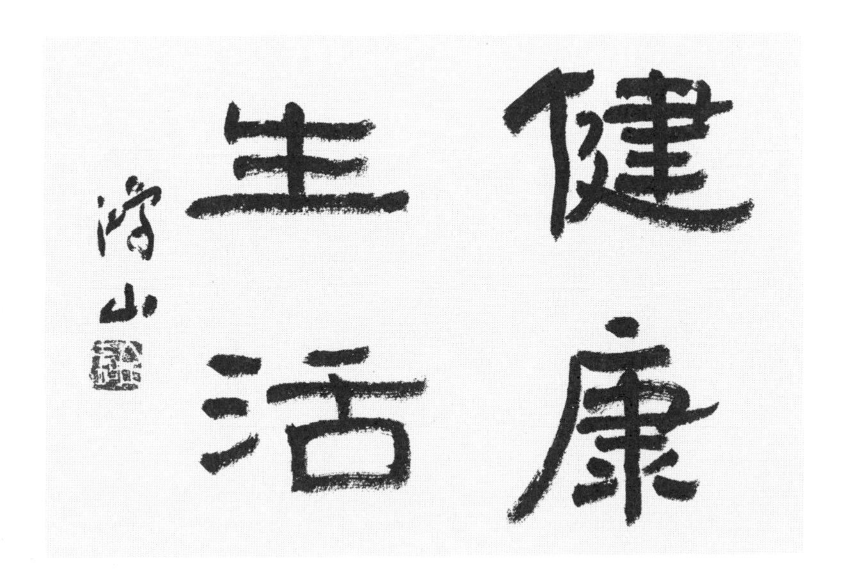

가 어디에 있든 간에 전화를 받을 수가 있으며, 더구나 사업을 하는 사람은 이 핸드폰 한 대만 가지고 다니면 모든 일에 응대할 수가 있어서 편리하고 좋다.

그러나 이 핸드폰은 많은 전자파를 발사한다. 요즘 젊은이들은 길을 가든 지하철을 타든 간에 이 핸드폰을 켜고 보고 있으니, 쳐다보는 눈이 혹사함은 물론 전자파로 인한 질병이 많아질 것은 명확관화明確觀火하다.

그러므로 빠르고 편리함은 좋지만, 느리게 살고 불편하게 사는 것도 우리의 건강생활에는 보약과 같이 활력이 된다는 것을 알아야 한다.

옥수수

옥수수라는 이름은 옥과 같이 반짝반짝 빛나는 수수라는 곡식인데, 언뜻 생각하면 강원도가 생각나고 또한 야산에 심어져 있는 옥수수밭을 연상하게 된다.

필자는 1969년 8월 초에 입대하여 논산훈련소에서 훈련을 받고 103보충대에서 인제군 천도리에 있는 ○○포대에 전출이 되었고, 그리고 1971년 7월 말까지 이곳에서 근무했는데, 이곳은 산과 내만 있는 곳이고, 백두대간의 중심 맥으로 금강산 일만이천봉의 하나인 '향로봉' 이 있는 곳이다.

이곳은 논이 적으니 야산을 개간하여 감자와 옥수수, 콩과 조를 심어 주식으로 삼아 생활하는 곳이다.

향로봉 아래에는 '편지볼' 이라는 마을이 있는데, 이곳은 제4땅굴이 있는 곳으로, 필자가 군에 있을 때는 이곳에서 파는 술이 유명

했다. 제대하고 사회인이 되어서 아내와 함께 제4땅굴을 관람한 기억이 있는데, 민통선 안에 있는 마을이라 그런지는 몰라도 집들이 페인트로 도색을 안 해서 매우 허술한 집으로 보였다.

앞에는 소양강이 흐르는데, 물이 너무 맑고 차가워서 물에 발을 담그고 1분 이상을 있기가 어려우니, 이는 발이 시려서 얼어붙을 것 같기에 그런 것이다.

필자가 군에 있을 당시에 '소양강 처녀' 라는 노래가 유행했는데, 소양강에서 낚시를 하면서 이 노래를 부른 기억이 있다.

필자는 통신과에 근무했으므로, 어느 날 보선補線의 임무를 받고 외출하여 어느 마을에 가서 강냉이밥을 해달라고 했더니 주인이 하는 말이,

"강냉이밥은 없고 감자밥은 있습니다."

고 해서 이를 얻어먹고 온 일이 기억난다. 그 뒤에 중국에 갔는데, 그 광활한 대지가 온통 옥수수와 밀 뿐인 것을 보고 안내양에게 이 많은 옥수수를 어디에 쓰냐고 물었더니,

"가축의 사료로 씁니다."

고 하므로, 할 말을 잊은 일이 있다. 왜냐면 우리나라의 경우에 논밭에 곡식을 재배하여 가축에 주는 경우는 아주 드물기 때문이고, 너무 의외의 대답을 들었기 때문이다.

필자의 아내는 옥수수를 너무 즐겨먹기에 올해는 옥수수를 많이 심어서 아내에게 선물을 해야겠다고 생각하고 씨앗을 뿌렸는데, 봄의 날씨가 너무 가물어서 씨가 잘 서지 않았고, 그리고 가뭄으로 잘 자라지 않았다. 그러나 봄이 다 갈 무렵에 태풍이 찾아와서 비가 오기 시작하여 비로소 밭에는 생기를 얻을 수가 있었으니, 나는 옥수수에 비료를 주고 잘 가꾸려고 많은 노력을 기울였다.

가을이 되어서 익은 옥수수를 따다가 아내에게 주었더니, 아내가 하는 말이,

"나는 평생 이렇게 맛있는 옥수수는 처음 먹어봤다."

고 하였다. 사실 이 옥수수는 지난해 대전의 교정청에 근무하는 큰아들이 옥수수 한 자루를 보내와서 먹어보니 너무 맛이 좋아서 씨를 조금 남겨두었다가 올해에 심어서 수확한 옥수수이다.

그런데 끝물 옥수수를 수확해보니, 이빨 빠진 것처럼 듬성듬성 박힌 옥수수가 많이 보였다. 필자는 이를 보고 많은 것을 깨닫게 되어서, 오늘 여기에 옥수수의 수필을 쓰는 것이다.

우리가 보기에 미물에 불과한 하나의 풀인 옥수수이지만, 처음에 열린 옥수수는 알이 꽉 차서 보기도 좋고 먹기도 좋았다. 그러나 끝물의 옥수수는 거름이 모자라서 옥수수 전체를 보기 좋게 다 채우지

못하고 결국에는 여기저기에 하나씩 알을 박아놓아서, 좋은 상품은 되지 못하였다. 그러나 후세에 옥수수가 될 씨앗을 남겨놓으려고 무척이나 노력한 것을 볼 수가 있었으니, 이는 씨앗을 남겨놔야만 다음 해에 자신의 씨앗이 다시 싹을 틔울 수 있기 때문이고, 이렇게 해야만 옥수수가 앞으로 이 지구상에 계속 남아서 후대를 이어가면서 지구를 충만하게 채울 수 있기 때문이다. 이는 미물에 불과한 하나의 풀이지만 있는 힘을 다하여 1년 동안 한 일이 결국 씨앗, 즉 후손을 남기는 것이라는 것을 깨달았다. 그리고 최후의 일각까지 한 톨의 옥수수라도 만들려고 노력한다는 것이니, 필자는 이러한 노력을 '성(誠 : 정성을 들임)' 이라는 한 자로 이해하면 어떨까 하고 생각한다.

'성誠' 이라는 말은 우리 유가儒家에서 가장 중요시 하는 용어이니, 성誠에서 인仁도 나오고, 예禮도 나오고, 의義도 나오고, 지智도 나온다. 성誠이 없으면 이 세상은 돌아가지 않고, 세상이 돌아가지 않으면 지구의 모든 만물이 죽음에 이르는 것이니, 성誠이야말로 진정 이 세상을 지키는 보루인 것이므로, 옥수수는 이 성誠을 지키려고 그렇게 노력했던 것이다.

일 년 동안
무던히도 노력했지
비가 오면 온대로
비가 안 오면 안 온대로

거름이 있으면 있는 대로
거름이 없으면 없는 대로

누가 시킨 것인가
누가 가르친 것인가
아니야! 아니야!
시킨 것도 아니고
가르친 것도 아냐.

그럼 무엇인가
자연을 따라
그렇게 된 것이니
해님을 따른 것이고
달님을 따른 것이라네.

더 큰마음에
더 위대한 마음에
자연을 따라 산 것이
자연을 지키는
보루가 되었지.

도토리

상수리나무와 도토리나무는 사촌쯤 되는 나무라고 하면 된다. 왜냐면 숯을 굽는 나무는 본래 상수리나무(참나무)로 하나, 도토리나무도 숯의 재료가 된다. 그리고 묵을 만드는 재료도 상수리로 만든 묵과 도토리로 만든 묵, 모두 '도토리묵' 이라 하며, 이를 만들어서 먹기도 하고 팔기도 한다.

이웃집 아주머니 왈,

"도토리를 주워서 껍질을 벗겨서 냉동고에 넣었다가 필요할 때에 꺼내어서 믹서에 갈아 전煎을 부쳐 먹으면 도토리의 떫은맛이 밀가루와 믹서가 되어서 아주 맛있는 음식이 됩니다. 어제께 사위가 와서 도토리 전을 만들어주었더니 꽤 좋아하던데요!"

고하기에, 나도 언제 도토리를 주어다가 전煎을 부쳐먹어야겠다고 생각하였다.

사실 도토리의 떫은맛(탄닌)은 설사하는데 특효약으로, 필자는 몸이 냉한 체질로 설사를 많이 하는 사람이기에 가을에 산에 올라갈 때에는 도토리를 주워서 먹기도 하고 호주머니에 넣어가지고 와서 탁자에 올려놓을 때가 많은데, 며칠이 지나면 언제나 벌레가 생겨서 밖에 내다 버리곤 하였다. 즉 도토리가 나의 몸에 필요한 물건임은 사실이나, 이를 보관하는 방법을 몰라서 언제나 내다 버렸던 것이다.

오늘은(2015. 9. 6) 일요일인지라 별로 할 일도 없고 해서 배낭을 메고 뒷산(수락산)에 올라가서 도토리를 주우려고 한다.

아내는 교회에 가고 나는 집에 홀로 남아서 TV를 본다. 요즘 젊은이들이 나오는 프로가 많은데, 나이가 지긋한 나에게는 별로 도움이 되지도 않고, 그리고 수준 낮은 이야기로 떠들 때는 짜증이 많이 난다. 그래서 난 가수들이 노래하는 프로를 많이 시청하는 편인데, TV가 필자 좋으라고 항상 노래만 불러주지는 않기 때문에 잽싸게 TV를 끄고 배낭을 메고 아파트 상가의 가게에서 '서울 막걸리' 한 통을 사서 배낭에 넣고 안주로 사과 하나를 넣고서 산에 오르기 시작했다.

사실 필자는 도토리를 주워본 기억은 별로 없고, 상수리는 어렸을 적에 많이 주운 것으로 기억한다. 그러나 군대를 제대하고 타향

살이를 시작한 이래로 도토리를 주울 목적으로 산에 간 적은 없다. 그러나 오늘은 도토리를 주우러 산행하는 날이니, 뭐 특별한 날이라면 특별한 날이 될듯싶다.

집 뒤 수락산 발곡봉 골짜기에 건폭乾瀑이 하나 있는데, 이 폭포수는 여름에 비가 많이 오면 제법 근사한 폭포가 되지만 날이 가물면 금방 마른 폭포가 된다. 지금으로부터 약 20여 년 전에 필자가 그 폭포수를 발견하고 이름을 필자의 호를 붙여서 '하담폭포'라 하고, 이에 대하여 수필을 써서 필자의 수필집《똥장군》에 발표한 적이 있는데, 필자는 이곳을 잘 앎으로 이곳을 향하여 올라갔다.

특이한 것은 우리나라의 산에는 참나무와 도토리나무가 많다는 것이니, 어느 산을 가도 도토리나무와 참나무는 많다. 이곳 발곡봉 골짜기에도 도토리나무가 즐비하게 하늘을 찌를 듯이 서 있는데, 필자는 우선 물이 흐르는 개천으로 내려가서 도토리를 줍기 시작했는데, 내에는 풀이 없으므로 눈에 잘 띄어서 많은 도토리를 주울 수가 있었다.

골짜기의 도토리나무 밑으로 가니 '청솔모'가 도토리나무 위에서 도토리가 열려있는 나뭇가지를 끊어서 땅에 떨어뜨린 것이 즐비하게 많아서 그 도토리를 많이 주울 수가 있었다.

사실 '청솔모'라는 동물은 필자가 어렸을 때에는 없던 동물인데, 아마도 어느 누구에 의해서 외국에서 반입이 된 동물인 듯싶다. 그런데 이 청솔모는 다람쥐처럼 나무를 잘 타고 다니는 동물이다.

어느 날 고향에 내려갔는데, 청솔모가 호두나무에 올라가서 익지도 않은 호도를 다 따다가 땅에 묻었으므로, 어느새 호두나무에는 호두가 한 개도 없어서 농가에 많은 피해를 주기도 하였다. 면사무소에서는 이 청솔모를 없애려고 청솔모 가죽 한 개를 가져오면 일금 5000원을 준다고 하였으나, 결국 청솔모를 없애는 정책은 실패를 하였고, 청솔모는 우리나라의 전국에 퍼지고 말았다. 그래서 사람에게 전혀 무익한 동물인 줄만 알았는데, 오늘 필자는 청솔모 덕택에 나무에 오르지 않고 나무 밑에서 파란 도토리를 줍고 있으니, 청솔모도 쓸 때가 있다는 것을 새삼 깨달았다.

필자는 오늘 도토리를 주우면서 깨달은 것이 많다. 나무에 있을 때는 파란색이던 도토리가 땅에 떨어진 뒤에는 갈색으로 변하는데, 이는 가랑잎과 똑같은 색으로 사람이나 짐승의 눈에 잘 띄지 않는 색으로 변하는 것이니, 인지 능력이 없는 한 개의 씨앗이지만 자신을 보호하는 색으로 변환한다는 것이 너무나 신기했다. 그리고 건조한 곳에 떨어진 도토리는 금방 벌레의 공격을 받아서 벌레의 먹이로 변하지만, 습한 곳에 떨어진 도토리는 금방 땅속에 뿌리를 내리고 있는 것을 볼 수가 있었으니, 이는 도토리나무가 자신의 씨를 퍼뜨리려고 노력을 하는 것으로, 땅에 떨어뜨릴 때는 낙엽의 색인 갈색으로 변환시키고, 그리고 습한 곳에 있는 도토리는 금방 뿌리를 내리게 하여 번식을 하고 있다는 것을 깨달았으니, 생명의 오묘함은 말로 다 말할 수가 없다.

어느 누구는 '산짐승의 먹이인 도토리를 사람이 다 줍기 때문에 산짐승은 먹을 것이 없다.' 라고 하는데, 필자가 산에 가서 도토리를 주워보니, 이런 말은 기우가 아닌가 생각하였다. 왜냐면 그 많고 많은 나무들이 모두 열매를 맺어서 가을이 되면 익어서 떨어지는 씨앗이 있는가 하면 나무에 대롱대롱 달려있는 씨앗도 있고, 뿌리에 영양을 내려서 땅속에 보전하고 있는 초목도 있으며, 그리고 파란 잎도 모두 짐승의 먹이이므로, 숲이 우거진 산이라면 짐승이 먹을 것은 천지에 널려있다고 봐도 좋을 것이기 때문이다.

도토리를 줍다 보니 바로 옆에 영지버섯 두 개가 나란히 서 있었다. 필자는 눈이 번쩍 뜨여서 영지를 급히 캐었는데, 이 영지는 추사 선생의 그림에도 소개된 영지靈芝라는 버섯으로, 신선들이 먹는 선약仙藥이라고 한다. 굳이 효능을 말한다면, 면역력을 높여주고 해독을 시켜주며 혈액순환을 잘 시켜준다고 한다. 필자가 먹어본 바로는, 영지의 맛은 쓰기 때문에 심장으로 들어가서 심혈관계의 질병에 좋지 않나 생각한다. 대체로 말해서 여자의 병 치료는 피를 맑게 해주고 순환을 시켜주는 것이 제일인데, 이 영지는 심장, 즉 피를 맑게 해주는데 특효가 있지 않나 하고 생각하였다.

여하튼 이 영지는 참나무나 도토리나무 뿌리에서 나온다. 그렇다면 도토리나무는 태우면 숯이 되고 썩으면 영지가 되며, 열매는 영양을 보충해주고 사람의 병을 치료해주며, 그리고 나무는 화목으로 쓰기도 한다. 물론 나뭇잎도 불을 태워서 밥을 지을 수도 있고 방을 따뜻하게 만들 수도 있으니, 하나도 버릴 것이 없는 고마운 나무임

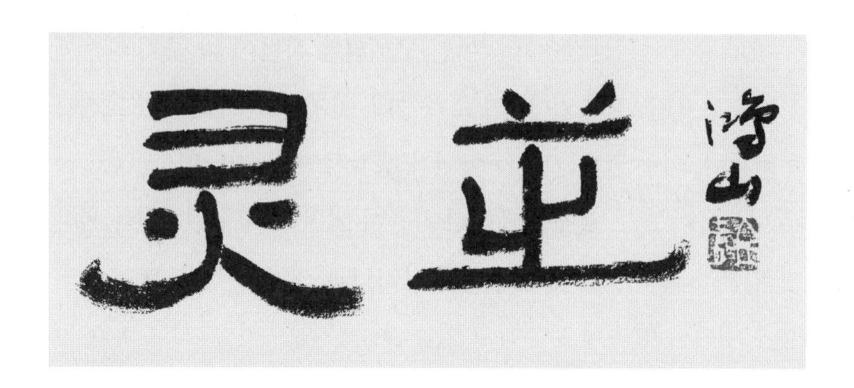

에는 틀림이 없다.

어느덧 배낭에 가득 도토리를 채웠다. 그래도 산에는 도토리가 널려있어서 그냥 집으로 돌아가기가 서운했다. 그러나 이 많은 도토리가 다 나의 것은 아니지 않은가! 누가 뒤에 와서 주워가도 좋고 산짐승이 주워다가 저장을 해도 좋을 것이다. 딱히 임자가 없는 공동의 물건인 것이다. 그러나 도토리나무의 원 뜻은 자신의 씨를 이 땅에 많이 심어서 천년만년 살아가는 것이니, 그래야 이 세상이 유지되고 우주가 생성되는 것 아닌가!

우리가 살아가는

지구에는

산이 많고

물이 많고

나무가 많고

공기가 많다.

우리가 살아가는
지구에는
금이 적고
은이 적고
옥이 적고
보화가 적다.

많은 것은 천하고
적은 것은 보배롭다.
그러나
천하고 싼 것으로
몸을 보지하고
건강을 유지한다.

밤 줍기

밤〔栗〕하면 우선 제사상에 올리는 밤을 연상하게 된다. '조율시이棗栗柿梨' 라 하는 용어가 있는데, 이는 제상에 올리는 과일의 순서를 말하는데, 제일 왼쪽에 대추를 올리고 다음에 밤을 올린다. 왜 이런 순서를 정했는가 하면, 대추는 씨가 하나이니 제왕을 뜻하고, 밤은 한 송이에 밤 3개가 들어있으므로 삼정승을 뜻해서 두 번째가 된다는 것이며, 감은 씨앗이 6개가 들어 있으므로 6판서에 해당하여 세 번째이고, 배는 씨가 8개이니 8도를 뜻해서 네 번째가 되며, 나머지 과일은 순서가 없으나 농부가 1년 내내 정성을 들여서 키운 수박 같은 과일을 좌측에 올리고, 제과회사에서 만든 과자는 비교적 정성이 덜 들어간 것이니, 맨 우측에 올리는 것이다.

밤꽃이 피는 시기는 6월에서 7월 사이에 피는데, 향기가 아주 짙고 꿀이 많이 들어 있어서 밤꽃이 피면 벌들은 밤꿀을 채취하기에 무척 바쁘다.

양봉업자들이 봄이 되면 꽃을 따라다니며 꿀을 채취하는데, 처음에는 아카시아꿀을 채취하고, 다음에는 밤꿀을 채취한다. 아카시아꿀은 꽃의 색과 같이 흰색에 약간의 노란색이 가미된 색으로, 희멀건한 색이라고 하면 되는데, 그래서 꿀의 향기도 짙지 않고 옅은 편이다. 그러나 밤꿀은 색이 밤색을 띄고 향도 짙으며 꿀의 효과도 아카시아보다 훨씬 좋아서 가격도 비싼 편이다.

가을 9월이 되면 밤송이가 터져서 밤이 떨어지는데, 이때는 더위도 한풀 꺾이고 제법 시원한 바람이 불어서 무더위에 흘러내리던 땀도 이때에는 흐르지 않아서 좋다. 이때는 사과와 복숭아가 발갛게 익고, 논의 벼는 누렇게 익으며, 감나무의 발갛게 익은 홍시는 따스한 가을 햇살에 한껏 멋스런 몸매를 자랑한다. 이쁜인가! 상수리와 도토리도 떨어지고 박과 호박도 초가지붕에 주렁주렁 매달린다.

필자는 생전 처음 지인과 같이 밤을 주우러 양주의 어느 산으로 갔는데, 난 산에 이렇게 밤나무가 많은 것은 처음 보았다. 필자가 청소년 시절 4-H 활동을 할 적에 이미 양주밤이 유명하다는 것은 알고 있었다.

조선조에 양주라는 곳은 서울의 동북부에 위치한 곳으로 양주목사가 관할하던 곳인데, 이 지역은 무척이나 넓던 곳으로, 지금의 양주시와 남양주시, 그리고 구리시와 의정부시, 그리고 동두천시, 그리고 서울의 노원구와 도봉구 일부가 모두 양주에 속했던 곳이다.

아침 9시에 의정부를 출발하여 양주시 은현면 은현사隱縣祠의 뒤 고개에 도착한 시간은 9시 30분인데, 어떤 사람은 오토바이를 타고 와서 벌써 산에 들어가서 밤을 줍고 있었다. 조금 있으니 어떤 부부가 차를 몰고 와서 우리가 주차해 놓은 차 옆에 차를 세우고 밤을 주우러 산으로 들어갔다.

필자와 지인 등 두 사람은 배낭을 메고 비닐봉지 하나를 들고 산으로 향했는데, 지인이 하는 말이,

"작은 밤은 절대로 줍지 마세요. 큰 밤만 주어도 다 줍지 못하는 곳입니다."

고 하였다. 우리 일행은 산의 초엽에서 줍지를 않고 무조건 위로 올라가다가 중간쯤에서 밤을 줍기 시작했는데, 지인의 말대로 알이 작은 밤은 산에 널려 있었으니, 먼저 와서 밤을 줍고 간 사람들도 알이 작은 밤은 줍지 않고 큰 것만 줍고 갔으므로, 작은 밤은 밤나무 밑에 널려 있었다.

어떤 곳에는 사람의 손이 닿지 않은 곳도 있었으니, 그런 곳에는 밤이 발갛게 떨어져 있어서 한곳에 쭈그리고 앉아서 주워도 많이 주울 수가 있었다.

12시가 되어서 싸가지고 온 도시락을 먹고 막걸리도 한 잔 걸치고 나서 또 밤을 주우니, 어느덧 메고 간 배낭에 가득 채우고 남아서 비닐봉지에 넣어서 한 손에 들고 하산하여 차의 트렁크에 넣고 차를 몰고 집에 오니 오후 4시 반이었다.

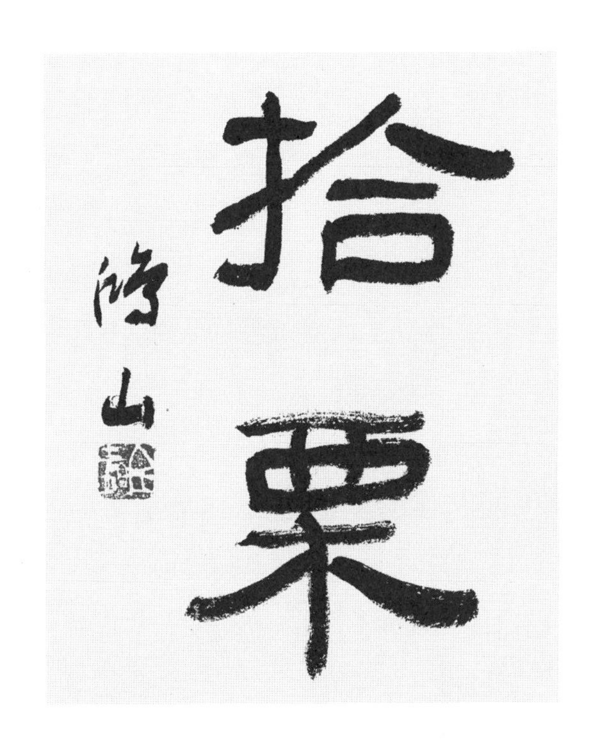

배낭에 든 밤을 큰 다라에 쏟으니, 두 말은 넉넉히 되었다. 이를 보고 아내가 하는 말, '밤 따러 시골에 갈 필요 없겠네.' 하고 함박웃음을 지었다.

68세의 필자가 하루 종일 허리를 굽혔다 폈다 하면서 밤을 주웠지만 하나도 피곤하지 않았으니, 필자 혼자 생각하길, '나도 아직은 건강하구나!' 고 생각하였는데, 아내는 말하기를, '당신은 철인인가 봐요.' 하였다.

하여튼 오늘은 평생에 처음으로 산에 가서 밤을 주운 날이고, 그것도 배낭에 가득 넣어서 주워온 행복한 날이 아닌가 생각한다.

이 세상에서
가장 귀중한 것은
검붉은 밤알이다.

그 귀중한 보옥을 지키려고
평생 가시를 두르고 산다.
또 삼중으로
겹겹이 쌓인 알밤
이는 하늘에서 키워내는 보옥이다.

그러므로 밤은
짐승을 배불리고
사람의 식량이 된다.
그뿐인가!
제상에 올려
조상이 흠향하고
제단에 올려
천신天神이 흠향한다.

귀소歸巢의 원리

귀소歸巢에서 소巢자의 뜻은 '새가 둥지에 깃들이다.' 의 의미로, '날짐승이 자기의 집으로 돌아갔다.' 의 뜻이므로, 이를 확대해서 해석하면 짐승이 자기 굴로 돌아갔다는 말이다.

연어가 바다에 살다가 알을 까기 위해서 자기가 태어난 곳으로 올라오는 것도 모두 귀소의 원리이니, 올라오는 도중에 곰들이 잡아먹으려 마구 대들어도 이를 아랑곳하지 않고 헤엄쳐 올라오는 것은 모두 귀소의 원리 때문이니, 구름이 끼면 비가 오는 것과 같이 연어는 알을 까기 위해서는 반드시 자신이 태어난 곳으로 와서 알을 까야 하는 것이 천리이기 때문이다.

오늘이 10월 1일이니, 낙엽이 지는 가을이다. 봄에 나뭇잎이 피고 무성한 여름을 지나서 가을이 되면 파란 나뭇잎은 어느새 빨갛게 변하여 떨어질 준비를 하니, 이도 또한 귀소의 원리와 같은 것이니, 피었다가 떨어지고, 다시 또 피고 떨어지며 천년만년 계속하니, 하나의 원을 그리는 것이다. 그러므로 이 세상은 원을 그리면서 돌아가는 것이 아닌가!

그러면 사람은 어떠한가! 이 세상에 태어나서 70~ 80년을 살다가 반드시 돌아가야 한다. 돌아가지 않는 사람은 이 세상에 한 사람도 없으니, 진나라 시황始皇이 천하를 통일하고 보니 모든 것을 자기 마음대로 할 수가 있었으므로, 이렇게 즐겁고 좋을 수가 없었다. 그러나 한 가지 죽음만은 넘을 수가 없었으므로, 동남동녀童男童女를 모집하여 삼신산으로 가서 불로초를 구해오라고 하였던 것이다.

그러나 천하의 시황제도 죽음의 천리天理를 넘을 수가 없었으니, 이 동남동녀들은 불사약을 구하지 못하고 그냥 맨손으로 돌아가고 말았던 것이니, 영생이라는 단어는 우리가 살아가는 이 지구에서는 있을 수가 없는 것이니, 그러므로 사람도 타향에 가서 살다가 죽을 때가 되면 자신을 고향에 묻어달라고 하는 것이다.

어떤 종교에서는 '영생을 한다.' 느니, 또는 '죽은 뼈가 살이 붙고 살아난다.' 느니 하는데, 이는 모두 천리天理를 알지 못해서 하는 소리로, 모두 헛소리에 불과한 것이다. 이런 헛소리에 속는 사람들이 많은데, 이는 천지우주의 돌아가는 원리를 제대로 알지 못해서 속아 넘어가는 어리석음에 불과한 것이다.

아침에 해가 떠서 정오를 지나 저녁이 되고 날이 어두워서 밤이 되고, 그리고 날이 새면 다시 해가 뜨며, 이를 영원토록 반복하는 것이고, 봄이 되면 새싹이 돋아나고 꽃이 피며, 여름이 되면 무성하게 자라고, 가을이 되면 열매는 누렇게 익고 낙엽은 떨어지며, 겨울이 되면 영하의 날씨가 되므로, 천하의 만상이 모두 죽을 수밖에 없는 계절인가 했는데, 어느새 다시 따듯한 봄이 돌아와서 꽃을 피우고 새싹이 돋아나서 살만한 계절이 되는 것이니, 이도 또한 원(◯)의 원리에 의해서 움직이는 것이고, 이것을 '천리天理' 라고 하는 것이다.

그러면 돈이 많은 부자는 항상 돈이 많은 부자이고, 돈이 많지 않은 가난한 자는 항상 가난한가! 그렇지 않다. 여기에서도 원의 원리는 적용되는 것이니, 돈이 많은 부자는 자연적으로 마음이 교만해져서 못된 짓을 많이 하게 되는데, 이렇게 많은 죄가 쌓이면 보름달이 반달이 되고, 또 그믐달이 되는 것처럼 복을 깎아먹어서 가난하게 되는 것이고, 가난한 사람은 돈도 없고 권력도 없으므로 죄를 지으려고 해도 지을 수가 없으므로 자연적으로 착한 일만 하게 되며, 이러한 착한 일이 많이 쌓이면 자연적으로 초승달이 보름달이 되는 것처럼 부자가 되는 것이니, 이러므로 돈이 많은 부자는 경계하여 깨어있어야 그 부富가 오랫동안 유지되는 것이니, 경주의 최부자가 300년간 부富를 유지한 것은 경계하여 깨어있었기 때문이니, 여기에도 어김없이 천리의 원리는 적용되는 것이다. 경계할지어다.

새싹이 피었는가 했는데
어느새 가을이 찾아와

낙엽이 떨어지고
아침이 되어서
햇빛이 찬란한가 했는데
어느새 황혼이 되어
어둠이 지배한다.

부자는 항상 부자이고
빈자는 항상 빈자인가
이도 또한
초승달도 되고
보름달도 되니

사람은 언제나
깨어있으면서
조심하고 조심하며
살아가는 것이다.

또 하나의 세계

사람은 언제나 사람을 중심에 놓고 말하고, 생각하며, 논리를 전개한다. 그러나 이는 대단한 이기적 발상으로 언제나 나밖에 모르는 우매한 생각이다.

이 세상에 꼭 필요한 것이 8개가 있으니, 이를 열거하면 하늘, 땅, 물, 불, 산, 연못, 바람, 우레 등이다. 이 여덟 가지가 서로 도와주고 견제하면서 세상이 돌아가는 것이니, 이 중에 하나라도 없으면 병이 되어서 돌아가지 않는 것이고, 또한 하나가 월등하게 많아도 잘 돌아가지 않는 것이니, 그러므로 서로 유기적으로 잘 보완하면서 돌아가야 화평한 세상이 되는 것이다.

올해(2015)는 비가 부족했다. 봄 가뭄이 계속되더니 여름이 되어 잠깐 해소되었다가 가을이 되어서 또다시 가뭄이 와서 곡식의 열매가 수분 부족으로 잘 여물지 않았다. 필자도 들깨를 제법 많이 심었는데, 열매가 여물 시기에 가뭄이 와서 시들고 말았으므로 수확이 절반은 감소하였다. 이렇게 위에 말한 여덟 가지가 유기적으로 서로 보완하지 못해서 찾아온 현상으로, 이는 인력으로 어떻게 하지 못한다.

사실 필자가 아침에 출근하다가 모과나무에서 떨어진 모과를 주웠는데, 일부 파손된 부분에 개미들이 와서 자리를 잡고 일을 하는 것을 보고 순간적으로 깨달음이 있었으니, 무엇인가 하면 나는 내가 모과를 주웠으니 '이것은 내 것이다.' 고 생각하는데, 개미는 먼저 와서 '이 모과는 우리들 것이오.' 고 말하는 것 같았다.

어느 가을에 산에 가서 알밤을 주운 일이 있는데, 알밤이 땅에 떨어지고 하루만 지나면 모두 그 속에 벌레가 자리를 잡고 파먹는다. 그리고 또 어떤 밤에는 벌레가 여기저기 여러 마리가 자리를 잡고 파먹고 있으니, 이는 무엇을 말하는가! 나보다 먼저 벌레가 그 알밤을 차지하고 있으면서 '이 밤은 내 것이니, 가져가지 마시오.' 하는 것이 아닌가!

우리 밭에는 개미가 유난히 많다. 그 개미를 쫓아야 하는데, 어떤 사람이 '달걀 껍질을 비벼서 놓으면 개미가 달아난다.' 고 하기에, 여러 번 달걀 껍질을 가루를 내어 뿌려봤지만, 개미는 여전히 그곳에서 집을 지으며 잘살고 있었다.

사실 개미가 그곳에 먼저 집을 짓고 살고 있는데, 어느 날 필자가 그곳에 채소 씨앗을 뿌리고 이곳은 나의 밭이라고 하지 않았나! 하고 생각한다.

반대로 개미의 입장에서 생각하면, '누가 와서 우리 집을 부수고 채소 씨를 뿌리는가! 어디 두고 보자, 그 채소를 온전히 먹을 수 있는가!' 하는 소리가 들리는 듯하였다.

그러나 사람들은,

"천지우주는 만물의 영장인 사람들의 것이여! 너희들은 사람이 비키라면 비키고 집을 옮기라 하면 옮겨야 해!" 한다. 이렇게 생각하니, 만물의 영장인 사람이 너무 이기적인 것 같아 마음이 씁쓸하다. 이 세상은 개미도 있어야 하고, 물도, 불도, 바람도, 연못도 모두 유기적으로 제 할 일을 다해야 비로소 세상이 아름답게 움직여서 꽃도 피고 새도 우는 아름다운 세상이 되는 것 아닌가!

봄이 되면 꽃 피고, 아침이면 새가 울며, 여름이 되면 무럭무럭 성장하고, 가을이 되면 열매가 익어서 사람도 먹고 짐승도 먹고사는 이런 세상이 아름다운 세상이 아닌가! 그런데 사람이 너무 욕심을 부리며 자연을 함부로 대하는 것 같아서 씁쓸한 생각이 든다.

사실 이 세상은 개미도 필요하고 굼벵이도 필요하다. 그리고 미물이지만 이들의 세계도 이 땅에 있으면서 언제나 쉬지 않고 일을 해야만 이 세상이 살아 숨 쉬며 돌아가는 것이다. 그리고 이들이 하는 일도 모두 이 세상을 아름답게 만드는데 일조를 하는 것으로 안다.

일례로, 굼벵이는 땅속에 살면서 농사짓기에 적합하지 않은 생땅을 농사짓기에 합당한 옥토로 만들어주고, 개미는 땅 위에 떨어진 작은 동물의 시체를 모두 처리하는 장의사 역할을 단단히 한다. 그렇기에 땅 위에 있는 곤충이나 동물의 시체들이 보이지 않는 것이니, 이 얼마나 좋은 일을 담당하는가! 사람은 이를 보고 배우고 깨달아야 한다.

아름다운 세상은
꽃이 피고 새가 울고
해가 뜨고 달이 뜨며
구름 일고 비 내리고
냇물 흘러 바다 이루는 세상.

사람도 살고
짐승도 살고
곤충도 살고
초목도 사는 세상.

조화의 세상 만들려면
욕심 버리고
이해하고 양보하고 나눠주고
솔선하고 인내하는 것.

만물의 영장인 사람이

먼저 실천하고

만물에게

따르라고 해야겠지.

철마를 타고

오늘날 우리들이 타고 다니는 열차를 조선조 중엽에 '토정비결'로 유명한 토정土亭 이지함李之菡[1] 선생이 말년에 자신의 묘지 터를 잡아놓고 임종 시에 유언을 남겼는데,

"이곳에 묘지를 쓰되, 앞으로 철마가 이 앞을 지나가거든 이장移葬을 해라."

라고 하였다는 것이다. 참고로 선생의 묘지는 충청남도 보령시 주교면舟橋面 고정리에 있다. 당시에는 철마鐵馬가 무엇인지를 알지 못했을 것이다. 그러나 그 뒤 400여 년이 지난 뒤 일제시대에 과연 철

1 이지함李之菡 : 조선 중기의 학자 · 문신 · 기인奇人. 일반적으로 《토정비결》의 저자로 알려져 있지만 근거는 없다. 역학 · 의학 · 수학 · 천문 · 지리에 해박하였으며, 농업과 상업의 상호 보충관계를 강조하고 광산 개발론과 해외 통상론을 주장했다. 진보적이고 사상적 개방성을 보였다.

도가 놓이고 열차가 지나가게 되었으니, 참으로 대단한 선견지명이 아닌가 하고 생각한다.

필자는 조그만 자가용을 가지고 있지만, 타고 다니는 일이 많지 않다. 왜냐면 출퇴근을 전철로 하기 때문이다. 거주하는 곳인 의정부 회룡역에서 사무실이 있는 종로3가역까지 전철로 이동하는데, 소요하는 시간은 40분이고 집에서 전철역까지 나오고, 또 전철에서 내려서 사무실까지 가는 시간을 합하면 1시간이 약간 넘는다.

전철 안에서 신문도 보고 책도 읽으며 스마트 폰을 이용하여 즐거운 대중가요를 듣기도 하고, 밤에 잠을 설친 날에는 차를 타자마자 눈을 감고 종로3가역까지 간다. 약 40여 분 동안 눈을 감고 있으면 어느새 몸이 개운하고 피로가 없어진다.

필자는 만 65살이 넘었으므로, 무료승차권이 나왔다. 필자는 '무료승차권' 을 보고 생각하기를, '국가에서 65세가 넘도록 사회와 나라를 위해 많은 일을 했다.' 고 인정하고 무료승차권을 선물한 것이리라. 사실 필자는 군대 생활을 만35개월 15일을 한 사람으로, 그것도 월급 800원 정도를 받으면서 근무했으니, 무료로 3년 동안 국가를 위해 봉사한 것이나 다름이 없다.

그때는 북한에서 청와대를 습격하는 임무를 받고 내려온 김신조 일당이 청와대를 습격한 바로 뒤이기 때문에 군 복무 기간이 길어져서 그렇게 기나긴 군대 생활을 했다.

전철을 타면 서민들의 군상群像을 볼 수가 있어서 좋다. 필자는 노인이기에 노인석에 앉는데, 노인석은 비교적 일반석보다 앉을 자리가 남아있어서 대체로 앉아서 출퇴근을 한다. 그런데 어쩌다 뚱뚱한 사람이 옆에 앉으면 자리가 비좁아서 아주 꽉 낀 자리에 앉아있으려면 꽤나 많은 인내를 해야 한다. 그러므로 뚱뚱한 사람이 옆에 앉는 것이 제일 겁이 난다.

어떤 젊은이는 상식이 없는지 아님 천치인지 모르지만 노인석에 버젓이 앉아서 다리를 쭉 뻗고 핸드폰을 보면서 가는 모습을 보면 구역질이 나기도 하고, 또한 노인이 출퇴근 시간에 일찍이 나와서 자리가 없으니까 젊은이 앞에 서서 '어서 일어나라' 하는 듯 서있는 것을 보면, 이도 또한 구역질이 난다.

또 어떤 노인은 전철을 타면서 줄을 서지 않고 무조건 앞으로 나가서 제일 먼저 뛰어 들어가는 것을 볼 수가 있는데, 이런 일은 있어서는 안 된다. 이런 행위는 무질서의 극치이고 국가의 질서를 흔드는 아주 나쁜 행위가 아닌가 한다.

어떤 때는 어린 아희들이 이런 무질서한 행위를 하는 것을 볼 수가 있는데, 이는 아마도 그의 부모나 어른들의 하는 행위를 보고 배운 것이 아닌가 하고 생각한다.

필자는 한국방송통신대학을 나왔는데, 그때는 40세 초반이라 한창 왕성하게 일을 할 때인지라 학교 공부는 대체로 지하철 안에서 차를 타고 다니는 시간에 했다. 이때에 깨달은 것이 하나 있는데, 책을 보면서 오직 정신을 책 속에 넣으면 어느새 주위의 떠드는 소리는 들리지 않고 책 속의 내용에 몰두하게 된다. 또한 도서관에 가서 책을 읽을 때에도 처음에는 정신이 산만하여 공부가 머리에 잘 들어오지 않지만, 1시간 정도의 시간이 넘으면 정신이 책 속에 몰입되어서 아주 공부가 잘되는 것을 깨달았다.

또한 눈이 내리는 겨울에는 차 안에 앉아 밖의 휘날리는 눈을 바라보면서 시를 짓기도 하고 감상에 젖기도 하며, 화사한 봄날에는 생동하는 봄기운을 물씬 맡기도 하며, 주룩주룩 소나기가 오는 여름날에는 창밖의 소낙비 소리에 감상에 젖기도 하고, 만산萬山이 모두 붉게 물든 가을이 되면 북한산과 수락산을 바라보면서 1년의 세 번째 계절인 가을이 지나가는 것을 바라보며 인생의 무상無常함을 느끼기도 한다.

전철이 있기 전에는 모두들 버스를 타고 출퇴근을 하며 이동을 하였는데, 어느새 필자가 사는 수도권은 전철의 노선이 얼기설기 얽혀 있어서 이제는 버스를 타지 않아도 서울의 어느 곳에도 갈 수가 있으니 좋다.

지하철은 전용도로인 철길로 다니기에 막히지 않아서 그 시간에 정확하게 그곳에 갈 수가 있고 약속을 지킬 수가 있는 것이다. 그러므로 요즘은 교통비를 한 푼도 내지 않아도 모든 곳을 마음대로 이동할 수가 있으니, 이 철마鐵馬라는 것이 이렇게 좋은 이동 수단이 되었다.

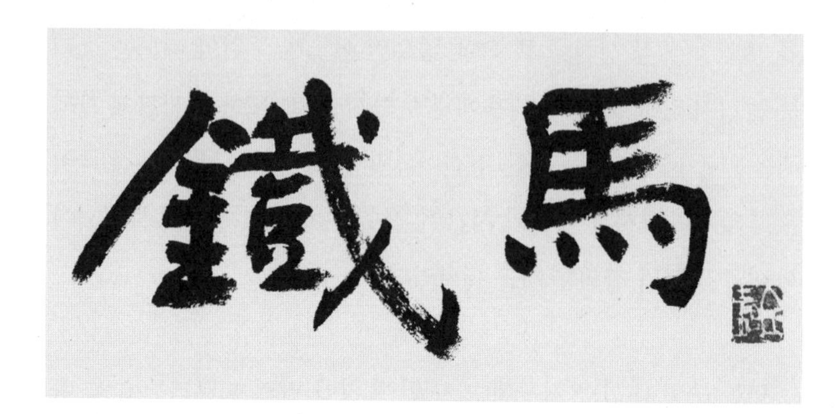

철마는 달린다.
비가 와도 눈이 와도
달린다.

옛적 조선시대에는
말을 타고 달렸고
우리가 살아가는 지금은
철마를 타고 달린다.

그러므로
철마는
나의 애마가 되고
너의 애마가 된다.

지상낙원地上樂園 의정부

오늘 새벽에 벗과 함께 아침 운동을 하고 집으로 돌아오는데 갑자기 중랑천 상공에 백로가 무리 지어서 날고 있었다. 이를 본 내가,

"어, 지상낙원이네!'

라고 하니, 함께 걸어가던 벗도 '그렇군요.' 하고 응수하였다.

이곳 의정부 중랑천 가에는 시市에서 운동하는 길을 내주어서 이곳에서 아침저녁으로 시민들이 운동을 한다. 그런데 길가에는 갈대숲이 어우러져 있는데 그 속에는 너구리가 산다. 지난 해 봄에 갈대숲 속에서 너구리 새끼들이 나와서 노는 것을 보았다. 시민들은 이를 보려고 일부러 시간을 내어서 운동을 하러 나오는 사람들이 많았으니, 결국 너구리가 시민들의 운동을 장려한 꼴이 되었다.

그리고 중랑천에는 커다란 잉어들이 유영하며 사는데, 어떤 시민이 튀밥을 가지고 나와서 물에 던져주면 어느새 잉어들이 새까맣게

모여들어서 그 튀밥을 받아먹는데, 시민들은 이런 광경을 보고 마냥 즐거워하고, 그리고 청둥오리 등 새들도 매일 물 위에 떠서 유영하고 물속에 들어가서 먹이를 잡아먹는다.

원래 지상낙원은 공자가 요순堯舜의 시대로 정하고 그런 세상을 만들려고 무척이나 노력하였지만 결국 이루지는 못했다. 왜냐면 국가의 제왕을 움직여서 백성들이 아무런 불편이 없이 사는 이상국가理想國家를 만들려고 하였는데, 결국 써주는 제왕이 없었기에 실패하였고, 고국으로 돌아와서 제자를 양성하는 것으로 목표를 수정하여 결국 72현賢과 삼천 명의 제자를 거느리는 성인聖人이 되었던 것이다.

북한의 김일성이 공산共産국가, 즉 모든 국민이 평등하게 잘 사는 공산국가를 만들려고 노력하였는데, 70여 년이 지난 오늘날에 이르러서도 헐벗고 굶주림만이 지배하는 국가가 되고 말았다. 그것도 국민들을 감시하는 감시망을 겹겹이 설치하여 놓았으니, 그야말로 국민들은 하고픈 말 한 마디 제대로 못하는 독재국가가 되고 말았다.

요즘 TV 프로인 '이만갑' 이나 '모란봉 클럽' 등을 보면, 북에서 탈출하여 우리나라에 들어온 사람이 현재 3만 명이 넘는다고 한다. 그 사람들의 증언을 들어보면, 북한은 현재 사람의 생활이 개와 돼지만도 못한 삶을 사는 사람들이 많은 것을 알 수가 있었다.

일례로, 어떤 사람은 4촌이 탈영을 했는데, 본인의 식구들과 4촌

의 식구들이 모두 교화소에 들어가서 그 철조망 안에서 24년을 살다가 탈출했다고 한다. 이 여성의 말이,

"교화소에서 출생하여 사는데, 발에 신을 신과 양말도 없고 너덜대는 옷을 입고 탄광에서 남자들을 도와서 일을 하였다고 하며, 어머니의 생일날 끓여먹을 곡식이 없어서 콩밭에 나가 콩을 주워다가 풀죽 위에 넣고 끓여서 어머니의 생일상을 차렸다고 한다.

이 말을 들은 '이만갑' 에 출연한 북에서 온 사람들이 모두 눈물을 흘리는 것을 보고 필자도 눈물을 흘렸다. 그리고 이 여성이 하는 말이, '자신은 모든 사람이 다 그렇게 사는 것으로 알고 24년을 살았다.' 고 하였으니, 지옥이 따로 없는 것이다. 북한의 김정은 치하의 삶이 지옥 중의 지옥임을 알았다.

현재 우리나라의 삶을 생각해보면, 세계 10위권의 경제대국이고 입을 옷이 지천이어서 찢어지거나 떨어지지 않아도 다른 옷을 사서 바꿔서 입으며, 먹을 음식이 너무 많아서 남은 것은 모두 내다 버리는 형편이다. 돈을 벌려고 하면 일할 기업이 많아서 동남아의 못사는 나라의 사람들이 와서 일을 해서 돈을 벌려고 구름떼처럼 찾아오는 나라이니, 이 얼마나 행복한 나라인가!

지상낙원이 무엇인가! 자유를 만끽하며 자유롭게 살면서 입고 싶은 옷을 사 입고, 먹고 싶은 음식을 사 먹고, 공부하고 싶으면 학교에 가서 공부하고, 일하고 싶으면 회사에 나가서 일을 하고 결혼하여 마누라와 자식들과 오순도순 살면 되는 것이 아닌가!

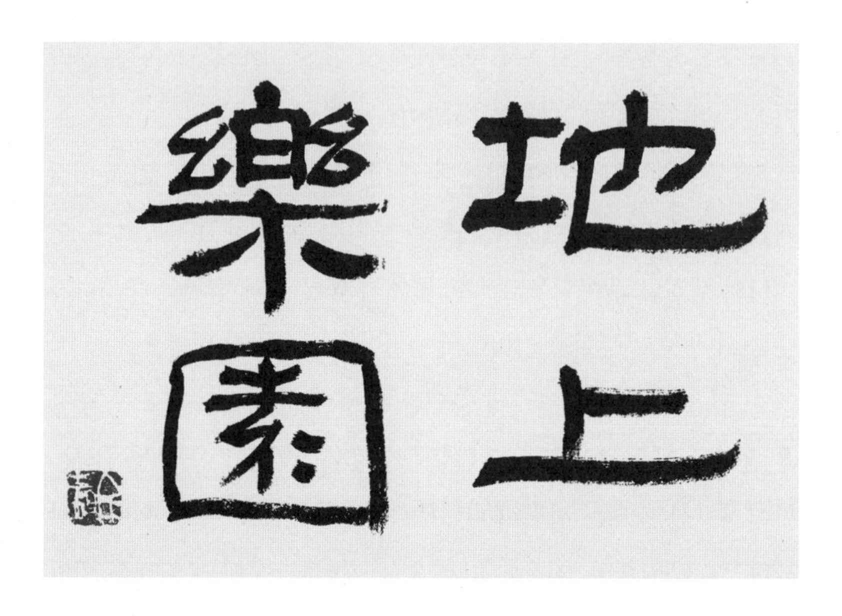

필자가 사는 의정부는 과거에는 미군이 많아서 안 좋은 도시로 인식되었으나, 이제는 미군은 모두 철수하였고, 전철 1호선이 의정부를 가로질러서 다니기 때문에 서울에 진입하는데 10분도 채 걸리지 않고, 앞에는 도봉산과 사패산이 있고 뒤에는 수락산이 있으며, 부용산과 천보산이 있어서 차를 타지 않고 그냥 걸어서 등산을 할 수가 있는 곳이 의정부이다.

그리고 의정부 가운데에 중랑천이 흐르므로, 그 내의 넓은 공간을 통하여 바람이 소통하며 시원한 공지空地의 공간이 쭉 뻗어있으니 좋다. 시민 누구나 새벽이나 저녁시간에 이 공간을 이용하여 운동도 하고 산보도 하니 실상 부러울 것이 없는 도시가 아닌가 생각한다. 이런 곳에 백로白鷺가 무리 지어 나니, 시경詩經의 말씀과 같이

“솔개는 날아서 하늘에 이르고, 물고기는 연못에서 뛰노는 곳이니[鳶飛戾天 魚躍于淵].” 낙원樂園이 아닌가 생각한다.

앞에는
도봉산 사패산이 있고
뒤에는
수락산이 우뚝하며
옆에는
천보산이 그 위용을 자랑하네.

가로지른 중랑천에는
잉어가 유영하고
하늘에는
백로가 날아가네.

새벽이면 개천 따라
운동을 하고
밤이면 별을 보며
하늘을 난다네.

대한민국에서 태어남은 행운이다

우리나라의 상고上古 때의 이름은 "조선朝鮮" 이다. 지금(2017 정유년)으로부터 4350년 전에 단군왕검이 나라를 세우고 국호國號를 "조선" 이라 했으니, 조선의 뜻은 아침에 해가 제일로 아름답게 떠오르는 곳으로 해석된다. 예부터 삼면이 바다이고 섬이 많은 곳을 '조선' 이라 했다는 기록이 있다.(중문대사전)

그 뒤에 중국의 은殷나라가 주周나라 무왕한테 멸망하니, 은殷의 주紂왕의 숙부인 기자箕子가 조선에 와서 "기자조선" 을 세웠다고 한다. 참고로 주周의 무왕이 기자를 찾아와서 "나라를 다스리는 정치를 물었다." 는 기록이 유가儒家의 경전에 보이는 것을 보면, 당시 기자는 대단한 현인賢人이었을 것으로 추정한다.

다음에는 한漢나라 때에 연燕나라 사람 위만衛滿이 와서 "위만조선衛滿朝鮮" 을 세웠다고 전한다.

그 뒤에 부여夫餘에서 나온 고주몽高朱蒙이 "구려句麗", 즉 "고구려高句麗"를 세워서 중국 동북지역을 통합하고 대국으로 성장하였으며, 수隋의 양제煬帝를 물리쳐서 수隋가 멸망하는 단초를 제공하고, 연개소문과 을지문덕은 당唐의 태종太宗의 군사를 물리치고 중원까지 따라가서 그곳을 접수했다는 기록이 신채호의 "조선 상고사"에 보인다.

이때가 삼국시대이니, 남쪽에는 "백제百濟"가 웅거하고, 남동지역에는 "신라新羅"가 있었다.

신라는 천년의 왕국이니, 천 년 동안 나라를 유지한 나라는 세계 어디에서도 그 유래를 찾아보기 힘든 대기록을 세운 나라이다.

다음에는 왕건王建이 나와서 신라와 후백제를 합병하고 "고려高麗"를 세웠으니, 이는 "고구려 '를 잇는다는 뜻에서 국호를 고려로 하였던 것이다. 고려는 처음에는 연호年號를 쓰면서 중국의 송宋과 대등한 국가이었는데, 송宋이 남으로 물러가고 원元이 일어나서 중국을 통일하고 고려를 침범하여 복속시켜서, 결국 고려는 원元의 부마駙馬국이 되었으니, 이때부터 독자적인 연호를 쓰지 못하였다.

근세조선을 건국한 이태조는 창업 초기부터 중국의 명明나라에 들어가서 국호國號를 지어달라고 하였다고 한다. 이에 명明의 황제는 우리가 예부터 쓰던 "조선"을 쓰라 했기에 또 조선이 된 것이다.

그러나 조선은 당시 소국으로서 대국인 명明을 대적할 수가 없었기 때문에 할 수 없이 고개를 숙였던 것이나, 국방과 외교를 자주적으로 했기 때문에 엄연한 독립국인 조선이었다.

이상이 대체적인 우리 대한민국의 고대사이다. 우리의 상고사를 보면 고조선은 중국과 대등한 세력을 형성한 나라이고, 그리고 고조선의 문화가 오히려 중국으로 흘러들어갔을 것으로 추정한다.

중국에서 우리를 '동이족東夷族'이라 부르는데, 맹자는 "맹자孟子"라는 책에서 '순舜은 동이인東夷人이다.' 했으니, 우리와 같은 동이족이고, 은殷을 세운 탕왕도 동이족이며, 원元을 세운 몽고족도 동이족이고, 청淸을 세운 청태조도 여진 사람으로 동이족이니, 중국을 다스린 종족은 한 번은 한족이 다스리고, 한 번은 동이족이 다스리며 예부터 오늘날까지 이어져 왔던 것이다.

제목에 비해 사설이 너무 긴 것 같다.

일제 강점기를 지나고 세계가 이념의 소용돌이에 빠지면서 세계가 공산주의의 진영과 민주주의 진영으로 재편되면서 우리나라는 남과 북으로 나뉘어졌으니, 남은 민주주의의 나라가 세워졌고, 북은 공산주의의 나리가 세워져서 서로 교통함이 없이 오늘날까지 살아온 것이 사실이다.

이런 와중에 한 가족이 남북으로 나뉘어 있어서 지금까지 70여 년 동안 서로 왕래할 수가 없었으니, 이산가족은 그야말로 한 많은 세상을 살아가고 있다.

남과 북이 적십자사를 통하여 '이산가족 상봉'의 행사를 개최하기를 20여 차례 실시했는데, 한 번에 겨우 100가족 내외의 가족이 상봉하니, 상봉한 가족보다 상봉하지 못한 가족이 훨씬 많다. 세월이 흐르다 보니 이산가족의 연령도 점차 많아져서 이제는 모두 80

살이 넘는 노인들뿐이다. 남측은 인도주의의 측면에서 이산가족 상봉행사를 많은 인원을 실시하려고 노력해도 북측이 이에 응하지 않아서 한 많은 이산가족이 이렇게 많은 것이다.

남북의 생활상을 살펴보면, 남측은 세계의 10위권의 경제대국이 되었고 온갖 자유를 누리고 살지만, 북측은 탈북자들의 증언을 토대로 하여 추정해보면 자유라는 것이 없을 뿐만 아니라 살아가는 생활도 세계에서 최악의 상황이라고 한다. 더구나 '백두혈통' 이라 하여 김일성 일가의 혈통을 받은 사람만이 최고의 대우를 받는다고 한다. 그리고 김일성이나 그의 아들 김정일 등은 신격화되어서 그들은 욕을 해도 안 되고 비방을 해도 안 된다. 심지어 신문에 난 김일성의 사진을 찢어도 안 되고 발로 밟아도 안 된다. 만약 김일성, 김정일, 김정은의 사진이 있는 신문을 찢거나 휴지로 쓰면 당장 보안당국에 잡혀가서 곤욕을 치러야 한다고 한다.

북한은 2009년 11월 30일 오전 11시에 화폐개혁을 기습적으로 발표하여 기존의 구권 100원을 신권 1원으로 교환하였다.

교환 자체는 인플레이션을 막기 위한 수단으로써 전혀 문제가 없었지만 화폐 교환 조건을 제대로 정해놓지 못한 상태로 시작해 매우 혼란스러웠고, 그 결과는 매우 저조하였다. 교환 가능한 금액을 세대 당 10만 원으로 한정하고, 나머지 금액은 국가에 바치거나 은행에 맡겨야 하는 이상한 단서가 붙어있어서 북한 사회에 상당한 충격과 공황이 발생하였다. 특히 북한 주민들 중 일부 특권층들은 북한

화폐를 전부터 믿지 못해 진작부터 금, 미국 달러, 유로, 런민비(중국 위안, 元) 등으로 재산을 저장해 왔으며, 돈 주(큰 상인)들도 런민비(중국 위안화)나 미국 달러화로 거래를 해 와서 큰 피해가 없었지만 시장의 장사꾼들의 경우 일반인들보다 현금을 상대적으로 많이 보유하고 있었기 때문에 큰 타격이 발생하였다. 이에 북한은 이 일의 책임자였던 박남기 계획 재정부장을 공개 총살하였다.(위키백과)

이 화폐개혁으로 인하여 인민들은 수십 년 동안 쌓은 재산을 하루아침에 잃게 되었으므로, 이후로 인민들은 북한 당국의 정책을 믿지 못하게 되었으며, 이에 가지고 있는 돈을 은행에 넣지 않고 각자 사금고에 저장한다고 하니, 북한은 은행이 전혀 작동하지 않는 나라가 되었다. 이로 인한 여파는 국영기업에서 일을 해도 월급이 제대로 나오지 않을 뿐만이 아니고, 국가의 간성인 군인들도 보급이 제대로 이루어지지 않아서 민가에 가서 도둑질을 해서 겨우 연명한다고 하니, 이런 나라는 세계에서 그 유래를 찾을 수가 없다.

북한에 국경경비대가 있는데 이들의 임무는 탈북을 막는 경비인데, 탈북하는 인민들이 뇌물을 먹이면 눈을 감아줄 뿐이 아니고 직접 길을 안내하여 탈북을 돕는다고 한다. 이렇게 북한 사회 전체가 뇌물로 움직인다고 하니, 어디 살만한 곳인가! 오직 돈이 없어서 뇌물을 주지 못하는 가난한 인민들만 범죄인이 되는 세상인 것이다.

"모란봉 클럽" 에 나온 한 탈북민의 진술에 의하면, 금강산 댐을 건설하면서 땅굴을 파는데, 물이 나와 작업장이 물속에 묻히고 물이 작업자의 가슴까지 차오르는데도 그 물속에서 작업을 계속해야 했다고 전하며, 그런 열악한 환경을 이기지 못하고 죽는 사람이 있어도 환경을 고치려 하지 않고 일은 계속되었다고 하니, 인명을 천시함은 물론 이런 데서 일을 해도 월급이 적어서 가족을 먹여 살리지 못한다고 한다.

필자는 TV에서 "모란봉 클럽"이나 "이만갑"을 많이 본다. 왜냐면 필자가 지금까지 들어보지 못한 북한의 소식을 접하는 프로이기 때문이다.

필자는 이런 북한의 열악한 환경과 자유가 구속되고 인명이 천시되는 소식을 듣고 항상 생각하는 것이,

"북한에서 태어나지 않은 것이 너무나 큰 행운이다."

라고 한다. 국가의 존재는 국민의 생명과 재산을 보호하는 것이 주요 목적인데, 이와 반대로 인명을 천시하고 재산을 약탈하며 연좌제를 실시하여 친척이 잘못을 저질러도 내가 정치 수용소나 교화소에 들어가서 평생 나오지 못한다고 하니, 지옥 같은 세상이 북한이 아닌가 한다. 나는 대한민국에서 태어난 것이 정말 행운이다.

삼천리 금수강산이
두 동강이 난 지도
어언 70년이 되었다.

세상은 많이 변하여
남쪽은 풍족한 나라
북쪽은 가난한 나라

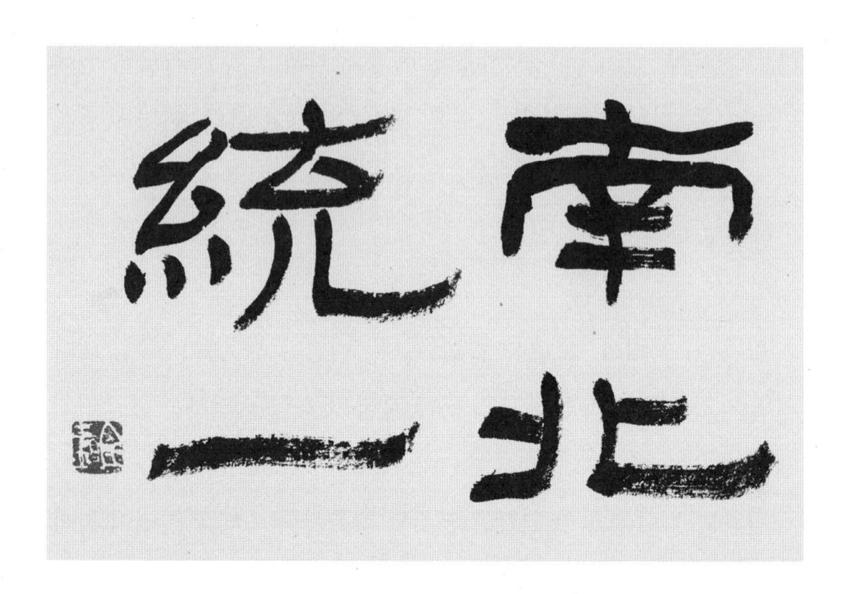

같은 조상의 아들딸인데
같은 언어를 사용하는 형제인데
누구의 잘못으로
하늘과 땅처럼 차이 나는
나라를 만들었는가!
아! 위대한 우리 민족
하루빨리 하나 되어
모두 잘 살아야 한다네.

일흔 살이 되니, 내가 하는 일이 모두 법도와 천리에 부합한다〔從心所慾不踰矩〕

유학儒學의 종사宗師인 공자는 73세에 운명했다고 한다. 생이지지生而知之(나면서 모두 앎)한 성인聖人이지만, 어리석은 민생을 위하여 학문을 하고 이치를 깨우치는 단계를 몸소 체험하면서 알려주었으니,

"15세에 학문에 뜻을 두었고(志于學)

20세에 관冠을 써서 성인이 되고(弱冠)

30세에 자신의 이상의 뜻을 세우고(而立)

40세에 세상의 유혹에 의혹되지 않았고(不惑)

50세에 하늘이 명한 뜻을 알았으며(知天命)

60세에 남이 나에게 불순하게 하는 말도 순하게 들리었고(耳順)

70세에 내가 마음 내키는 대로 해도 모두 천리天理에 부합한다.(從心所慾不踰矩)"

라고 하였다.

필자는 일반인보다 특이한 삶을 산 사람이다. 충남 부여에 있는 내산 초등학교를 졸업한 뒤에 13세부터 서당에서 한문을 배웠고, 30대에 중, 고등 과정을 검정고시로 패스하고, 40대 초에 대학을 졸업하였으며, 60대 초에 성균관대학교 유학대학원을 졸업하여 석사碩士가 되었다.

50세에 처음으로 "설문고사성어說文故事成語"를 출판하고 출판기념회를 하면서,

"공자님 말씀에 오십이지천명五十而知天命이라 했는데, 본인의 생각에는 하늘에서 명령하기를, '너는 책을 저술하여 사람들을 가르치라.' 고 한 것 같으니, 앞으로 많은 책을 내야겠다."

고 말하였는데, 지금 70살이 되어서 보니, 벌써 60권 이상의 책을 출판하여 세상에 발표한 것 같으니, 감개가 무량하다.

필자의 책은 대략 4개의 장르 안에서 쓰였는데, 장르의 종류를 말하면 "한문 번역서, 한문 교육서, 서예 지침서, 문학서" 등으로 구분할 수가 있다. 20여 년 만에 60권을 출간했다면, 1년에 3권씩 출간했다는 말이 된다.

그리고 책을 내면서 본인이 돈을 들여서 낸 책은 오직 처음의 수필집인 "똥장군" 뿐이고, 그다음의 책은 모두 출판사에서 비용을 부담하여 출판하였으니, 필자는 항상 이를 매우 기쁘고 뿌듯하게 생각한다.

서론이 너무 길어진 것 같다. 공자는 60세가 되어서는 누가 무슨 말을 해도 나의 귀에는 순하게 들리었고, 70세가 되어서는 내가 하는 일이 모두 천리天理와 법도에 맞았다고 하였는데, 그렇다면 필자는 어떠한가! 60세 환갑이 넘어서도 귀에 순하게 들리기는커녕 이따금 화를 벌컥벌컥 낸 일이 많다.

필자는 이렇게 화를 내고서는, '다음부터는 화를 내지 말아야지.' 라고 생각하고는 어느 날 또 화를 벌컥 낸 일이 많다. 아무래도 수양이 덜 된 것으로 생각한다.

이제 금년이 필자의 나이 70세인데, 옛적 당唐의 두보杜甫 선생은 '곡강曲江' 이라는 시에서 이렇게 술회했다.

朝回日日典春衣 조회가 끝나고 돌아와 날마다 봄옷을 저당 잡히고
每日江頭盡醉歸 매일같이 강가에서 진탕 취해 돌아간다네.
酒債尋常行處有 외상 술값은 가는 곳마다 있는데
人生七十古來稀 사람이 일흔 살 사는 것 예부터 드물다네.

필자는 '이순耳順' 보다는 '종심소욕불유구從心所慾不踰矩' 가 오히려 기질에 잘 맞는 것 같다. 성격적으로 바르게 살려고 노력하는 편이고, 남이 법도에 어긋나는 일을 하면 이를 꼭 시정을 해주어야 한다는 생각이 앞선다. 혹 남의 바르지 못함을 보고 시정을 요구했다가 핀잔을 들은 일도 많다. 그리고 요즘 사람들은 잘못된 점을 지적하면 '지적해 주어서 고맙다.' 고 하는 사람은 지극히 적고, 모두들 '너나 잘하세요.' 하고 역정을 낸다.

'천리天理를 따른다.' 라는 말은 쉽게 말해서 '낮에는 일을 하고 밤에는 잠을 잔다.' 라는 말로 대별하니, 만약 이를 거꾸로 생각하여 낮에는 잠을 자고 밤에는 일을 한다면, 그 사람은 반드시 병이 생기거나 정신에 이상이 온다. 왜냐면 천리天理를 어겼기 때문이다.

필자가 주말농장을 하면서 가로등이 환하게 비취는 전봇대 밑에 콩을 심었는데, 이 콩은 잎은 무성한데 꽃이 피지 않아서 열매를 맺

지 않았다. 왜 열매를 맺지 않았는가! 이는 식물도 밤에는 어둠 속에서 잠을 자야 하는데, 매일 밤에 불이 켜져 있으니 잠을 자지 못해서 많은 스트레스를 받아서 꽃도 피우지 못하고 열매도 맺지 못하는 것이다. 원인은 천리를 어긴 탓일 것이다.

위의 '종심소욕불유구從心所慾不踰矩'는 내가 행한 행위가 자연의 운행에 딱 들어맞아서 서로 부합이 된다는 말씀이니, 이렇게 살려고 노력하는 것이 아니고, 다만 자연의 운행에 따라 살면 자연히 천리天理에 부합이 되는 것이다.

외지고 추운 음지에
초라한 꽃 한 송이 피었네.
자갈밭에 혹은 모래밭에
뿌리 내린 이름 모를 풀이
어느새 꽃을 피웠다네.

그대는
경외롭지 않은가!
이런 모습이
그러나 이는 모두
천리를 따르려고
노력하는 것이라네.

절약은 부富의 할배

요즘은 시쳇말로 '금수저, 은수저, 흙수저' 라는 말들을 한다. 이 말은 예전에는 없는 용어로 알고 있는데, 요즘 젊은이들은 한문을 많이 배우지 않은 세대이므로, 순 한글로 된 문자를 만들어서 쓴다. 이러므로 이 말을 빌리면, 필자는 농사군의 아들로 태어났으니, 아마도 '흙수저' 라고 해야 옳을 듯싶다.

'금수저' 는 돈 많은 갑부의 아들이거나 권력층의 아들을 일컬어 말하는데, 이런 사람들은 절약이라는 용어가 필요하지 않다. 왜냐면 돈 많은 부모가 자식이 쓴다는 돈을 주지 않을 리가 없기 때문이다. 그러나 필자처럼 '흙수저' 로 태어난 사람은 부모님께 돈을 달라고 해도 돈이 없어서 주지 못하는 것이 현실이었다.

필자가 태어난 마을은 '충남 부여군 내산면 마전리' 로 우리 고유의 마을 이름은 '삼바실' 이라고 한다. 1950~1960년대에는 100여 호가 사는 비교적 큰 마을이었는데, 필자의 씨족인 옥천 전全씨 30여 호가 이 마을에 대대로 살아가는 마을이고, 필자는 8남매 중 둘째로 태어났다.

당시(1960년대) 우리나라 농촌의 실정은 그야말로 초근목피草根木皮로 연명하던 시절이었는데, 의약이 발달하지 못했고 지식수준도 낮은 농민들이었으므로 부부가 같이 살면서 부인이 잉태를 하면 무조건 낳고 보는 것이 현실이었기에, 한 가정의 자녀가 보통 7~8명이었고 더 많은 집은 10명에서 12명까지 둔 집도 있었으므로, 자식이 5명 정도 둔 사람은 아주 작은 편에 속한다.

그때의 상황은 요즘과 달라서 자식은 가르쳐야 한다는 교육열이 없었으므로, 보통 초등학교만 졸업시키면 그만이었다. 그리고 '남존여비男尊女卑' 사상이 팽배해 있어서 아들은 가르쳤지만 딸은 가르치지 않았으니, 이는 아마도 부모의 지식수준이 낮은 이유도 있겠지만 "딸은 시집가면 남의 집사람" 이라는 생각이 모든 사람들의 머릿속에 꽉 차 있었으므로, '아들도 가르치기 어려운 형편에 어떻게 딸까지 가르치겠는가!' 고 하였다.

우리 집은 8남매가 거의 대학을 나왔지만, 거의가 대학은 본인이 나중에 사회생활을 하면서 주경야독하여 졸업을 하였고 일곱째와 막내만 부모님께서 학자금을 대서 대학을 가르쳤다.

필자가 어렸을 때는 한 면에 대학을 나온 사람이 손가락으로 꼽을 정도로 적었으니, 이는 농촌에서 대학까지 가르치기가 매우 어려웠다는 하나의 증거이기도 하다.

필자는 둘째 아들인데, 맏이가 중학교에 들어갔으므로 연이어 중학교에 진학을 하기가 어렵다는 이유로 진학을 포기하고 서당에 입학하여 유학儒學의 경전인 사서四書와 삼경三經을 배웠다. 지금 필자가 '한문번역원' 을 열고 영업을 하는 것은 모두 이때에 훈장님께 한문을 잘 배웠기 때문이다.

그리고 한문을 배우는 중에 당시 박정희 정권에서 '한글전용' 이라는 정책을 발표했으므로, 사람들은 한문을 배우는 필자에게 '너는 어째서 없어진 글을 배우는가!' 고 하였으니, 당시 상황이 이러하였으므로, 한문을 배우는 것에 회의가 생겨서 좀 더 깊이 공부할 기회를 놓치기도 한 듯하다.

당시 서당의 수강료는 여름에 보리를 타작하여 보리 5말을 내고 가을에 벼를 타작하여 쌀 5말을 내면 되었으니, 지금 생각하면 너무나 싼 수강료이다. 그러나 장정이 1년 동안 머슴을 살고 받는 돈이 쌀로 6가마 정도였으니, 이를 비교하면 서당의 수강료도 제법 많은 수강료라 할 수 있다.

당시 사회에 나온 필자는 수년간 한문을 배운 경력은 사회에서 인정을 하지 않았기에, 결국 국졸의 학력으로 사회생활을 하였으니 얼마나 어려웠겠는가! 더구나 필자는 몸이 왜소한 사람이므로, 노동을 하려고 해도 힘이 들어서 남들보다 훨씬 어려웠다.

그러나 한학漢學이란 학문은 종합적인 학문이므로, 깊이 연마하기만 하면 우주의 이기理氣를 알고 미래의 조짐을 미리 알 수가 있으며 논문도 쓸 수 있는 대단한 학문이고, 또한 훌륭한 인품을 갖추는데 필수불가결한 학문이니, 조선조의 위대한 유학자 이율곡과 이퇴계 같은 인물들이 모두 한학을 깊이 천착하여 이루어진 인품인 것이다. 필자도 공부를 할 적에는 주자朱子나 율곡 같은 인물이 되려고 많은 노력을 기울인 기억이 지금도 생생하다.

사회에서 인정하지 않는 한학을 공부하고 사회에 나오니, 마땅히 할 일이 없었다. 다행히 인척이 하는 제약회사에 들어가서 월급 생활을 하면서 생각해보니, 필자가 현 위치에서 남들과 경쟁하는 데는 한문을 사용하는 것이어야 한다는 결론을 얻고, 이내 "한문서예"를 공부하기로 하고 인사동에 위치한 "동방연서회"의 문을 두드리게 되었다. 이곳에서 여초 김응현 선생을 만나서 꾸준히 연마한 것이 오늘날 '서예가 전규호'를 만들게 된 동기이다.

그리고 사회생활에는 학력을 갖추는 것이 필수라고 생각하고 중·고등 과정을 검정고시로 통과하고 방송통신대학교 국문과를 졸업한 뒤에 성균관대학교 유학대학원을 졸업하여 문학 석사가 된 것이 필자의 학력이다. 이렇게 학력을 갖추는 데는 아내의 협력이 절대적으로 필요했으니, 그래서 필자는 아내에게 좀 더 잘하려고 늘 노력을 한다.

필자는 검정고시를 통하여 중·고등학교 과정의 졸업장을 얻었기에 학창시절의 친구가 없는 것이 남들보다 약한 부분이다. 부언하면 학교의 친구가 사회 곳곳에서 자리를 잡고 있어야 무슨 일을 하던 간에 일하기가 수월한 것인데, 이것이 안되다 보니 힘을 받을 수가 없었다. 그러므로 필자는 혼자도 가능한 일, 즉 '한문번역'과 집필활동으로 생계를 유지하고 있다.

자연히 혼자의 노력으로 한 푼 두 푼 돈을 버니, 돈을 아껴서 쓸 수밖에 없는 실정이었다. 즉 옷을 살 때에도 세일하는 물건을 반값에 사서 입었고, 혹 생선을 사다 먹을 때에도 밤 10시쯤에 마트에 가서 40%로 세일하는 생선을 사다 먹는 것이 다반사다. 어디 이뿐인가! 화장실에서 소변을 보고 변기의 물을 틀면 너무 많은 물이 내려가므로, 이를 절약하는 차원에서 옆에 물동이를 놔두고 물을 채운 뒤에 그 물을 퍼서 내리는 등 절약할 것이 있으면 모두 절약을 하며 산다. 필자 같은 흙수저는 절약을 하지 않으면 남는 돈이 없다. 그러므로 이리 아끼고 저리 아끼면서 생활을 하는 것이 몸에 배어있다.

필자는 서울 종로구 낙원동의 한 오피스텔에 사무실을 열어놓고 번역을 하기도 하고, 서예를 연마하기도 하며, 또는 집필을 하기도 하기에 매일 출근을 한다. 그러므로 점심은 사서 먹어야 하는데, 매일 점심을 음식점에 가서 사 먹는 것은 짜증이 나는 일 중의 하나이다. 왜냐면 음식점에서 사 먹는 음식은 집에서 아내가 정성을 들여서 해주는 것처럼 정갈하지도 않을뿐더러 조미료 같은 것을 넣어서 음식을 만드는 음식점이 많으므로 건강상에도 좋지 않다.

출퇴근에는 전철을 이용하는데, 필자는 65세가 넘었기 때문에 무료로 타고 다니므로, 교통비는 들지 않는다. 그리고 철도비도 노인은 30%의 할인을 받기에 웬만하면 기차를 타고 여행을 한다. 이렇게 절약에 절약을 하며 살아야 겨우 생활을 하면서 자식한테 손을 벌리지 않는다.

바보상자 TV

필자가 어렸을 때는 라디오도 한 마을에 한두 대밖에 없었으므로, 저녁밥을 먹고 쉬는 여름밤에는 동리의 모든 사람들이 라디오가 있는 우리 집에 모여서 아나운서의 뉴스도 듣고 가수들의 노래도 들은 기억이 생생하다.

우리 동네에 축음기가 있는 집이 딱 한 집이 있었으니, 그 집에 가서 축음기에서 흘러나오는 노래를 듣고, 필자는 어린 마음에 "사람의 머리가 축음기 속에 있는 모양이다."라고 생각한 기억이 지금 70살에도 생생하게 남아있다.

1960~1970년대 농촌에서는 보리를 많이 심었으니, 이는 소위 1년에 2모작을 하려는 뜻에서 그렇게 하였다. 그때는 '보릿고개' 라 해서 여름이 되면 가을에 수확한 곡식을 다 먹고 이제는 남은 곡식

이 없을 때가 5월과 6월이다. 이때는 보리가 아직 익지 않아서 먹지 못할 때이므로, 보리도 없고 쌀도 없는 시기이기에 굶는 사람이 많았다.

'초근목피草根木皮' 라는 말이 있으니, 이는 풀뿌리와 나무의 껍질이라는 말로, 먹을 것이 없어서 초근목피로 연명을 한다는 말이다.

먹을 것이 없는 사람이 생각하면, '초근목피' 라는 말은 너무나 불쌍하고 처량한 생각이 들기도 하지만, 요즘처럼 잘 살면서 맛있는 음식을 너무 많이 먹어서 살이 피둥피둥 쪄서 뒤뚱대는 사람이 만일 초근목피를 먹으면서 몇 달만 산다면 살도 빠지고 건강도 찾는 아주 좋은 식품이 될 듯도 싶다.

필자가 어렸을 때는 빵과 과자를 파는 곳이 없었고, 겨우 '눈깔사탕' 정도를 팔았는데, 이 '눈깔사탕' 이 어찌나 맛이 있었는지 모른다. 왜냐면 이때는 설탕이 너무 비싸고 귀해서 당류糖類의 음식을 먹지 못할 시기였으므로, 단맛을 그렇게 좋아했다고 할 수가 있다. 그렇기에 눈깔사탕이 그렇게 맛이 있었을 것이다.

우리나라 고유의 잔디를, 우리 고향에서는 '띠풀' 이라 했는데, 이 풀의 뿌리를 캐서 물에 씻어서 씹으면 단맛이 있었기에, 매양 봄에는 이 띠풀의 뿌리를 캐서 많이 먹었고, 산에 가면 '시엉' 이라는 풀이 있었는데, 이 풀은 신맛이 무척 강했으니, 우리들은 이 시엉을 꺾어서 신맛을 보충하였다. 지금 생각하면 단맛의 띠 뿌리는 위胃에 들어가서 소화를 촉진했을 것이고, 신맛은 간肝을 활발하게 움직여서 기운을 돋았을 것으로 사료되니, 훌륭한 건강식품이었다.

당시는 배가 고파서 마지못해 먹었을 초근목피가 오늘날에는 아주 훌륭한 건강식품인 것이니, 시대에 따라, 빈부에 따라 구황식품이 되기도 하고 건강식품이 되기도 한다.

이야기가 약간 곁으로 빠졌는데, 그때에는 보리를 논에 파종하였다. 논이든 밭이든 곡식을 심으면 잡초를 제거해주어야 보리가 자라므로, 무더운 여름에 마을 처녀들이 보리논에 김을 매면서 라디오를 가지고 나와서 노래를 들으면서 밭을 매었으니, 이도 또한 하나의 옛적 풍경이기도 하였다.

필자는 요즘도 '보리밭'을 아주 좋아한다. 왜냐면 보리목이 팰 때의 보리밭은 그야말로 장관이다. 보리알이 밴 통통하고 파란 보리가 끝없이 줄지어서 바람에 한들거리는 모습은 아무리 보아도 즐겁고 신이 나는 모습이라 할 것이다. 그래서 필자는 요즘도 보리밭을 구경하러 가기도 하는데, 요즘은 보리를 심는 사람이 얼마 없어서 구경하기도 매우 어렵다. 이에 아래에 '보리밭'이라는 노래를 적어본다.

보리밭 사잇길로 걸어가면
뉘 부르는 소리 있어 나를 멈춘다.
옛 생각이 외로워 휘파람 불면
고운 노래 귓가에 들려온다.

돌아보면 아무도 보이지 않고
저녁놀 빈 하늘만 눈에 차누나
옛 생각이 외로워 휘파람 불면
고운 노래 귓가에 들려온다.
돌아보면 아무도 뵈지 않고
저녁놀 빈 하늘만 눈에 차누나!

이제 필자의 나이 70이 되었다. 공자께서는 70살 나이를 '종심소욕불유구從心所慾不踰矩(내 마음대로 해도 천리天理의 법도를 어기지 않는다.)' 고 하였는데, 필자는 이 말씀을 따라가지 못한다. 아직도 욕심이 있어서 화도 부리고 부질없이 돈을 벌려고 욕심을 부린다.

그리고 이제는 음식을 조금만 많이 먹어도 속이 거북하고 술을 많이 먹으면 소화가 잘 되지 않으니, 별수 없이 조심하며 살아간다.

이러므로 저녁에 집에 들어가면 밥을 먹고 TV를 켠다. 요즘 TV 프로를 보면 필자 같은 고희古稀의 노인은 별로 볼만한 프로가 적고, 뉴스는 정치인이 많이 나오는데, 필자의 마음에 와닿는 뉴스는 얼마 없고 거의가 정치인의 욕심을 채우는 뉴스이기 때문에 별로 보지 않고, 개그맨의 프로는 너무 유치하며, 음식을 주제로 한 프로도 필자는 좋아하지 않는다. '천기누설' 같은 프로도 필자가 농촌 출신인지라 그렇게 와닿지 않는다. 그러므로 오직 볼만한 프로는 필자가 가서 보지 못하는 북한의 이야기를 하는 '모란봉 클럽'과 '이제 만나러 갑니다.' 정도이다. 아니면 '케이 팝' 같은 프로인데, 이런 프로가 필자의 마음을 사로잡는 것은 과장이 없고 사실 그대로 방영하

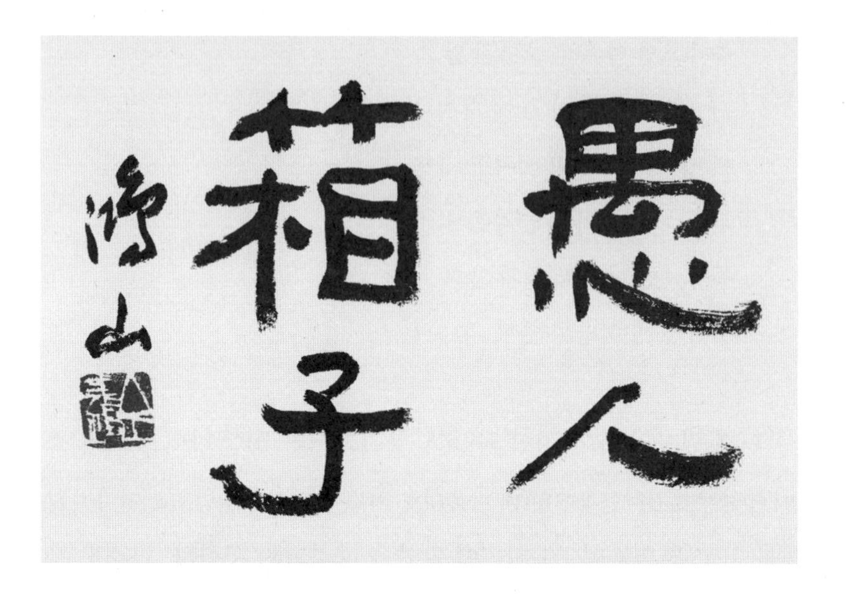

는 프로이기 때문인 듯하다.

그런데 고희가 되니 병이 하나 생겼다. 전에는 저녁에도 컴퓨터를 켜고 번역도 하고 수필도 쓰고 시도 썼는데, 이제는 밥을 먹고 거실에 앉아서 TV를 켜면 잘 때까지 TV만 보다가 방에 들어가서 잔다.

요즘은 종편의 채널이 많아서 사극이나 외국의 문물을 소개하는 프로, 그리고 한시기행 같은 프로가 필자가 즐겨보는 프로이다.

아내는 TV를 조금만 보아도 눈이 아파서 보지 못한다고 하는데, 필자는 하루 종일 TV를 보아도 눈이 아프거나 피로하지는 않다. 그러므로 온종일 TV를 보니, TV는 바보상자가 아닌가!

어느 노인

중국(唐) 최고의 시인詩人 두보杜甫)[2]는 곡강 2수曲江 二首에서 다음과 같이 노래했다. 즉 "사람으로 일흔 살을 산 사람이 드물다."는 말인데, 그래서인지는 몰라도 두보도 59세에 병으로 죽었다. 아래에 '고래희古來稀' 가 나오는 한시를 소개한다.

一片花飛減却春 한 조각 꽃잎이 져도 봄빛이 줄어드는데
風飄萬點正愁人 바람에 날리는 꽃잎 시름에 잠기게 한다네.
且看欲盡花經眼 또한 지는 꽃잎 눈앞에 떨어짐을 보려 하는데
莫厭傷多酒入脣 휘날리는 꽃잎 술 따라 입에 들어옴 싫어하지 않는다네.

2 두보杜甫 : 중국 당나라 때의 시인(712~770). 자는 자미子美, 호는 소릉少陵이다. 이백李白과 더불어 중국 최고의 시인으로 일컬어진다. 율시律詩에 뛰어났으며, 인생의 애환을 뛰어나게 노래하여 시성詩聖으로 불린다.

江上小堂巢翡翠 강가 작은 정자엔 비취새 깃들었는데
苑邊高塚臥麒麟 능원 가 높은 무덤에 기린석상이 누웠어라.
細推物理須行樂 행락하며 세상 이치 자세히 궁구하는데
何用浮榮絆此身 어찌 헛된 이름에 이 한 몸 얽매일까.

朝回日日典春衣 조회하고 돌아와 날마다 봄옷 저당 잡히고
每日江頭盡醉歸 매일같이 강가에서 진탕 취해 돌아간다네.
酒債尋常行處有 외상 술값은 가는데 마다 깔렸고
人生七十古來稀 사람이 일흔 살 되기 예부터 드물다고 했지.
穿花夾蝶深深見 꽃에 앉은 나비들 깊숙이 보이는데
點水青廷款款飛 물차는 잠자리 천천히 난다네.
傳語風光共流轉 전해오는 말과 풍광 함께 흘러가는 거라니
暫時相賞莫相違 잠시 서로 감상하며 멀리하지 말지라.

두보의 시와 같이 70살을 사는 사람이 드문 것인데, 현대(21세기)에는 의학이 발전하고 생활수준이 높아져서 70살을 사는 사람은 천지에 가득하다. 이제는 '100살을 사는 사람 예부터 드물다."고 해야 하지 않을까!

유학의 성인 공자는 70살을 '종심소욕불유구從心所慾不踰矩' 라고 했는데, 무슨 말씀인가 하면 '내가 마음이 가는 대로 무슨 일을 해도 세상의 규범〔天理〕에 어긋나지 않는다.' 는 말씀이니, 사람이 60살 환갑을 지나서 70세가 되면 세상을 살아가는 법도를 잘 알기 때문에 나의 마음대로 해도 세상의 규범에 어긋나지 않는다는 말씀이다.

위에서 말한 것처럼 노인은 정말로 이 세상에서 존경을 받아야 할 사람들이다. 70~80 평생을 아내와 자식을 부양하기 위해서 불철주야 헌신하고, 그리고 국가를 위해서도 국방의 의무인 군대에서 3년이라는 긴 세월 동안 복무하여 나라를 철통같이 수호하였고, 제대를 한 뒤 6~70년대 그 어려운 시기에 산업의 역군이 되어서 우리 대한민국을 오늘과 같이 잘 사는 나라로 만드는데 초석의 역할을 하였다고 할 수가 있다.

또한 1965년 박정희 대통령 시절에 대한민국의 젊은 용사들은 월남에 파병되어서 자유월남을 지키려고 월맹과 싸웠다. 처음에 비둘기부대를 파병하고 다음에는 청룡부대, 그리고 맹호부대를 파병하여 우방 미국과 함께 1964년에 파병되어서 월남을 도와 열심히 싸우다가 1973년에 철수했으니, 꼭 10년 동안 우리의 젊은 장병들은 공산주의와 맞서서 싸웠다.

필자는 1969년 8월에 입대하여 1972년 7월에 제대했으니, 만 3년 동안 군대 생활을 했다. 이 시기는 월남전이 활발히 전개되던 시기였다. 필자와 같이 군에 입대한 동기들은 월남에 두 번씩이나 파병되어서 싸우다 온 친구가 많은 것으로 안다. 필자는 당시 강원도 인제군 천도리에 있는 155미리 곡사포부대에서 군대 생활을 하였는데, 월남에 파병이 될 수 있는 기회는 있었지만, 필자는 체구가 적고 여름의 무더운 더위를 매우 싫어했기 때문에 상하의 나라인 월남에 파병되어 가는 것을 싫어하였다.

요즘은 월남에 파병되어 싸우고 돌아온 사람들은 월남 파병 유공자가 되어서 현재 월 20여만 원씩 국가에서 지급한다고 한다.

필자는 월남전에 파병되지 않았기 때문에 유공자가 되지 못했음은 물론 월남에도 가보지 않았기에 필자가 고희古稀를 당하여 아내와 함께 월남 여행을 모레(17. 5. 4) 가기로 하였다.

이야기가 약간 곁으로 샌 듯하다. 사람이 고희古稀가 되었으면 꽤 많은 연령이 되었고, 그리고 험난한 세상을 살아오면서 꽤 많은 고생을 한 것이다. 반면에 인생 공부도 많이 했다고 자부할 수 있는 나이이다. 우리 속담에,

"네 말도 옳고, 네 말도 옳다."

라는 말이 있으니, 이는 조선조 3명의 유명한 정승 중의 한 사람인 황희 선생이 하루는 마루에 앉아있는데 종년 둘이 다투면서, 황정승께 찾아와서 서로 자신들의 주장을 이야기했다고 한다. 그러니까 황정승께서 그들의 말을 다 듣고는,

"네 말도 옳고, 네 말도 옳다."

라고 했다고 하니, 황정승은 상전으로서 종년들의 말을 들어보니 모두 일리가 있었으므로 그렇게 대답했던 모양이다. 이러한 대답은 필시 고산高山에서 밑을 내려다보면 모두 훤히 보이는 것과 같이 종년들의 사정을 훤히 내려다보고 두 종년 모두 서운하지 않게 명답을 했던 것이니, 세상을 오래도록 산 사람은 이러한 아량과 이해가 있는 것이다.

며칠 전에 광개토대왕릉비를 세우는 문제로 장항행 열차를 탔는데, 바로 뒤에 어떤 노인 남녀가 탔다. 이들의 이야기를 들어보면 부

부는 아닌 것 같은데 익산을 거쳐서 전주로 간다고 말하고 있었다. 그런데 잠시 뒤에 고리탑탑한 향기가 나서 필자의 생각에 "참 이상도 하다. 어째서 이런 썩은 냄새가 나지!" 하면서 좀 있다가 옆을 쳐다보니, 바로 뒤에 앉은 노인이 구두 신은 발을 필자의 오른쪽 팔받이 간대 위에 척 걸쳐놓고 있는 것이 아닌가! 깜짝 놀라서 뒤를 쳐다보며,

"왜 여기에 발을 올려놓았습니까? 빨리 내려놓으세요!"

하니 그 노인의 말이,

"나의 자리에서 내 다리 뻗는데 당신이 웬 참관인가!"

고 하여, 필자가 고성으로,

"냄새가 나니 빨리 내려놓으세요!"

하니, 겨우 못 이기는 척하고 내려놓는 것이 아닌가! 이 사람은 필자보다 10살은 더 먹은 80대로 보이는데, 이렇게 노인이 되어서 남에게 피해를 주는지 아닌지를 구분하지 못하니, 참으로 한심한 노인이었다. 이런 행위를 젊은이에게 했다면 그 젊은이는 얼마나 그 노인을 경멸했겠는가! 노인들이여, 조심하며 세상을 살아가야 한다.

그 사람 실성失性했어!

'실성失性하다.' 를 국어사전에서 찾아보니, "정신에 이상이 생겨 본성을 잃어버림" 이라 되어있다. 즉 사람이 되어서 본 성품을 잃은 사람을 실성失性했다고 한다. 실성한 사람은 대체로 혼자 중얼거리는데, 정신이 온전한 사람이 보면 대화 상대가 없는데 혼자 이야기를 하니, 이상한 사람으로 보는 것이다.

필자가 어렸을 적인데, 우리 동네에는 실성한 처녀와 총각이 있었으니, 총각의 성은 안씨로 당시 고등학교를 나오고 대학에 진학을 못하고 취직도 못하고 있었으니, 고민이 많았을 것은 불문가지不問可知이다.

당시 60년대는 취직할 자리가 없었으니, 시골에서 취직할 수 있는 자리는 '학교 선생, 면서기, 우체부, 농협 직원' 등이었으니, 그러므로 그 외의 사람들은 모두 농사를 지어서 쌀과 보리를 팔아서 생계를 유지하였던 것이다.

이 총각은 대학을 가고 싶은데 가정형편이 되지 않았으므로 많은 고민을 하다가 실성하였고, 처녀는 바로 필자의 집 아래에 사는 처녀인데, 예부터 그 집은 지덕地德[3]이 세다고 했다.

필자가 어렸을 때에 인식한 '지덕地德이 센 것' 은 그 사는 주인과 집터가 맞지 않아서 밤이면 도깨비가 나타나서 그 집안에서 논다는 것이었으니, 그러므로 비 오는 날 밤에 그 집을 거쳐서 우리 집을 가노라면 좀 으스스했던 것으로 기억한다.

그래서 그런지는 몰라도 나의 절친한 벗의 누이가 실성이 되어서 길거리를 온통 휘젓고 다녔으니 참으로 가관이었다. 이 처녀는 왜 실성失性이 되었는지는 알지 못한다. 그러나 다행히도 몇 년 뒤에 말짱하게 나아서 출가를 하여 자식을 낳고 잘 산다고 하였다.

그런데 요즘은 혼자 중얼거리는 사람이 꽤나 많다. 옛날 같으면 모두 실성한 사람들일 것이나, 지금은 핸드폰이라는 전화기가 있어서 그 전화기에 이어폰을 꽂아서 귀에 연결하고 다니는데, 이때 전화가 와서 받는 모습은 흡사 혼자 중얼거리는 사람과 같으므로, 이를 뒤에서 보면 혼자 중얼대는 실성한 사람처럼 보이는 것이다.

3 지덕地德 : 집터의 운이 틔고 복이 들어오는 기운.

일조권日照權

중국 산둥성 곡부의 공묘孔廟[4]에 가면 궐리闕里 호텔이 있는데, 이 호텔은 단층의 호텔이다. 아마도 세계에서 단층의 호텔은 궐리 호텔이 그 효시가 아닌가 하고 조심스럽게 생각한다.

대체로 호텔을 짓는데, 단층으로 지으면 건축업자는 수지타산이 맞지 않아서 보통 30층, 40층, 50층을 지어서 수지타산을 맞추는 것이다. 그러나 일례로, 50층의 호텔을 지으면 그 높이만큼 그 주위의 일조권을 빼앗는다. 그렇기에 그 주위의 지역은 햇볕이 하루 종일 들어오지 않는 곳도 있다. 만약 햇볕이 들어오지 않으면 죽은 땅이나 다름이 없는 땅으로 변하고 마니, 그러므로 현대에서 일조권이라는 새로운 용어가 탄생한 것이다.

4 공묘孔廟 : 공자孔子의 신위神位를 모신 사당.

현재 우리들이 사는 아파트는 보통 19층에서 25층 정도 되는데, 이렇게 높은 아파트의 주위에는 동토凍土가 많다. 왜냐면 겨울에 눈이 내리고 얼어붙으면 햇볕을 받지 못해서 봄의 해동할 때까지 언제나 얼어붙어있으니, 이를 동토凍土라고 필자가 명명을 한 것이다.

이러한 동토凍土는 고층 건물이나 고층 아파트 때문에 생겨난 것은 아니고, 저 멀리 태고시절부터 있었으니, 특히 산에 이런 동토가 많다.

나무는 키가 큰 나무가 있고 키가 작은 나무가 있는데, 키가 큰 소나무 같은 나무의 아래에는 햇볕이 들어오지 않으므로 비교적으로 햇볕을 많이 받지 않아도 되는 나무들이 산다. 일례로, 밤나무, 도토리나무, 싸리나무 등 꽤 많은 종의 나무들이 그늘 속에서 살아가고 있다.

그리고 그 작은 나무 밑에는 또 더욱 작은 식물들이 옹기종기 모여서 사는데, 우리들이 만병통치약으로 통하는 산삼도 그늘 속에서 자라는 식물이고, 우리들이 맛있게 먹는 나물인 취나물 같은 식물도 그늘에서 자라며, 도라지 잔대 등 수많은 식물들이 직접 햇볕을 받지 않고도 평생 동안 잘도 자라서 꽃을 피우고, 가을에 시들면 또 다음 해에는 새싹이 자라 나온다.

일조권의 유사 개념으로 '조망권眺望權' 이라는 권리가 있으니, 이는 나의 집 앞에 높은 집이 들어서면 그 집이 막고 있어서 앞이 보이지 않는 것을 말한다.

요즘 아파트를 많이 짓는데, 아파트를 비교적 높이 짓기 때문에 그 집에 막혀서 앞이 보이지 않는 경우가 너무나 많다. 필자가 사는 아파트는 서향집이기에 동쪽으로 쳐다보면 수락산이 창문의 정면으로 들어오는데, 그곳에 포스코가 아파트를 재개발한다고 하니, 이후부터는 수락산을 정면으로 볼 수가 없다. 이는 너무나 많은 것을 잃는 가슴 아픈 일이다.

세상이 급속히 발전하고 따라서 기술도 발전하여 이제는 우리나라에도 제2의 롯데타워 빌딩이 있으니, 높이가 123층이나 된다고 한다. 필자도 한 번 가보고 싶지만 아직 가보지 못했다.

이렇게 높게 지으면, 국내에서 제일 높으니 명성을 얻을 것은 물론, 세계적으로도 손에 꼽히는 높이가 아닌가 하고 생각한다. 그런데 그렇게 높이 지어서 어디에 쓰려는 것인지는 필자같이 건축에 문외한은 잘 모른다. 그저 제일 꼭대기에는 전망대가 있어서 그곳에 가서 한강과 서울 시내를 바라보는 것이 전부이다.

필자가 젊었을 적에 높은 집으로는 삼일로 옆에 삼일빌딩이 있었는데, 그 높이가 31층이었기에 삼일이라는 병칭이 붙은 것이다. 그다음에 여의도에 63층의 63빌딩이 있었으니, 당시에는 63층이 우리나라에서 가장 높은 빌딩이었다.

그런데 이런 높은 빌딩의 옆에 있는 작은 건물들은 손해를 많이 본다. 왜냐면 우선 일조권의 피해를 보고, 다음은 멀리 조망眺望하는 조망권을 박탈당한다. 아무리 햇볕을 쬐려고 해도 높은 건물이 가려서 쬘 수가 없고, 아무리 앞을 바라보아도 그 높은 건물 외에는 아무것도 보이지 않는다.

이러므로 아무리 우리에게 편리함을 안기는 과학이나 건물들이라 하더라도 그 좋은 것만큼 나쁜 것도 제공한다고 보면 된다.

수박 케이크

언제부터인지는 모르지만, 우리는 생일이 되면 케이크를 사서 촛불을 켜고 노래를 부른 뒤에 이를 잘라 먹으면서 생일 축하를 한다.

그런데 이 케이크의 자료가 뭐냐면, 밀가루가 주성분이고 거기에 설탕과 생크림 그리고 많은 화학 성분이 가미되어서 맛을 내는 것으로 안다. 이 케이크의 주원료인 밀가루는 소음인이 먹으면 반드시 탈을 내고 말기에 필자(소음인)는 이 케이크를 별로 좋아하지 않는다. 여기에 한마디 더 붙이면 필자는 밀가루로 만든 빵, 그리고 국수, 짜장면, 수제비 등을 거의 먹지 않는 편이다.

필자가 군대를 제대하고 서울의 모 제약회사에 취직을 해서 서울에 올라왔을 때는 지금으로부터 48년 전의 일이다. 그때 필자는 케이크를 처음 먹어봤다. 달콤하고 부드러운 그 맛은 천상의 맛이라고

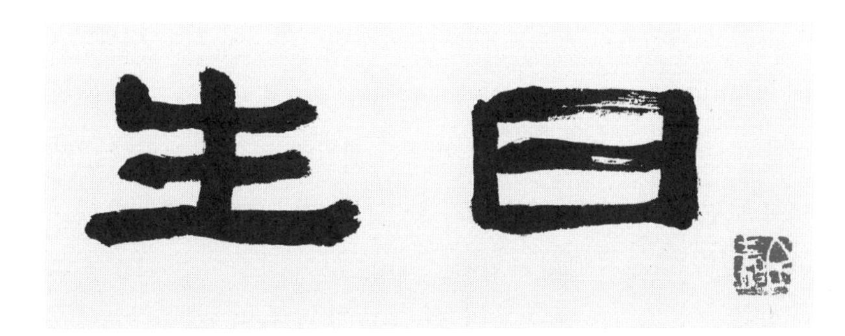

하면 될 듯싶었다. 너무 맛이 있어서 생각하길,

"세상에 이렇게 맛있는 음식도 있구나!"

하였고, 그 뒤에 시골집에 내려갈 적에 케이크를 사서 가지고 가서 할머니와 부모님께 맛보게 해드린 기억이 지금도 생생하다. 왜 이렇게 했냐면, 시골에만 사시는 할머니와 부모님께 이렇게 맛있는 음식을 한 번 맛보시게 하려는 필자의 조그만 배려여서였다.

그런데 요즘 필자의 케이크에 대한 인식은 많이 달라졌다고 해야 옳을 듯싶다. 뭐냐면 첫째, 밀가루는 수입한 밀가루를 쓰는데, 수입 밀가루는 수입할 때에 방부제를 넣어서 수출을 하기 때문에 우리나라의 밀가루 판매점에서는 방부제가 섞인 밀가루를 판다. 이를 사다가 빵을 만드니 그 빵에는 반드시 방부제가 섞어있어서 소화력이 부족한 사람이 먹으면 반드시 소화가 안 되고 거북하다. 그리고 여러 가지의 색소와 생크림을 첨가하여 아름답게 꾸미는데, 이렇게 많은 색소와 입에 부드러운 생크림은 결국 몸에는 좋지 않다는 것이다. 딱히 말해서 몸에 좋은 음식은 많은 첨가물을 가미하지 않은 순수한 음식이나 채소로 만든 것이 건강에 좋은 것이다.

그리고 케이크의 가격에 대해서 말하면, '가격이 너무 비싸다.'는 입장이다. 돈을 잘 버는 사람은 비싸지 않다고 여길지 모르나, 필자같이 글이나 써서 책을 내고, 번역을 해서 돈을 버는 사람의 입장에서 보면 언제나 비싸다는 생각을 떨칠 수가 없다. 그래서 올해는 아내에게 부탁해서 나의 생일에는 케이크를 사지 말고 그 돈으로 수박을 한 통 사서 생일축하를 해 달라고 하였고, 내가 부탁한 대로 수박을 사서 윗부분을 칼로 잘라서 빨간 수박이 나오게 하여 세워놓고 축가를 부르고 그 수박을 잘라서 먹었다.

우리 집은 필자와 아내 둘이만 살기 때문에 수박 한 통을 사면 10일 정도 먹어야 그 수박을 다 먹을 수 있다. 여름에 수박이 냉장고에 있으면 다른 음료는 먹을 필요가 없다. 여름에 수박 하나면 더위를 식힐 수가 있고, 또한 달고 맛이 있으며, 그리고 다른 성분이 가미되지 않은 순수한 식품이기에 더욱 좋고 경제적으로 생각해도 이보다 더 좋은 케이크는 없을 듯하여, 필자는 이를 '수박 케이크' 이라 명명한 것이다.

완두콩의 세상 보기

근 200평이나 되는 주말농장의 밭을 놉을 얻어서 갈았다.

올해는 비교적으로 노력이 덜 드는 참깨를 많이 심기로 하고, 감자도 심고 상추, 갓, 아욱, 당근, 고추, 토마토, 옥수수, 들깨, 대파, 가지, 고구마, 호박, 완두콩 등을 심었다.

'올해는 완두콩을 심어야겠다.' 생각하고, 아내에게 완두콩의 씨앗이 있느냐고 물으니. '없다.' 고 하여, 의정부 제일시장에 있는 씨앗 가게에 가서 완두콩의 씨앗을 사 오고, 그리고 밑거름과 비료를 사다 뿌린 뒤 1주일가량 지나서 씨앗을 심었다.

완두콩은 다른 콩들처럼 한 구멍에 씨앗 한두 개 정도 심으면 안 된다. 완두콩은 보통 다섯 개 정도를 같이 심어야 싹이 트면 서로 어울려서 잘 자란다. 그리고 완두콩은 넝쿨로 뻗기 때문에 가늘고 작은 나뭇가지를 베어다가 완두콩의 모종 옆에 꽂아주어야 한다. 도회지에서는 나뭇가지를 구하는 것도 그리 쉽지가 않다. 그래서 우리 집 옆에 있는 동아 아파트에서 단지 내에서 전지한 나뭇가지를 좋은 것으로 골라서 두 다발을 만들고 이를 승용차 트렁크에 싣고 끈으로 조여 맨 뒤에 밭에 가서 하나하나 꽂아주니, 제법 보기에도 훌륭한 완두콩의 밭이 되었다. 이제는 수확만 하면 끝이다 생각하였다.

그런데 올해는 봄 가뭄이 계속되어서 콩이 얼마 자라지를 못했다. 그래도 나는 생각하기를, '이제라도 비가 오면 잘 자라서 많은 수확을 얻겠지!' 하고 비를 기다렸는데, 천신만고 끝에 밭을 해갈할 정도의 비가 내려서 나는 쾌재를 부르면서 완두콩 밭에 가봤는데, 파란 완두콩의 넝쿨이 비 온 뒤에 더욱 무성하게 자라는 것 같아서 '더 많이 자라서 많은 열매를 맺겠지.' 하고 생각하였다.

그리고 2주 정도 뒤에 고추에 진드기가 있어서 살충제를 뿌리러 가보니, 완두콩이 누렇게 죽어있는 것이 아닌가! 나는 '왜 이렇게 누렇게 죽지!' 하면서 자세히 보니, 남의 밭에 있는 완두콩도 모두 누렇게 죽어가고 있었다.

아! 완두콩이 이제는 자신의 시절은 다 갔으니 빨리 콩을 익히고 잎은 죽은 것이었다. 아무리 햇볕이 따뜻하고 습기가 있어도 이제는 열매를 맺고 죽을 때가 되었으므로, 그렇게 말라가는 것이었다.

필자는 이를 보고 '사람보다 나은 것이 완두콩이구나!' 고 생각하면서 숙연한 마음이 들었다. 우리들 사람들은 천년만년 살 것처럼 이리 뛰고 저리 뛰면서 병들어서 죽을 날을 알지도 못하는데, 이렇게 미개한 하나의 풀도 시절을 알아서 싹을 틔우고 꽃을 피우고, 열매를 맺은 다음 소리 없이 사라지는구나! 하고 생각하였다.

그런데 여기서 짚고 넘어갈 것 하나가 있으니, 이렇게 아무것도 모를 것 같은 풀도 반드시 꽃을 피우고 열매를 맺어서 다음 해에 다시 태어날 씨앗을 남기고 돌아간다는 것이다. 그러므로 이 세상의 이치는 반드시 생명의 씨앗을 남기고 간다는 것이다. 우리들 사람도 이렇게 해야 하지 않겠는가!

한발 旱魃

요즘 세계적으로 나타나고 있는 가뭄의 원인에 대하여는 지구의 온난화 효과, 엘니뇨 현상이라는 주장들이 있으나 확실하게 밝혀지지는 않고 있다. 강수량이 예년의 10~20%가 적고, 비가 오지 않는 날이 최소한 1개월 이상 되는 경우를 가뭄이 든다고 한다. 심한 경우에는 몇 년씩 이런 현상이 계속되고 있다는데 문제의 심각성이 있다.

이렇게 가뭄이 계속되면 저수지는 모두 말라 마실 물이 없게 되고 농작물은 모두 타 죽어서 사람의 삶 그 자체가 위협을 받을 뿐만 아니라 심지어 굶어 죽기도 한다.

1981년 아프리카의 에티오피아에서 가뭄으로 피골이 상접하고 커다란 눈망울만 껌뻑거리며 죽어가는 사람들에 대한 생생한 TV 보도가 아직도 인상 깊게 남아 있다. 말로만 전해 내려오던 7년 대한大旱이다, 10년 대한大旱이다 하는 말이 실제로 20세기에도 발생했다. 1974년에는 인도 서부 지역에 100년 만의 큰 가뭄이 들었으며, 지역에 따라서는 3년에서 7년까지 비가 전혀 내리지 않아 2,000만 명의 이재민이 발생했다고 한다.

옛적 은殷나라에 칠년대한七年大旱의 큰 가뭄이 들었을 적에, 은殷의 태조 탕왕湯王이 모든 허물을 자신에게 돌리면서 자기 몸을 희생으로 삼아 상림桑林에 나아가 상제上帝께 기도를 드리면서,

"하늘이여 제가 정치를 하면서
정사政事에 절도가 없었는가,
백성이 직업을 잃었는가,
궁실이 사치스러운가,
부녀자의 청탁이 성한가,
뇌물이 행해지는가,
참소하는 자가 출세하는가.
〔政不節歟, 民失職歟, 宮室崇歟, 女謁盛歟, 苞苴行歟, 讒夫昌歟.〕"

라는 여섯 가지 일로 자신을 책망하자, 말이 채 끝나기도 전에 수천 리 지방에 큰비가 쏟아져 내렸다는 고사가 전한다.《呂氏春秋 順民》

우리나라도 올해(2017)에는 비다운 비가 한 번도 내리지 않았다. 필자는 200평 정도의 주말농장을 경영하는데, 사람의 손이 가장 적게 가는 작물인 참깨를 제일로 많이 심고 남은 땅에 감자, 고구마, 상

추, 가지, 당근, 아욱, 쑥갓, 고추, 토마토, 들깨, 오이, 옥수수, 완두콩, 호박 등의 작물을 심었다.

참깨는 두둑에 비닐을 씌우고 심었는데, 가뭄으로 인하여 씨가 잘 나지 않아서 그냥 빈 밭으로 황량하게 너부러져 있었다. 그래서 참깨가 나지 않은 곳에 들깨를 심으려고 들깨모를 부어놓았다. 올해는 현재 6월 20일까지 많은 비가 오지 않아서 상추는 크지 못하고 웅크리고 있고, 호박 역시 넝쿨을 뻗지 못하고 웅크리고 있을 뿐이다.

필자 같은 사람이야 작물이 잘 되든 안 되든 간에 생활하는 데는 하등 지장이 없지만, 농사를 업으로 삼아 일하는 농부는 농사를 잘 짓지 못하면 수확을 할 수가 없으므로 돈으로 교환이 되지 않아서 생활을 할 수가 없는 것이다. 예년 같으면 지금 6월 장마가 내린다고 야단이겠지만 올해는 아직 한발은 현재형이다.

그런데 밭고랑에는 잡초가 왕성하게 자라고 있어서 오늘도 이른 아침에 일어나서 잡풀을 매고 왔다. 왜 이 가뭄에도 잡풀은 왕성하게 자라는가를 생각하니, 낮은 고랑은 그래도 축축한 습기가 있으므로 잘 자라는 것 같아서, '오! 가뭄에는 밭고랑에 작물을 심어야겠네.' 라고 하였다.

사람이 살아가는 것도 위의 작물과 똑같다는 생각을 한다. 즉 어디에 터를 잡는가! 또는 어떤 직장을 들어가는가! 아님 어떤 직종의 사업을 하는가! 가 매우 중요하다는 것을 밭고랑의 잡초를 보고 깨달았다고나 할까! 사실 밭이랑에는 많은 거름을 주었지만, 비가 오

지 않아서 습기가 없기 때문에 작물이 살 수가 없지만, 밭고랑에는 비록 거름은 주지 않았으나 습기가 있으므로 그 습기를 먹고 잘 자라니 하는 말이다.

그러므로 세상을 사는데도 지혜가 중요하니, 비가 적당히 올 것인가! 아님 홍수가 날 것인가! 아님 한발이 계속될 것인가! 이러한 일기의 변화를 예지할 수 있는 지혜가 있다면 대과大過없이 평생을 잘 살 것이다. '역사는 반복된다.' 고 하니, 우리는 역사 공부를 열심히 하여 예지叡智의 능력을 키워야 한다.

고려 왕씨의 수난사

고려는 918년 왕건에 의해 건국되었고, 34대 공양왕恭讓王까지 475년간 존속했다. 신라 말에 송악松嶽(開城)의 토호土豪였던 왕건은 태봉泰封의 왕인 궁예弓裔의 부하로 있다가 918년 궁예를 추방하고 즉위하여 국호를 고려, 연호를 천수天授라고 하여 고려를 건국하였다. 개경(현 황해도 개성시)을 수도로 삼았으며, 936년 후삼국시대를 형성하고 있던 한반도를 하나의 국가로 통일하였다.

고려 우왕 당시 고려와 명나라의 관계는 명나라가 무리한 공물을 요구해 매우 긴장되어 있는 상태였는데, 1388년에는 명나라가 철령위鐵嶺衛를 설치해 철령 이북의 땅을 요동도사遼東都司의 관할 아래 두겠다고 통고해 왔다. 이에 고려가 크게 반발해 결국 요동정벌로 이어졌다.

요동정벌이 단행될 때, 수문하시중守門下侍中 이성계는,

"작은 나라가 큰 나라를 거스르는 일은 옳지 않으며, 여름철에 군사를 동원하는 것이 부적당할 뿐 아니라, 요동을 공격하는 틈을 타고 왜구가 창궐할 것이며, 무덥고 비가 많이 오는 시기이므로 활의 아교가 녹아 풀어지고 병사들이 전염병에 걸릴 염려가 된다는 4불가론四不可論을 들어 반대하였다."

고 한다. 그럼에도 우왕과 문하시중 최영崔瑩이 강력하게 주장해 요동정벌이 실행되었다. 이에 따라 고려에서는 8도의 군사를 징집하는 한편, 세자와 여러 비妃들을 한양산성漢陽山城으로 옮기고 찬성사 우현보禹玄寶로 하여금 개경을 지키게 한 뒤 우왕과 최영은 서해도西海道로 가 요동정벌의 태세를 갖추었다.

그리고 이해 4월에는 우왕이 봉주鳳州에 있으면서 최영을 팔도도통사八道都統使로 임명하고, 창성부원군 조민수曺敏修를 좌군도통사로 삼아 서경도원수 심덕부沈德符, 서경부원수 이무李茂, 양광도도원수 왕안덕王安德, 양광도부원수 이승원李承源, 경상도상원수 박위朴葳, 전라도부원수 최운해崔雲海, 계림원수 경의慶儀, 안동원수 최단崔鄲, 조전원수助戰元帥 최공철崔公哲, 팔도도통사조전원수 조희고趙希古 · 안경安慶 · 왕빈王賓 등을 소속시켰다.

또 이성계를 우군도통사로 삼아 안주도도원수安州道都元帥 정지鄭地, 안주도상원수 지용기池勇奇, 안주도부원수 황보림皇甫琳, 동북면부원수 이빈李彬, 강원도부원수 구성로具成老, 조전원수 윤호尹虎 · 배극렴裵克廉 · 박영충朴永忠 · 이화李和 · 이두란李豆蘭 · 김상金賞 · 윤사덕尹師德 · 경보慶補, 팔도도통사조전원수 이원계李元

桂 · 이을진李乙珍 · 김천장金天莊 등을 소속시켜 좌 · 우군을 편성하였다.

이때 동원된 총 병력은 좌 · 우군 3만 8,830명과 겸군傔軍 1만 1,600명, 그리고 말 2만 1,682필이었다. 곧이어 우왕과 최영은 평양에 머물면서 독전하고, 이성계와 조민수가 이끄는 좌 · 우군은 10만 대군을 자칭하면서 평양을 출발해 다음 달에 위화도에 둔진하였다.

그런데 그 사이에 도망치는 군사가 속출했고, 마침 큰비를 만나 압록강을 건너기가 어렵게 되자, 이성계는 이러한 실정을 보고하면서 요동정벌을 포기할 것을 우왕에게 요청하였다. 그러나 우왕과 최영이 이를 받아들이지 않고 계속해서 요동정벌을 독촉하자, 결국 이성계는 조민수와 상의한 뒤 회군을 단행하였다.

개경으로 돌아온 이성계 등은 최영의 군대와 일전을 벌인 끝에 최영을 고봉현高峰縣으로 유배하고 우왕을 폐위해 강화도로 방출하였다. 이로써 이성계 등은 정치적인 실권을 장악했다.(한국민족문화대백과 사전)

이렇게 하여 조선의 왕이 된 이태조는, 당시 '충신忠臣은 불사이군不事二君' 의 기치를 들고 조선에 입조入朝하지 않은 사람들, 즉 '두문동 72현' 등 많은 사람들이 역성혁명을 한 조선을 거부하고 모두 낙향하여 자신의 지조를 지키며 살겠다고 하였다. 이에 태조의 권좌는 뿌리를 내리지 못하는 형편이었다.

이러한 상황에서 일찍부터 이성계와 같이 혁명한 정도전을 위시

한 신진 사료仕僚들은 반대파를 숙청하기에 이르렀으니, 이에 불안한 마음은 가중되어서 어느 누가 고려 왕족을 업고 반란을 할지 모르는 상황이었기에, 이를 경계하는 마음에서 태조께 수십 번을 통하여 고려 왕족인 왕씨를 제거해야 한다고 상소를 올리고, 그리고 직접 계啓를 올리면서 태조를 압박하였다.

결정적인 사건은 문하부 참찬 박위朴威가 동래현령 김가행과 염장관 박중질을 시켜 밀양에 사는 맹인 이흥무에게 국가의 안위와 왕씨의 운명을 알아보는 점을 치게 하였는데, 이것이 누설된 것이었다. 조정에서 이흥무를 잡아다 문초하니 이렇게 실토하였다. "김가행과 박중질이 박위의 이름으로 와서 점치게 하면서 말하기를, '고려 왕조 공양왕의 명운命運이 우리 주상과 누가 낫겠는가! 또 왕씨 가문에서 누가 명운이 귀한 사람인가! 하므로, 내가 남평군 왕화의 명운이 귀하다.' 고 하였고, 그 아우 영평군 왕거가 그다음이 된다고 하였습니다." 고 하였다. (태조 3년 1월 16일)

이 사건으로 인해 조정에서는 왕씨들을 모두 죽여야 한다는 여론이 비등했다. 이미 왕씨는 강화도와 거제도에 이주하여 살게 하였었는데, 조정에서 이들을 죽여서 고려의 왕씨가 다시 일어나지 못하도록 하여야 한다고 하였으니, 일단 조정에서 파견된 관리들은 강화도에 가서 왕씨들을 모이게 하고, '더 좋은 곳으로 이주하여 잘 살게 하겠다.' 하고 배에 타도록 했다. 왕씨들은 모두 '더 좋은 곳으로 이주하여 잘 살게 하겠다.' 고 하니, 아무런 의심 없이 배에 탔고, 배는 강화도를 떠나 바다 가운데로 가는 도중에 미리 약속한 잠수부가 배 밑으로 들어가서 배에 구멍을 내어 배에 물이 차서 바다에 가라앉았으니, 이렇게 하여 왕씨들은 유언 한 장 남기지 못하고 불귀不歸의 객이 되고 말았다고 한다.

이렇게 조선의 정부에 의해 학대를 받은 왕씨들은 왕王자가 들어가는 성으로 성을 바꾸었으니, 곧 전全, 옥玉, 금琴, 전田 등의 성으로 개성改姓하여 살았다고 전한다.

현재 전주 이씨의 인구는 2000년 기준 한국 성씨 중의 3위인 200만 명을 상회한다. 반면에 고려 왕씨의 인구는 2000년 기준 19,000명에 불과하다. 조선보다 약 500년을 앞서서 일국의 제왕을 한 국성國姓이니, 왕씨가 조선 초에 화를 당하지 않았다면 조선의 국성인 전주 이씨보다 몇 배 더 많았어야 할 성씨인데도 불구하고 겨우 19,000여 명에 불과하다는 것은 고려의 국성인 왕씨가 조선 초에 엄청난 화를 당했고 그로 인하여 많은 왕씨들이 성姓을 바꾸었다는 것을 반증하는 것이 아닌가 하고 조심스럽게 추측해본다.

필자의 성이 전全이다. 오늘날에도 전하는 전설에 의하면, '전全씨는 고려의 국성國姓인 왕씨가 고려가 망하니 조선의 태조에게 핍박을 받아서 죽을 수밖에 없는지라, 이에 왕王자 위에 인人자를 붙여서 나는 왕씨가 아니고 전씨이다.' 고 하여 화를 모면했다고 한다. 이 말을 사실적인 말로 인정을 한다. 그리고 '동국문헌비고' 등 몇몇 문헌에서는 전씨의 시조에 대해 또 다른 이야기가 전해지고 있다. 이들 서적에 따르면, 옛적에 '왕몽王蒙' 이란 사람은 '훗날 왕王씨가 임금이 되리라.' 는 참언讖言 때문에 마지막 임금이자 폭군이었던 공갑의 치세에 결국 나라를 떠날 결정을 내렸다.

그는 처음 기자조선(재야사학들은 기자조선의 존재를 부정)으로 피신했다가 다시 마한으로 옮겨갔다고 한다. 마한으로 옮겨가서도 왕王씨가 임금이 되리란 소문이 나돌았다. 결국 화를 입을까 봐 두려웠던 왕몽은 자신의 성인 왕이라는 글자 위에 인人자를 붙여서 '전仝씨' 로 성을 바꿨다는 일화가 전해진다. 이러므로 왕씨가 화를 피하여 전仝이 된 것은 확실한 것 같다.

그러나 고려사에는 고려 개국공신인 전이갑全以甲, 전의갑全義甲, 전락全樂 등이 보이고, 또한 고려 말에 대제학 전오륜全五倫, 판서 전숙全淑 등 많은 전全씨가 보이므로, 전全씨는 백제의 개국공신인 전섭全聶의 자손으로 대대로 살아온 토성土姓임이 증명된다고 봐야 한다.

결론적으로 말하면, 고려의 국성인 왕씨가 조선 초에 이씨한테 핍박을 받은 것은 사실적으로 맞는 말이고, 그리고 전全씨는 처음에 왕씨였다는 설도 맞는 말로 여기나, 모든 전씨가 고려의 국성인 왕씨가 개성改姓하여 되었다는 설은 믿을 수 없는 하나의 전설에 불과하다고 봐야 한다.

초목의 종족 보전과
사람의 계자系子 이야기

봄에 주말농장에 참깨를 많이 심었다. 왜냐하면 필자는 전문적인 농사꾼이 아니기에 비교적으로 재배하기에 품도 덜 들고 편하며, 알찬 수확을 하는 품종을 고르다 보니 참깨가 가장 나을 듯하여 밭두둑에 비닐을 씌우고 아내와 함께 비닐 구멍에 참깨를 파종했다.

참깨는 씨가 작기 때문에 땅에 깊이 묻으면 싹을 틔우지 못한다. 왜냐면 모든 씨앗은 그 씨앗의 크기만큼 흙을 덮는 것이 파종의 보편적인 상식이니, 그 작은 참깨만큼 흙을 덮는다는 것은 그냥 약간의 흙을 덮는다는 것과 같은 말이 된다. 이렇게 흙을 조금 덮으면 흙이 햇볕에 쉽게 마르게 되어서 자칫하면 습기가 말라서 싹을 틔우지 못하는데, 올해 필자가 심은 참깨가 이런 경우를 당하여 참깨의 싹이 4분의 1도 트지 않았다.

올해(2017)는 봄의 가뭄이 너무 길어서 어찌할 수가 없었고, 그리고 필자의 주말농장은 샘이 없는 밭이어서 물을 줄 수도 없는지라, 그냥 노지露地로 놔두는 수박에 없었기에 싹을 틔우지 못한 것이다.

봄이 지나고 여름의 장마철이 되니, 비가 내리기 시작했다. 그래서 필자는 들깨의 묘苗를 붓고 파종할 만큼 자란 뒤에 참깨가 나지 않은 자리에 들깨를 심었다. 그리고 그 파종한 중간에 약간의 비료를 주었는데, 들깨가 무럭무럭 자라서 붉게 드러난 밭을 푸르게 해주었으므로 보기에도 좋고 또한 깻잎을 따다가 반찬을 만들어서 먹으니, 별미가 따로 없었다.

반면에 우리 밭 위에서 주말농장을 하는 홍 여사는 참깨를 나보다 일찍 파종하였으므로 그때는 습기가 있어서 싹이 제법 잘 났기 때문에 참깨 농사는 제법 잘했는데, 참깨를 베어 내고 그곳에 또 들깨를 심었는데, 어제(9월 10일) 밭에 가보니, 우리 밭의 들깨는 무성하게 자라서 많은 꽃을 피웠고, 홍 여사가 심은 들깨는 한참 자라려고 하다가 꽃을 피우고 있었으니, 들깨의 농사는 필자가 홍 여사보다 많은 수확을 얻을 듯하다. 왜 이런 현상이 일어났는가 하면, 식물도 꽃을 피우는 시기가 있어서 그때가 되면 잘 자랐던 못 자랐던 간에 꽃은 똑같이 피우므로 이런 현상이 일어난 것이다.

다시 부언하면, 개개 종자마다 꽃이 피는 시기가 되면 무성하게 잘 자란 것과 그렇지 못한 것도 모두 꽃이 피게 된다는 이야기다. 그러므로 필자가 심은 들깨 역시 모두 함께 꽃을 피워서 열매를 맺으려고 한다는 것이니, 이는 열매를 맺어서 다시 다음 해에 자신의 씨를 이 지상地上에 펴기 위한 하나의 행위인 것이고, 농사를 지은 주인에게 많은 열매를 주려고 해서 많은 열매를 맺는 것은 아니다. 농부는 이러한 초목의 심리를 잘 이용해서 많은 수확을 하여 사람이 살아가기에 유익하도록 이용하는 것일 뿐이다.

사람도 남녀가 결혼을 하고 자식을 낳아서 길러야 하는데 아기를 낳지 못하는 부인이 예부터 이따금 있었으니, 이런 사람을 석녀石女라고 불렀다. 이러므로 자식이 없는 사람은 형제의 자식을 계자系子로 달라고 해서 대代를 잇는 풍습이 근세조선을 통하여 이어져 왔다.

이러한 계자系子, 즉 양자養子의 제도는 유가儒家에서 도입되었다고 봐야 한다. 맹자孟子께서 말씀하시기를,

"이 세상에 죄가 3,000가지가 있는데, 그중에 자식이 없는 것이 제일 크다.(罪有三千, 無子爲大.)"

고 하였으니, 이는 자식이 없으면, 조상께 제사를 올리지 못하므로 조상께 커다란 죄를 지게 되는 것이기에 그렇게 말씀하신 것이라고 생각한다.

또한 이를 꼭 제사를 올리지 못하는 것으로만 보지 말고, 이 세상이 계속 유지되어야 하는데 일조를 하는 것으로 생각해보면 자식은 반드시 낳아야 하는 것이다. 만약에 너나 할 것 없이 모두 자식을 낳지 않는다고 하면 이 세상은 사람이 없는 세상이 될 것이니, 그러면 누가 이 세상을 운영할 것인가! 짐승과 파충류만 우글대는 세상이 되고 말 것이니, 끔찍하지 않은가!

조선조에 영의정을 지낸 김수항金壽恒은 아들이 6명인데, 이들의 이름에 모두 창昌자가 들어가므로 이들을 육창六昌이라 부르는데, 이들의 이름은 창집昌集, 창협昌協, 창흡昌翕, 창업昌業, 창즙昌緝, 창립昌立이라고 한다.

이들 모두 학문에 정진하여 일가를 이루었으므로 세간에서 이 집안을 부러워했다고 하는데, 맨 말째인 창립昌立은 17세에 결혼하고 18세에 죽었으므로 계자系子를 세워서 후사後嗣를 이었다고 하며, 용인에 가면 창립昌立의 묘를 필두로 하여 자손들의 묘가 그 아래로 나란히 쓰여 있고, 필자의 서예 스승인 여초 김응현 선생과 일중 김충현 선생의 묘도 그곳에 있다. 가문이 현달하여 세상의 부러움을 받았지만 아들이 없는 사람이 많아서 양자養子를 많이 세웠다고 전한다.

그런데 서울 번동의 드림랜드가 들어있는 산이 모두 이 집안의 땅인데, 수년 전에 정부에서 그 땅을 모두 매입하였으므로 종친회에서 많은 돈을 받아서 그 후손이 되는 사람은 남녀불문하고 모두 십수억 원의 돈을 나누어주었다고 하니, 양자의 제도로 인하여 이런 횡재를 한 경우도 혹 있으니, 매우 아름다운 행운이 찾아온 것이 아닌가 하고 생각한다.

제철의 음식

《논어》에는 공자께서 평소에 잡수시던 식습관을 적어 놓았으니, 지금으로부터 약 2500년 전의 식습관을 오늘에 와서도 다시 생각하게 해준다. 그럼 아래에 공자의 식습관의 내용을 우선 알아본다.

공자께서는,

"밥은 정精한 것을 싫어하지 않으시며, 회는 가늘게 썬 것을 싫어하지 않으시며, 밥이 상하여 쉰 것과 생선이 상하고 부패한 것을 먹지 않으셨으며, 빛깔이 나쁜 것을 먹지 않으셨으며, 냄새가 나쁜 것을 먹지 않으셨으며, 익지 않은 요리는 먹지 않으셨으며, 제철에 나지 않은 것을 먹지 않으셨으며, 자른 것이 바르지 않으면 먹지 않으셨으며, 그 장醬을 얻지 못하면 먹지 않으셨으며, 고기를 비록 많이 먹더라도 밥의 기운을 이기지 않게 하셨으며, 술은 일정한 양이 없으셨는데, 어지러운 지경에 이르지는 않으셨다.(食不厭精하시며,

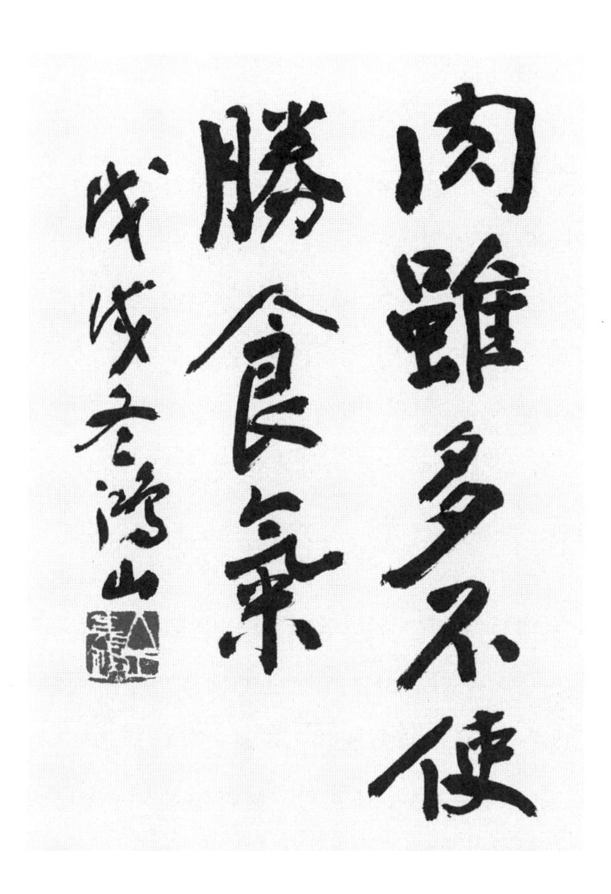

膾不厭細하시며, 食饐而餲와 魚餒而肉敗를 不食하시며, 色惡不食하시며, 臭惡不食하시며, 失飪不食하시며, 不時不食하시며, 割不正이어든 不食하시며, 不得其醬이어든 不食하시며, 肉雖多나 不使勝食氣하시며, 惟酒無量하시되 不及亂이러시다.)"
고 하였다.

위의 내용 중에 '고기를 비록 많이 먹더라도 밥의 기운을 이기지 않게 하셨으며' 의 말씀을 생각해보려고 한다. 말씀인즉, '고기의 맛이 아무리 좋아서 많이 먹더라도 음식의 주체가 되는 밥보다는 많이 먹지 않으셨다.' 라는 말씀인 듯하다.

맞는 말씀이다. 사람이 하는 일 중에는 모든 것이 다 주主와 종從이 있기 마련인데, 만일 종從이 되는 노비가 주主가 되는 주인의 방을 차지한다거나 집을 몽땅 빼앗았다면, 이는 종從이 주主를 누른 패역으로 봐서 있어서는 안 될 일이 벌어진 것이니, 그러므로 위에서 공자께서 식사를 할 적에도 주종主從의 관계를 확실히 한 것으로, 이는 식사 중에도 후학을 가르치고 계신다는 것에 찬사를 보내는 것이다.

지난주에 대전에 사는 큰아들네 식구가 모두 우리 집에 온다고 하여 아내가 음식을 만들려고 시장에 가서 취나물을 사와서 음식을 만들어서 맛을 보고는 '맛이 쓰다.' 고 하면서 나보고 먹어보라고 해서 맛을 보니, 정말로 맛이 쓰고 깔깔하여 봄에 나는 부드러운 취나물의 맛이 아니었다.

그래서 나는 언뜻 공자님께서 '제철에 난 음식이 아니면 먹지 않으셨다.' 라는 말씀을 생각하였으니, 사실 취나물은 봄에 연하게 나오는 것을 먹어야 향기도 좋고 맛도 일품이다. 그런데 지금은 9월달로 가을인지라, 가을은 모든 식물이 갈무리를 하는 계절이기 때문에 봄나물처럼 연하지 않고 거칠어 뻣뻣하고 깔깔한 맛이 된 것이었으니, 이를 미리 알지 못하고 취나물을 사온 것이 하나의 패착이 아니었나 하고 생각한다.

사실적으로 말해서 무더운 여름에는 수박이나 오이, 그리고 참외 같은 찬 음식을 먹어야 열이 오른 몸의 더위를 식히게 되므로 자연히 입맛에 맞게 되는 것이다. 그리고 추운 겨울에는 더운밥에 더운 국이나 더운 장醬을 먹어야 뱃속이 시원하고 입맛이 당기는 것이다.

이런 이야기도 전한다. 목욕탕의 이야기인데, 아들과 아버지가 목욕을 하러 목욕탕에 가서 목욕을 하는데, 아버지가 뜨거운 탕에 들어가니 몸이 풀리고 시원하여 아들을 향하여,

"애야, 이곳에 들어와라. 물이 따뜻하여 아주 시원하고 좋구나!"
고 하니, 아들이 아버지의 말씀을 따라 뜨거운 탕에 들어가니 그냥 뜨겁기만 하여 빨리 밖으로 나와서 하는 말이,

"아버지 뭐가 시원해요. 뜨겁기만 하구먼."
하였다는 이야기이다. 아버지는 나이가 많으므로 몸이 차가우니 뜨거운 물에 들어가면 냉온冷溫이 중화가 되어서 시원한 반면에, 아들은 나이가 어리므로 몸이 뜨거운데, 다시 뜨거운 탕에 들어가니 견디지 못하고 빨리 밖으로 나온 것이다.

이와 매일반으로 채소를 가꾸는 농부도 이런 이치를 잘 안다면 보다 더 좋은 채소를 공급할 것인데, 이를 무시하고 계절에 관계없이 비닐하우스 안에서 채소를 키워서 파니, 제철의 채소는 소비자의 욕구를 100프로 채워주지만, 만약 제철의 채소가 아닌 것을 억지로 길러서 시장에 내놓으면 소비자의 욕구를 채워주지 못하는 것이다.

경동시장에 가다

필자는 매일 의정부 회룡역에서 1호선 전철을 타고 종로3가역에 내려서 낙원동에 있는 사무실로 출근한다. 그런데 1호선은 노인의 승차율이 절반 이상을 차지할 정도로 많이 타는데, 그중에는 짐을 싣는 카트를 끌고 나와서 제기동의 경동시장에 가는 노인들이 많은 것을 볼 수 있다. 하여간에 노인들은 대부분 제기역에서 승하차하는 사람이 많은 것을 매일 보았기에, 마음속으로 '이 노인들은 물건을 사러 제기동에 있는 경동시장에 가는 사람들이다.' 라고 생각했는데, 수일 전에 필자도 청량리 수산시장에서 '전어' 를 사려고 제기역에서 하차하여 약전 골목을 거쳐서 청량리로 올라가는데, 사람들(거의 노인)이 너무 많아서 빨리 걸어갈 수가 없었다. 그리고 카트를 끌고 다니는 노인에 걸려서 자칫 한눈을 팔면 카트에 걸려서 넘어질 수밖에 없는 형편이었고, 그리고 지팡이를 짚고 느릿느릿 걸어가는 노인들이 많아서 그냥 천천히 이쪽저쪽을 구경하며 걷는 것이 제일 좋을 듯싶었다.

길옆의 상점에는 노인들이 먹기에 알맞고 비교적 저렴한 먹을거리가 많았으니, 1,000원짜리 떡, 2,000원짜리 사탕과 과자, 미숫가루, 건강에 좋다는 차茶, 삶은 옥수수, 그리고 여러 가지 과일과 채소, 건어물 등 없는 것이 없을 정도로 풍성하게 많았다. 제기동 사거리를 건너서 청량리 쪽의 경동시장에 진입하니, 길가 양쪽에 벌전이 쭉 늘어서 있고 상인들이 여기저기서 호객을 하고 있었다. 시장 안으로 들어가니 견과류 상점이 늘어서 있었고, 그리고 그 앞에는 건조하지 않은 생 인삼을 팔고 있었으니, 1근 300g에 12,000원을 하였다. 인삼은 가지가 많고 실 털이 많아서 비교적 상품이 떨어지는 것은 300g 한 근에 10,000원도 하였으니, 인삼의 고장인 금산을 가도 이렇게 싸게는 구입하지 못할 것 같았다.

예부터 인삼은 300g을 한 근으로 하였고, 고추 등 기타의 물건은 600g을 한 근으로 하는데, 요즘 시장에서 파는 생물 등은 375g을 한 근으로 쳐서 팔기 때문에 이를 반올림을 하여 400g에 한 근으로 하여 판다.

얼마 전에 중국에 가보니 1kg을 한 근으로 쳐서 물건을 팔았다. 시장에 나가서 과일을 사는데 시골 할머니들이 옛날 저울을 가지고 나와서 1kg을 정확하게 달아서 파는 것을 본 일이 있다.

도량은 국가적으로 통일을 시킬 필요가 있으니, 중국은 이미 이를 시행하였는데 중국보다 선진국인 대한민국은 아직도 도량을 통일하지 못하고 있으니, 국민들이 물건을 사는데 어느 물건은 300g이 한 근이고, 어느 물건은 400g이 한 근이며, 어느 물건은 600g이 한 근이므로 혼란을 야기할 수가 있고, 자칫하면 분쟁을 일으킬 빌미가 되는 것이다. 이는 반드시 시급히 개선되어야 한다.

옆으로 조금 더 가니 제상祭床에 올리는 제수祭需를 파는 곳이 즐비하게 많았으며, 그리고 앞으로 더 가니, 사과, 배, 감 등을 파는 과일점이 수없이 많았는데, 커다란 나주 배 4개에 5,000원이라고 하여 샀고, 커다란 대봉도 10개에 3,000원이라 해서 샀는데, 들고 다니는데 상당히 무거웠다. 이러므로 노인들이 카트를 끌고 다니는구나 하고 생각하였다.

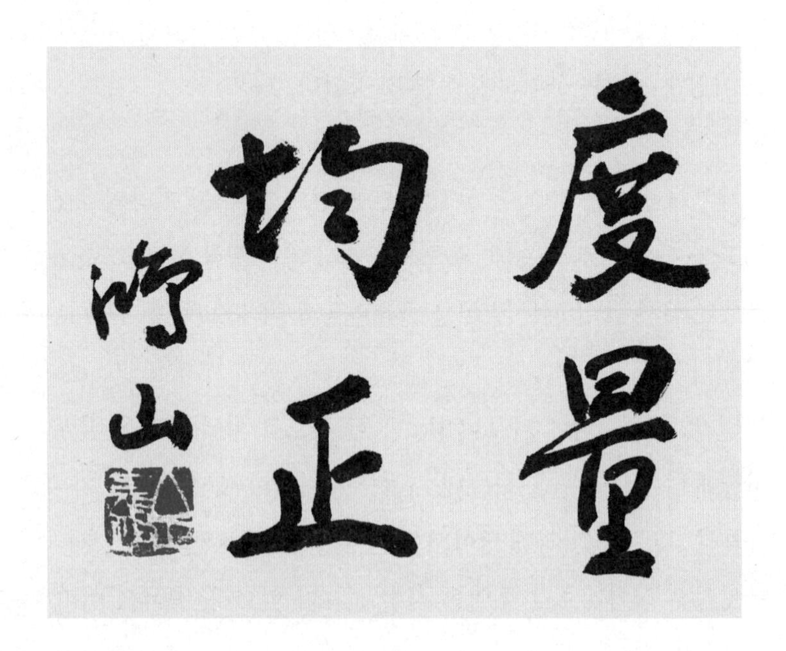

지하시장으로 들어가면 수산물을 파는 점포들이 여기저기 쭉 늘어서 있고, 그리고 그 옆에는 생선회를 파는 음식점과 수제비를 파는 식당 등 많은 식당들이 있었는데 모두 저렴한 가격에 푸짐한 음식을 제공하는 음식점들이다. 그도 그럴 것이 물건이나 음식이 저렴하지 않으면, 누가 이 지하까지 걸어와서 물건을 사고 음식을 사 먹겠는가! 그러므로 회를 저렴하게 먹으려면 이곳으로 와서 사 먹어야 한다. 그리고 지하 입구에서 아래로 내려오면서는 홍어회를 떠서 파는 점포가 있으니, 종이접시에 담은 홍어회 하나에 10,000원이라고 하였다. 홍어회는 삭혀서 먹는 회이기에 파는 곳이 적을 뿐만이 아니고 가격 또한 비싼 것인데, 이곳에서는 단돈 1만 원에 사면 몇 명의 술안주가 될 수가 있으니 좋은 것 같았다. 그리고 먼 바다에서 막 잡아서 급랭한 갈치와 꽃게 등 생선류를 파는데, 보통 5,000원에서 10,000원을 주고 사면, 집에 와서 맛있는 매운탕을 푸짐하게 끓여먹을 수가 있을 것 같았다.

이렇듯 저렴한 가격으로 좋은 물건을 살 수가 있기에 그 많은 사람들이 찾아오는구나! 하고 생각하게 되었고, 할 일이 없는 노인이 집에서 가만히 앉아있으면 심심하지 않겠는가! 일찍이 카트를 끌고 나와서 공짜의 전철을 타고 이곳에 오면 사람 구경도 할 수가 있고 시장에 가득 쌓인 상품들도 구경하면서 비교적 저렴하고, 꼭 필요한 물건이 있으면 얼른 사서 카트에 싣고 이리저리 돌아다니다가 12시가 되면 지하의 식당에 가서 간단하게 요기療飢를 하고 막걸리도 한 잔 걸치고 나서 집에 돌아와서 저녁을 먹으면 어느새 하루가 가니 좋겠구나! 하고 생각을 하였다.

이곳 제기동과 청량리동에 걸쳐있는 경동시장은 아마도 대한민국에서 제일 큰 시장 중의 하나가 아닌가 하고 생각한다. 지하철 청량리역에서 제기역 사이가 모두 시장인데, 건너에는 수산시장이 있고, 조금 걸어서 한 블록을 지나면 마장동인데, 이곳에는 대한민국에서 제일 큰 우시장이 있으니, 혹 신선하고 저렴한 소고기와 소뼈 등을 사려고 하면, 이곳에 있는 수백 개의 점포에서 신선한 것으로 골라서 사면된다.

다시 정리하면, 경동시장에 가면 한약재, 야채, 과일, 건어물, 생어물, 제수祭需, 인삼, 견과류, 닭고기, 급랭한 생선 등을 살 수가 있고, 그리고 마장동의 우시장에서는 신선한 소고기와 소뼈, 돼지고기와 돼지뼈를 저렴하게 살 수가 있으며, 그리고 청량리의 청과시장에서는 백 개도 넘는 수많은 과일 점포에서 싱싱하고 저렴한 과일을 살 수가 있고, 건너편 청량리 수산시장에서는 갖가지 생선을 저렴한 가격에 살 수가 있다. 그러므로 우리들이 가정에서 생활하는데 필요한 모든 것을 이곳에서 저렴하게 살 수가 있으니, 좋은 시장인 것이다.

한시일언漢詩一言

현존하는 시詩의 시원始原은 유가儒家의 경전인 시경詩經이라고 본다. 시경은 성질에 따라 풍風 · 아雅 · 송頌으로 분류하고 작법에 따라 비比 · 부賦 · 흥興으로 분류를 한다. 풍風은 서민의 노래, 아雅는 왕실의 연주, 송頌은 훌륭한 선현先賢을 기리는 노래인데, 시경의 시는 대체로 4언으로 되어있다. 아래에 표유매摽有梅 장章의 일부를 소개한다.

摽有梅여	떨어지는 매실이여
其實七兮로다	그 열매가 일곱이로다.
求我庶士는	나를 구하는 庶士들은
迨其吉兮인져	그 吉日에 미쳐 올진져.

이렇게 처녀가 매실의 떨어짐을 보면서 자신을 찾는 선비들은 길

일을 가려서 찾아오라고 노래한 시이다. 이 시의 전체를 보면, 세월은 가는데 멋진 신랑감은 오지 않으므로, 시집가지 못하는 자신의 안타까운 심정을 두드러지게 드러낸 순수한 시라 할 수가 있다.

시경詩經의 시 305편은 공자께서 3,000여 수의 시에서 산삭刪削한 시로 풍속을 저해하지 않고 사람의 감정을 발흥發興하여 감정이 풍부한 사람, 즉 멋진 사람으로 만들려는 뜻이 숨겨져 있다고 봐야 한다.

그 뒤 당唐에 내려오면 오언절구五言絶句와 오언율시五言律詩가 있고, 칠언절구七言絶句와 칠언율시七言律詩가 대세를 이룬다. 물론 육언시六言詩도 있고, 오언배율五言排律과 칠언배율七言排律 등이 있으나 오늘날에는 거의 배율排律은 짓지 않고 그냥 절구絶句와 율시律詩만을 읊으므로 필자는 이에 대하여 몇 마디 하려고 한다.

첫째로, 한시漢詩는 압운押韻[5]을 해야 하니, 평성平聲과 측성仄聲 중에 평성을 낮은 자字라 하여 절구의 경우 맨 먼저 1, 2, 4행의 맨 아래에 넣고 시를 짓는 형식을 말하고, 율시의 경우 평성平聲의 글자를 맨 먼저 1, 2, 4, 6, 8행의 맨 아래에 넣고 시를 짓는 경우를 말한다. 또한 글자를 배열할 때에 평측平仄을 넣어서 지어야 하는데, 이런 아주 기본적인 것은 지면 관계로 다음 기회로 미루고, 이번에는 한시를 짓는 기술적인 것을 간단히 말하려고 한다. 이에 가도賈島와 한유韓愈의 고사故事를 말하려고 한다.

5 압운押韻 : 시가에서, 시행의 처음, 중간, 끝 따위에 같은 운을 규칙적으로 다는 일.

가도賈島[6]가 어느 날 당나귀를 타고 이응李凝의 집을 찾아 나선 길에 "제이응유거題李凝幽居"라는 시를 지었다.

閒居少隣並	한가히 사니 이웃과 어울림이 적은데
草徑入荒園	풀 길은 거친 동산으로 들어가네.
鳥宿池邊樹	새는 연못 가의 나무에서 자는데
僧敲月下門	중은 달 비취는 문을 두드리네.
過橋分野色	다리를 지나니 야색野色이 나뉘는데
移石動雲根	돌을 옮기니 운근雲根(구름)이 움직이네.
暫去還來此	잠시 갔다가 다시 이곳에 오니
幽期不負言	그윽하리라 기대한 말 저버리지 않는다네.

가도賈島가 이 시를 지으면서 제4행의 '승퇴월하문僧推月下門'에서 제2자인 퇴推자를 가지고 고敲(두드리다)자로 할까 그냥 퇴推(민다)자로 할까를 고민하면서 말을 타고 가다가 그만 대신의 행차와 부딪치고 말았다. 대신 행차의 수행원이,

"어느 놈인데 대신의 행차에 말에서 내리지 않느냐!"

하고 큰소리로 꾸짖으니, 가도는 그때서야 자신의 실수를 깨닫고 전후사항을 설명하였고, 수레에 타고 있던 경조윤京兆尹[7] 한유韓愈는 한사寒士인 가도의 작시作詩하는 모습을 가상히 여겨 꾸짖지 않고 불러 세우고 말하기를,

"내 생각에는 고敲자가 좋겠네."

6 가도賈島 : 당나라 시인. 한유의 친구이다.

7 경조윤京兆尹 : 당나라 수도의 시장을 말한다.

라고 하였다는 고사이다. 그러므로 퇴推와 고敲를 합해서 퇴고推敲[8] 라는 말이 이때에 생겼다고 전한다.

위의 시는 오언율시이니, 1, 2행을 수연首聯이라 하고, 3, 4행을 함연頷聯이라 하며, 5, 6행을 경연頸聯이라 하고, 7, 8행을 미연眉聯이라 하는데, 이 중에서 함연, 즉 3, 4행과 경연, 즉 5, 6행은 반드시 대對를 이루어야 한다.

그러므로 4, 5행의 鳥와 僧, 宿과 月, 池邊과 月下, 樹와 門이 모두 대對가 되었고, 5, 6행의 過橋와 移石, 分과 動, 野色과 雲根이 보기 좋게 대對를 이루었음을 알 수가 있다. 그리고 수연首聯에서 시상詩想을 일으켰으면 함연頷聯은 수연을 이어서 연결하여 가는 것이고, 경연頸聯은 전구轉句로, 함연頷聯과는 전혀 다른 내용을 써야 하며, 미연眉聯은 앞의 세 연聯을 합하여 결론을 지어야 하는 것이다.

그러면 절구 한 수를 보기로 하자. 필자가 2005년 봄에 읊은 '춘산春山' 이라는 시이니,

早曙南山衆鳥歌	이른 새벽 남산에 많은 새 우는데
芳春三月發花多	향기로운 봄 3월[9]에 많은 꽃 피었네.
解氷雲谷溪聲聞	해빙한 구름 골짜기 시냇물 소리 졸졸졸
林樹依風暖氣和	춘풍의 수림樹林은 따뜻하고 평화롭다네.

8 퇴고推敲 : 완성된 글을 다시 읽어 가며 다듬어 고치는 일.

9 3월 : 이는 음력 3월이니, 양력은 4월이다.

절구絶句는 대對를 맞추지 않아도 된다. 그냥 평측平仄을 맞추고 기승전결起承轉結을 맞추어서 시를 짓는 것이다.

절구絶句도 율시律詩와 같이 1행에서 시상詩想을 일으키고, 2행에서는 1행을 이어서 연결하여 나가며, 3행은 전구轉句로 전혀 다른 내용으로 써야 하는 것이니, 위 시 2행은 '3월에 꽃이 피었네.' 인데, 3행에서는 '해빙한 깊은 골짜기' 가 나와서 2행과 전혀 다른 내용으로 돌렸음을 볼 수가 있는 것이다. 그러므로 4행 결구結句에서는 1행, 2행, 3행의 내용을 한데 묶어서 결론을 내렸음을 볼 수가 있는 것이다.

특히 한시는 시어詩語를 잘 골라서 쓸 줄 알아야 한다. 위 가도賈島의 시에서, 閒居 · 草徑 · 荒園 · 池邊樹 · 月下門 · 野色 · 雲根 등이 모두 시어詩語임을 알 수가 있다.

요즘에 한시 인구가 상당히 많아졌음을 볼 수가 있어서 매우 고무적이지만, 대부분이 글자를 연결하는 수준이다. 그리고 한시漢詩를 잘 읊으려면 첫째 당음唐吟을 많이 읽어야 하고, 그리고 조선시대 우리의 선현들이 읊은 시를 다독多讀하여 시어詩語가 나의 몸에 체득體得이 되도록 해야 한다. 그래야 가도처럼 시어를 완벽하게 구사하는 사람이 되는 것이다. 한시를 짓는 자는 힘써야 한다.

서가書家는 붓글씨를 잘 쓰는 사람을 일컫는다. 우리들이 잘 알아서 입에 자주 올리는 사람은 추사秋史 김정희金正喜 선생인데, 추사는 서가書家이기 전에 시인이고, 정치가이며, 금석 학자이었다.

서書는 그가 9년 동안의 유배생활 중에 남는 시간을 예술 쪽에 매진하여 그 유명한 추사체를 완성한 것을 말한다. 추사의 예술 승화의 정신과 추사체의 완성은 세계에 내놓아도 흠잡을 데가 없는 너무나 대단한 행위이었다. 그러나 같은 시대 다산茶山 선생이 18년간의 유배생활에서 학문에 매진하여 국가와 사회, 민족을 위해서 실학을 집대성하고 정치 · 경제 · 역사 · 지리 · 문학 · 철학 · 어학 · 교육학 · 군사학 · 자연과학 등 260여 권을 저술한 것에 비하면 좀 부족하지 않겠는가!

콩 한 알의 기적

우리 속담에 "콩 한 알도 나누어 먹는다."라는 말이 있으니, 이 말씀은 필자가 어렸을 적에 할머니께서 손자들에게 항상 하시던 말씀이다.

필자는 8남매 중에 둘째인데, 필자가 어렸을 때에는 일제시대를 거쳐서 6·25전쟁을 겪은 지가 얼마 안 되는 1950년의 시기였기에 정말로 살기가 어려운 때였다. 말 그대로 초근목피草根木皮로 연명하던 시기였으므로, 어른들께서는 먹을 음식이 생기면 형제들과 나누어 먹어야 한다고 늘 강조하셨던 것 같다.

그럼 왜 하필 콩을 나누어 먹으라고 했는가! 콩은 모습이 둥글어서 원(◯)의 모습이니, 이는 주역에서 말하는 태극을 의미하고, 그리고 그 둥근 콩을 둘로 나누면 두 쪽이 되는데, 이는 태극太極에서 양의兩儀로 나뉘는 것과 같으니, 곧 음양으로 나뉘는 것이다. 이 음양이 갈라져서 사상四象이 되고, 사상이 또 갈라지면 팔괘八卦가 된다. 이렇게 분화하다 보면 64괘가 되니, 그 64괘가 전후좌우로 운동을 하면서 세상이 돌아가고 길흉화복이 발생하는 것이다.

어느 날 TV의 '이제 만나러 갑니다.' 라는 탈북한 사람들을 모아놓고 이야기를 이어가는 프로에서, 어느 젊은 여성이 생후 4개월 된 어린 아기를 등에 업고 북한을 탈출한 이야기를 하였는데, 정말로 눈물 없이는 들을 수 없는 한 편의 드라마 같은 이야기였으니, 이 여인의 말 중에 콩 몇 알이 죽어가는 자신과 아기를 살렸다고 하였다.

그럼 이 엄마의 탈북 이야기를 필자가 들은 대로 옮겨보겠다.

"생후 4개월 된 아기를 업고 두만강을 건너서 중국 측 철책을 넘는데 무엇이 걸려서 앞으로 나가지지 않아서 보니까 어린 아기의 목에 철책이 걸렸더란다. 그래서 그 철책을 제치고 아기의 목을 보니 피가 맺혀있었다고 하며, 그래도 일행을 따라가서 브로커가 마련한 차를 타고 중국을 벗어나서 베트남으로 가는데, 이곳은 산을 넘어서 가야만 중국 공안이나 베트남 공안에 잡히지 않는단다. 그래서 그 산을 아기를 안고 걷기도 하고, 아기를 업고 걷기도 하면서 일행을 따라가는데, 며칠간 굶었기 때문에 기진맥진하여 도저히 걸을 수가 없어서 산에 있는 '멍개' 를 따서 먹기도 하고, 또 다른 나무의 열매를 따서 먹기도 하였지만 도대체 기운은 나지 않고 젖도 나지 않아서 아기는 배고프다고 칭얼대고 엄마는 기운이 없어서 곧 혼절할 수밖에 없는 지경인데, 일행 중 한 사람이 주머니에서 콩 몇 알을 꺼내어주면서 먹으라고 하기에 그 콩 몇 알을 먹었는데, 정말로 거짓말 같이 힘이 불끈 솟아나서 아기에게 젖을 주고 자신도 정신을 차릴 수가 있어서 결국 베트남을 거쳐서 태국으로 탈출하는데 성공했다고 한다. 이후에 자유의 나라 대한민국의 품에 안긴 것은 물론이다.

필자는 이 엄마의 이 말을 듣고 사람이 먹고사는 곡식이 얼마나 위대한가를 새삼 느끼게 되었다. 산의 나무에 지천으로 많은 열매들은 먹어봐야 힘이 나지 않는데, 오직 오곡 중의 하나인 콩 몇 알에서는 모녀 두 사람의 기운을 불끈 솟게 하는 영양이 들어있었고, 그 영양의 힘으로 두 생명이 살아서 자유의 나라 대한민국에 와서 지금 행복하게 잘 산다고 하니, 이 말을 들은 필자는 이런 생각을 하게 되었다.

세계 10위권의 경제대국인 대한민국에 사는 우리들은 곡식의 소중함을 알지 못하고 사는 사람이 너무나 많다는 것이다. 먹다가 남은 음식은 모두 쓰레기로 버리는가 하면, 어떤 사람은 감자에 싹이 몇 개 나왔다고 아파트의 쓰레기통에 버렸다. 이것을 본 필자는 이 감자를 모두 주워 와서 주말농장에 심어서 많은 수확을 한 경험도 가지고 있다.

옛말에, "옷을 입으면서는 옷을 만든 직공의 노고를 생각하고, 밥을 먹으면서는 농사를 짓는 농부의 땀방울을 생각하라."고 하였는데, 무조건 내가 내 돈을 주고 샀으니, 내 마음대로 먹을 수도 버릴 수도 있다고 생각하지 말고, '곡식 몇 알이 죽어가는 사람을 살린다.' 고 생각하고, 그 곡식의 귀중함을 알아서 곡식을 아끼고 사랑할 줄 아는 것이 곧 사랑이고 보시普施이며 복을 받는 길이라는 것을 알았으면 좋겠다.

우리의 생명 줄이 되는
한 알 한 알의 곡식은
농부의
피와 땀으로 이룬
기적의 산물.

아름답게 꾸며주는
한 올 한 올의 옷은
방직공의
무한의 노력으로 이룬 산물이지요.

우린
이를 감사하고
아껴야 하지 않겠는가!

필자〔全圭鎬〕는 누구인가!

필자의 성姓은 전全이고, 이름은 규호圭鎬이며, 자字는 인이仁而이고, 호號는 하담荷潭·홍산鴻山이고, 당호堂號는 순성재循性齋이니, 필자를 알려면 옥천 전씨의 족보를 찾아서 거슬러 올라가서 조상의 면면을 파악하면 더 많은 것을 알게 된다.

원래 전성全姓의 도시조都始祖는 고구려에서 백제의 온조왕을 모시고 남하하여 백제의 온조왕을 도와서 백제를 세우는데 지대한 공을 세운 열 사람의 공신 중 한 사람인 십제공신十濟功臣이고 환성군歡城君에 피봉被封된 전섭全聶공이다.

2세世 휘諱 호익虎翼 공은 백제 2대 왕인 다루왕조에 병상兵相을 지냈고, 3세世 휘 반槃 공은 백제의 낭장郎將으로 한漢나라에 들어가서 표기대장군이 되어서 공을 세우고 관서홍농후關西弘農侯에 봉해지고, 시호諡號는 문충文忠이며, 4세世 휘 순성舜成은 태자태부로 시호는 문정文正이고, 5세世 휘 여균汝均은 상서尙書로 시호는 문헌文憲이며, 8세世 휘 선愃은 봉익대부부지밀직사사奉翊大夫副知密直司事로 정선군旌善君에 봉해져서, 이로부터 정선 전씨가 정선을 관향으로 삼았다고 하고, 필자의 42세조가 된다.

묘지는 강원도 정선의 서운산에 있으니, 수년 전에 가형家兄과 함께 정선에 가서 성묘를 하고 하룻밤을 여관에서 자고 돌아온 일이 있는데, 삼국사기에 기록이 없기 때문에 묘지가 문화재로 등록되어 있지 않다고 한다. 사실 너무 오래전의 인물이고, 삼국사기는 고려 중기의 김부식이 저술했으니, 상세하게 기술이 되었을 수가 없는 것이다.

뒤에 고려에 오면 16세世 이갑以甲공이 있으니, 공의 자字는 자경子經이고, 사호賜號는 도원桃源이니, 왕건과 같이 장군으로서 궁예를 몰아내고 후백제의 견훤과 싸우면서 많은 전공을 세웠고, 견훤이 신라의 마지막 왕인 경순왕의 왕궁에 쳐들어가서 왕비를 능욕하는 등 잔학한 행위를 하였는데, 신라에서 고려에 지원을 요청하였으므로 왕건이 직접 장군들과 함께 신라를 지원하였을 적에 대구 팔공산의 전투에서 후백제의 견훤의 군사에게 포위되어 모두 죽게 되었을 적에 이갑以甲공이 고려의 왕인 왕건을 미복을 입혀서 몰래 외부로 탈출시키자고 건의하여 결국 왕건은 탈출시키고 남은 장수 신숭겸, 전이갑, 전의갑, 전락 등 8명의 장군이 이 전투에서 모두 전사하였으니, 이러므로 이 산을 팔공산이라고 부르는 것이다.

공은 이후에 고려에서 의경익대광이보효절헌양정사공신毅景翊戴匡怡輔効節獻襄定社功臣에 피봉 되었고, 더하여 삼중대광三重大匡을 증직하였으며, 벽상壁上에 도상圖像을 걸게 하고 충렬忠烈이라는 시호를 내리고 정선군旌善君에 봉했다고 한다. 첨언하면 우리 전씨가 고려 개국공신이 셋이 있으니, 이들은 모두 팔공산에서 견훤과 싸우다가 전사한 장군들이다.

이후 23세世 휘諱 학준學俊공은 관직이 영동정領同正인데, 5대손인 휘諱 유侑공이 봉익대부奉翊大夫 밀직부사密直副使 상호군上護軍으로 관성군管城君(옥천의 구호舊號)에 봉함을 받아서 옥천 전씨가 비로소 창씨創氏하게 되었다.

옥천 전씨 2세世의 휘諱는 효격孝格이니, 관직이 태자중윤太子中允이고, 4세世 휘 필弼공은 문과에 급제하고 검교사도위檢校司都衛대호군大護軍이며, 6세世 휘 숙淑공은 봉익대부판도판서奉翊大夫版圖判書로 관성군管城君에 봉함을 받았는데, 이성계의 역성혁명을 미리 예견하고 벼슬을 버리고 관성管城(옥천)의 이남 강가로 내려와서 살았는데, 뒤에 과연 이성계가 역성혁명을 하여 조선의 태조가 되니, 이를 미워하여 더욱 깊은 산속으로 들어가서 살았다고 전하며, 청풍고절淸風高節이 정몽주 선생에 비견한다고 전한다.

8세世의 휘 오례五禮공은 관직이 중현대부감문위대호군中顯大夫監門衛大護軍으로, 증손 송정松亭의 공으로 가선대부한성부우윤嘉善大夫漢城府右尹에 증직되었고, 9세世 휘 효순孝順공은 성화무자成化戊子에 무과에 급제하여 관직이 중직대부석성현감中直大夫石城縣監

이고, 손자인 송정松亭의 공으로 가선대부이조참의嘉善大夫吏曹參議에 증직되었으며, 11세 휘 팽령彭齡공은 자字는 숙로叔老이고, 호號는 송정松亭이니, 홍치갑자弘治甲子(1504)에 생원生員에 급제하고 중종조 현량과에 2등에 들었으나 전시殿試를 스스로 포기하여 낙방하였고, 중종갑자中宗甲子(1524)에 문과에 급제하고 관직이 가선대부예조참판嘉善大夫禮曹參判을 역임하고 명종조에 청백리淸白吏의 이칭異稱인 염근廉謹에 녹선錄選되었다.

12세世 휘 엽燁공은 공자의 제자 증자와 똑같은 효도를 하여 삼강록에 오르고 선조실록에 그 사실이 기술되어 있으며, 관직은 이산현감尼山縣監을 역임하였고, 13세世 휘 승업承業공은 호號는 인봉仁峰이니, 중봉重峯 조헌 선생의 제자이다. 관직은 사재감첨정司宰監僉正이고 효우孝友와 문학文學으로 조정에 들리어서 봉정대부사헌부장령奉正大夫司憲府掌令에 증직되었으며, 중봉 선생과 같이 임진왜란 때에 창의倡義하여 청주 전투에서 공을 세웠고, 이 전공戰功의 봉사封事(상소문)를 가지고 왕이 계신 의주의 행재소에 가던 중 당진에 있는데, 중봉의 군사가 금산에서 왜군과 전투를 벌여서 의군 700명과 승군僧軍 300명이 모두 전사했다는 소식을 듣고 봉사封事를 부관 곽현에게 맡기고, 금산으로 돌아와서 중봉 선생의 시신을 따로 모시고 700명의 의군義軍과 승군僧軍 300명의 묘를 한 군데에 묻었으니, 이것이 '칠백의총'이라는 성총聖塚이다.

14세 방조傍祖인 휘 징澂공은 인봉仁峰의 중자仲子이니, 성품이 견개堅介하여 권세에 아부하지 않았고 바름을 지키면서 흔들리지 않았는데, 당시 권력자인 이이첨이 교제하기를 청하였는데, 이를 거절하였고 행의行誼와 청직淸直함으로 특별히 금화사별제禁火司別提에 제수되고, 또한 통훈대부의금부도사通訓大夫義禁府都事에 제수되었다. 그 뒤 공이 몰歿한 뒤 344년 1973년 4월 7일에 이장하기 위해서 충남 진천읍 사석리 문안산의 괘등에 있는 묘지를 여니, 체백體魄이 하나도 손상되지 않은 미라가 나왔고, 옥관자 등 부장품이 나왔으며, 수첩이 하나 나왔는데 읽어보니 임진란에 토적討賊한 글이었으니,

"18일에 홍주에 이르러 자고, 19일 비가 와서 남포에 머물렀고, 21일에 비인에서 점심을 먹고 당일에 먼저 한산에 도착하였고 또 홍산과 부여를 향하여 토적討賊하러 간다."고 하였고, 다음은 종이가 문드러져서 알 수가 없었다고 전하니, 인봉의 아들 3형제가 모두 창의군에 참여하였다는 증거가 된다. 이분이 필자의 13대 방조가 된다.

12대조의 휘는 세권世權이니, 관직이 통덕랑通德郞이다. 통덕랑께서 옥천에서 홍산으로 이사를 하여 이후로 대대로 홍산에서 살았으므로, 필자는 홍산 사람이 된 것이다.

10대조의 휘는 만태萬泰이니 수직壽職으로 가선대부동지중추부사嘉善大夫同知中樞府事이고, 9대조의 휘는 동두東斗니 관직이 훈련원주부訓練院主簿이며, 5대조의 휘는 행현行鉉이니 수직壽職으로 통정대부通政大夫이다.

조부祖父와 선친先親은 왜정倭政과 6·25동란을 거치면서 생활이 극도로 피폐해서 그냥 농군으로 겨우 생계를 이어왔고, 필자는 어려서 초등학교를 졸업한 뒤에 부여군 내산면 녹간에 있는 녹간서당에서 소남紹南 이백훈李佰勳 선생께 사서삼경을 수학하고 3년의 군 복무를 마치고 장가를 들어서 서울에서 생활하면서 검정고시로 중, 고등의 과정을 합격하고 이어서 한국방송통신대학 국문과를 졸업하여 문학사가 되었고, 성균관대학교 유학대학원을 졸업하여 문학 석사가 되었다.

서예는 1960년부터 녹간서당에서 한문을 공부하면서 서예를 같이 연마하였고, 군대를 제대하고 충남 부여에서 정향靜香 조병호趙炳鎬 선생께 예서를 배웠으며, 그 뒤에 서울에 올라와서 보령제약에 다니면서 1975년부터 10여 년 이상을 여초如初 김응현 선생께 전篆·예隷·해楷·행行·초草를 수학하였다.

현재는 서울 낙원동에서 해동한문번역원을 운영하면서 선조조의 문원文苑인 이제신 선생의 저서인 『청강소와淸江笑囮』를 번역하고, 그리고 『저암만고樗庵漫稿』·『인봉선생문집仁峰先生文集』·『용만선생문집龍巒先生文集』·『의암집宜庵集』 등 수많은 문집을 번역하였고, 저서는 『에세이 논어』·『에세이 맹자』·『에세이 천자문』·『에세이 명심보감』·『초서완성』 등의 책은 한문 분야의 저술이고, 『서예감상과 이해』·『예서장법』·『행초장법』·『서묵보감書墨寶鑑』·『서보書譜』·『집자성교서』·『추사예서첩』·『추사행서첩』·『추사간찰

첩』·『추사해서첩』·『광개토대왕 비첩』 등은 서예 분야의 책이며, 『사군자 매첩』·『사군자 난첩』·『사군자 국첩』·『사군자 죽첩』 등은 사군자 분야의 책이고, 그리고 수필집 『똥장군』·『안경 쓴 장승』·『행복의 씨앗』 등은 문학서이며, 시집으로 『겨울이 봄날처럼 따뜻하기를』이 있으니, 이는 필자가 어려서부터 지어서 모은 한시집이다. 이 외에도 번역서·서첩書帖 등 많은 책을 저술하였으니, 모두 기록하지는 못한다. 모두 합하면 60여 권도 넘는 것으로 안다.

필자의 가정사는 비교적 쓰지 않으려고 노력한다. 왜냐면 아내가 가정사에 대하여는 글을 쓰지 말라고 신신당부하였기 때문이다. 그러나 본 수필에서는 쓰지 않을 수가 없다. 아내의 이름은 김○○으로 광주광역시의 사람이고 나보다 7년 연하이다. 아내와 같이 40여 년을 살았는데, 이 사람은 현모양처형으로 자신을 드러내지 않고 묵묵히 남편을 도와서 살아가는 사람이고, 절대로 남과 부딪치지 않는 비교적으로 온화한 사람이다. 그리고 필자가 결혼한 뒤에 학사와 석사의 학위를 얻는데 가장 많이 도와준 사람이 나의 아내이니, 처妻를 자랑하는 자는 '팔불출' 중의 한 사람이라고 하지만, 필자는 아내를 자랑하고픈 것이 많다.

자식은 장자長子는 대한민국 법무부의 공무원이고, 큰 자부는 전라북도 군산시 공무원이며 2녀를 낳아서 잘 기르고 있다. 차자次子는 대한민국 국토교통부의 사무관이고, 작은 자부는 세종시 소속 교육공무원(초등선생)이며, 1남 1녀를 두었다. 가장 큰 손녀가 이제 초등학교 2학년이다.

마지막으로 필자는 '동방서법탐원회'의 총회장을 역임하였고, 그리고 광개토왕릉비 원형복원 추진 위원회 위원장을 역임하고 광개토왕릉비 2기를 필자가 원문과 똑같은 서체로 글씨를 써서 원형비와 똑같이 만들어서 하나는 충남 보령시 웅천읍에 세웠다.

광개토왕릉비를 제작하여 세운 뜻은 서울의 광화문 앞의 태평로에 세종대왕 상과 이순신장군 상이 있으나 고구려의 상징인 광개토왕릉비는 없으므로, 이곳에 광개토왕릉비를 세워야 한다는 뜻을 가지고 제작한 것이고, 앞으로도 계속하여 이를 추진하여 기필코 이곳에 광개토왕릉비를 세울 것이다.

그리고 우리나라의 국회의원들의 행위를 보면 시도 때도 없이 매일 여야가 싸움질만 하므로, 국민들은 국회의원이라면 모두 국가를 위해서 일을 해야 하는데, 그런 일은 하지 않고 자신의 사리사욕만 잘 챙기는 그런 무리들로 여긴 것이 어제오늘의 일이 아니기에, 우리나라 유사 이래 가장 거대한 제국을 이루었던 고구려의 기상을 이 나라에 불어넣는 것은 물론 국회에도 이 고구려의 원대한 기상을 불어넣어야 한다는 생각으로 국회의 정원에 이 비를 세워야겠다고 생각하고 많은 국회의원들을 설득하고 있는 것으로 안다.

화살 만드는 사람과 갑옷 만드는 사람

사람이 세상을 살아가려면 반드시 직업이 있어야 한다.

농부는 농사를 지어서 생계를 꾸리는 사람인데, 현대사회의 직업은 농부 중에서도 여러 개의 직업으로 나눌 수가 있으니, 첫째, 곡식을 생산하는 농부가 있는가 하면, 둘째, 고추만을 생산하는 농부가 있고, 고구마만을 생산하여 생계를 꾸리는 농부가 있는가 하면, 과수원을 경영하여 생계를 꾸리는 농부가 있는데, 이들은 모두 사람의 배〔腹〕를 채우는 직업이다. 이들의 노고가 없으면 사람은 먹고 살 수가 없으니, 사람의 생명을 살려내는 직업이라 말할 수가 있다.

또한 선생이라는 직업이 있으니, 선생을 세분하면, 대학교 교수 · 중, 고교 교사 · 초등학교 교사 · 학원의 강사 · 예능학원의 강사 · 사회교육 강사 등 많은 선생들이 존재한다. 이들은 모두 정신세계를 채워주는 직업인이라 말할 수가 있다.

옛적에는 직업이 몇 가지에 불과할 뿐이었으니, 이를 쉽게 말하면 사士·농農·공工·상商이라고 한다. 사士는 정신세계를 채워주는 사람, 농農은 몸, 즉 배를 채워주는 사람, 공工은 기계를 만들어서 사람들의 생활을 보다 윤택하게 만드는 사람, 상商은 장사꾼이니, 곧 유통流通을 담당한 사람들을 말한다. 그러므로 조선시대에는 정신세계를 채워주는 사士를 제일로 친 반면에 오직 돈을 많이 벌어서 부자가 되려는 공인工人과 상인商人을 천시하였던 것이다.

이런 사고思考는 오늘날에 이르러서는 바뀌게 되었으니, 현대사회는 오직 돈이 많으면 제일인 세상이 되었다고 하면 맞는 말일 것이다.

사채놀이를 하여 많은 돈을 벌어서 그 돈으로 대학교를 사서 운영하는 전직 사채업자 출신 총장이 있는가 하면, 조폭이 어느 날 수단과 방법을 가리지 않고 많은 돈을 벌어서 국회의원에 출마하여 당선이 되어서 정치인이 된 사람도 혹 있는 것으로 안다.

그래서 맹자는 말씀하시기를,

"화살 만드는 사람이 어찌 갑옷 만드는 사람보다 착하지 못하겠는가! 화살 만드는 사람은 오직 사람을 상하지 못할까 두려워하고, 갑옷 만드는 사람은 오직 사람을 상할까를 두려워한다."

고 하였고, 또 말씀하시기를,

"무당(의사)과 관棺(장의사)을 만드는 사람도 또한 그러하니, 의사는 사람을 살리지 못할까를 두려워하고, 관棺을 만드는 사람은 사람이 죽지 않는 것을 걱정한다."
고 하였으니, 그러므로
"기술을 선택함에 있어서 삼가지 않으면 안 되는 것이다."
라고 하였고, 공자께서도 말씀하시기를,
"마을에 인후仁厚한 풍습이 있는 것이 아름다우니, 사람이 살 곳을 가리되, 착함〔仁〕에 처하지 않는다면 어찌 지혜롭다 할 수 있겠는가!"
라고 하시었고,
"착함〔仁〕은 하늘의 높은 벼슬이며 사람의 편안한 집이거늘, 이를 막는 이가 없는데도 착〔仁〕하지 못하니, 이는 지혜롭지 못한 것이다."
라고 하였다.

우리들이 넓은 평야에 가서 파랗게 자라는 벼와 보리를 바라보면 그곳에는 오직 생명이 숨 쉬면서 불끈불끈 일어나는 것을 느끼게 되고 또한 볼 수가 있는 것이고, 반면에 총칼로 사람을 죽이고 폭탄을 투하하여 사람이 살 수 없는 폐허가 된 땅을 바라본다면, 이곳에는 다만 죽음만이 있을 것이니, 벼와 보리를 키우는 농부의 마음은 항상 사람을 살리려는 노력이 끊이지 않는 것이고, 총과 폭탄을 만드는 사람의 마음에는 항상 이 총과 폭탄이 사람을 많이 죽이기를 바랄 것이니, 이곳에는 항상 죽음만 있는 것이다.

그러므로 우리들이 직업을 선택하는데 있어서도 우리의 정신을 살리고 육신을 살리는 직업을 선택하는 것이 아주 지혜로운 선택이 되는 것이다. 만약에 닭을 잡아서 파는 장사를 한다면, 그 주인은 매일 닭을 잡아서 팔아야 하니, 비록 돈은 좀 벌지언정 매일 살생을 하니, 살생하는 본인의 마음도 좋지 않을 것이다.

근세 한문학자인 신호열辛鎬烈 선생은 말씀하기를,

"절대로 낚시를 하여 물고기는 잡지 말아야 한다."

고 하였다고 한다. 낚시하는 사람은 물고기가 낚시를 물었을 때의 손맛이 짜릿하다고 하여 항상 그 손맛의 짜릿함을 자랑하지만, 생각을 바꾸어서 그 낚싯바늘에 끼인 고기라면 그 마음이 어떻겠는가! 그래서 신호열 선생께서는 절대로 낚시질은 하지 말라고 하였던 것이다.

요즘은 시대가 변하여 인터넷과 전화, 그리고 온라인 시스템이 발전하여 은행에서 돈을 빼내어 남에게 줄 때에도 은행을 갈 필요가 없이 집에 앉아서 전화기를 돌리기만 하면 되는 아주 편리한 시대가 되었다.

그런데 이렇게 빠르고 편리한 시스템에도 이를 악용하여 남의 돈을 강탈하여 빼가는 보이스피싱 같은 신종 범죄조직이 등장하여 전화기를 이용하여 사기를 치는 일이 비일비재하고, 특히 중국인이 한국인을 대상으로 하는 보이스피싱 조직에 한국어를 잘하는 조선족이 가세하여 우리 대한민국의 국민을 상대로 많은 돈을 갈취하여 간다고 한다.

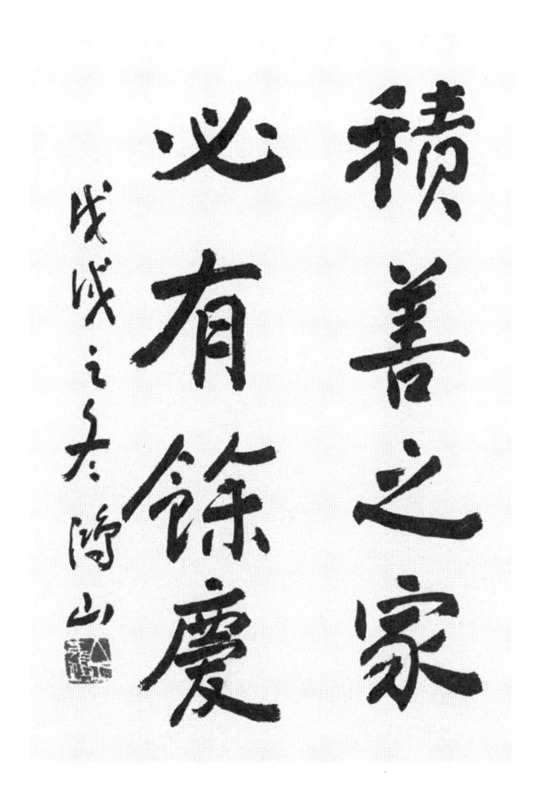

여기에서 필자가 하고 싶은 말은, 직업의 선택에도 남에게 피해를 주지 않고 나라와 이웃에게 도움을 주는 그런 직업을 선택해야 자신도 좋고, 자신의 가정도 좋고, 이어서 본인의 자손까지도 복을 받게 되는 것인데, 반대로 살생을 하는 직업을 가지고 평생 돈을 번다거나, 아니면 보이스피싱 같은 남을 속여서 남의 돈을 강탈하는 직업을 가지고 살면 본인의 마음도 좋지 않고, 그 가정도 좋지 않으며, 그 자손도 복을 받지 못할 것은 명확관화明確觀火한 것이다.

그러므로 화살을 만드는 직업보다는 갑옷을 만드는 직업이 훨씬 좋은 직업이라는 것이다. 이를 생명을 살리는 선善한 직업이라고 말하는 것이다.

둥근 지구, 둥근 달

아침에 동쪽에서 뜬 해가 저녁이 되면 서쪽으로 넘어간다. 이것이 낮이 간 것이고, 넘어간 해가 다음날 아침에 다시 떠오르니, 이것이 밤이 지나간 것이다. 이를 하루가 온전히 갔다고 하며, 이렇게 하여 하루가 완성이 되는 것이니, 이러한 과정이 둥근 원(◯)으로 귀결하는 것이다. 물론 하늘에 떠 있는 달도 이와 매한가지로 가는데, 이를 변화한다고 하는 것이다. 그러므로 시간은 변화하면서 하루를 완성하고, 한 달을 완성하며, 한 해를 완성하는 것이다.

봄이 가면 여름이 오고, 여름이 가면 가을이 오며, 가을이 가면 겨울이 오고, 겨울이 가면 다시 봄이 온다. 이렇게 4계절이 모두 가면 한 해가 되고, 한 해가 열두 번 지나가면 십이지지十二地支(12년)의 해가 모두 지나가는 것이니, 흔히 우리들이 말하는 열두 가지의 띠

(쥐 · 소 · 범 · 토끼 · 용 · 뱀 · 말 · 양 · 원숭이 · 닭 · 개 · 돼지)의 해가 모두 지나가는 것이고, 이것이 다섯 번 지나가면 환갑이 오는 것이다. 일례로, 갑자년에 태어난 사람은 60년이 지나가면 또 갑자년이 오니, 이를 회갑 또는 환갑이라고 하는 것이니, 이도 또한 변화하는 세월 속에서 둥근 원(◯)을 그리는 것이다.

봄이 되면 씨앗을 뿌리고, 여름에는 김을 매고, 가을에는 수확을 하고, 겨울에는 저장해 두고 휴식을 취하면서 따뜻한 봄을 기다리는 것이다. 또다시 봄이 오면 씨앗을 뿌리고, 여름에 김을 매며, 가을에 다시 수확을 하는 것이니, 이렇게 매년 봄에는 씨앗을 뿌리고 가을에는 수확을 해야 사람이나 짐승이나 모두 음식을 먹고 이 세상을 살아가는 것이니, 만약 순환하는 질서가 바뀌어서 봄이 온 뒤에 여름이 오지 않고 곧바로 가을이 오면 곡식은 열매를 맺지 못하고, 사람은 곡식을 수확할 수가 없다.

만약 이런 변화가 오면 곧바로 죽음의 세상이 되는 것이다. 이는 무엇을 말하는가! 우주의 순환하는 법칙이 어그러진 세상이 되는 것이니, 이런 세상이 되면 곧바로 어둠의 세상이 되는 것이다.

필자가 어느 날 제주도의 바닷가에서 끝없이 펼쳐진 바다를 바라본 일이 있는데, 지평선 저 끝이 둥근 원(◯)으로 보이는 것을 보고 순간 내 뇌리를 스치는 것이 있었으니, 그것은 '한도 끝도 없이 펼쳐진 바다도 결국은 둥근 원(◯)으로 귀결하는 것이었구나!' 하고 생각하게 되었다.

그리고 비행기를 타고 중국 여행에 올랐던 때의 일이다. 하늘에 높이 오르니, 흰 구름이 눈 아래로 보이는데 하늘의 끝을 바라보니, 이도 또한 둥근 원(◯)으로 보이는 것이었다. 이때에도 필자는 화들짝 놀랐으니, 이 세상의 이치는 모두 둥근 원(◯)으로 돌아감을 깨달은 것이다.

그러므로 불교의 윤회설, 즉 사람이 태어나면 죽음에 이르고, 죽으면 다시 돌아와서 태어난다고 한 것과 같으니, 윤회설 또한 둥근 원(◯)으로 돌아감을 말한 것이 아닌가!

하늘이 둥글고
지구가 둥글며
태양이 둥글고
달도 둥글다.

세월이 둥글고
나이가 둥글며
인생이 둥글고
귀천도 둥글다.

이 세상 어디
둥글지 않은 것 있는가!

덜어내어도 덜지 않고 더해도 보태지지 않는 지구地球

봄이 오고 훈풍이 불면 온 대지에는 파란 싹을 틔우고 아름다운 꽃을 피우므로, 봄은 말 그대로 생명이 약동하는 계절이다. 그에 더하여 나비는 하늘을 날고, 벌은 날아 꽃 속의 꿀을 찾는다. 푸른 들판에는 소와 말이 풀을 뜯고, 젊은 아낙들이 바구니 옆에 끼고 나물 캐는 모습은 화평한 천상의 모습과 다름이 없다.

요즘 우리나라의 초원은 도농都農 어느 곳을 막론하고 무성한 숲을 보존하고 있다. 왜냐면 옛날과는 달리 가축을 초원에 매어놓지 않은 지가 오래되었으니, 자연히 초원의 풀들도 어느 누구의 간섭을 받지 않고 자연의 상태 그대로 싱그럽고 아름다운 상태를 유지하고 있는 것이다.

눈을 들어 산을 바라보면 나뭇잎이 바람에 펄럭이며 빛을 발한다. 쭉쭉 뻗은 나무들은 서로 경쟁을 하면서 하늘을 향해 한없이 커 올라가는데, 자칫 이곳에서 낙오가 되면 햇빛을 받을 수가 없으므로 죽음에 이르는 것이다.

봄부터 여름을 통하여 성장의 활력을 마음껏 뽐내던 나뭇잎들은 가을이 되면 금세 새색시라도 된 듯 분홍빛으로 단장을 하고 등산객을 불러들이는데, 이런 날도 며칠 지나면 낙엽으로 변하여 땅에 떨어지고 만다.

이렇게 떨어진 낙엽은 흐르는 세월 속에 어느덧 퇴비가 되어서 초목을 성장시키는 영양소가 된다. 그러므로 전년에 떨어진 낙엽의 양분에 힘입어서 초목은 또다시 파란 평화의 세상을 만드는 것이다. 그러므로 푸름은 초원과 산에서 계속적으로 유지하는 것이다. 이러한 현상을 '순환한다.' 하고, '변화한다.' 고 하는 것이다.

필자가 작년에 주말농장에 퇴비 비료를 많이 뿌리고 가을 무를 심었다. 가을에 비가 적당하게 비를 뿌려주었으므로, 수분 공급도 적당하여 10월 말쯤 되니, 쭉쭉 뻗은 무가 밭에 가득하여 이를 어떻게 처리해야 할지를 고민할 수밖에 없었다.

사실 필자가 주말농장을 하는 것은 여가를 이용하여 채소와 곡식을 재배할 뿐이고, 이를 시장에 팔아서 돈을 벌려고 하는 것은 절대로 아니다.

그러므로 이 무의 처리를 위해 수일간 고민한 끝에 같이 새벽 등산을 하는 어느 여사에게 무에 대한 사실을 이야기하니, 자기에게 일정량을 주면 고맙게 먹겠다고 하여 그날 막 바로 집에 와 승용차를 타고 가서 무를 뽑아서 그 여자의 집까지 실어다 주었다.

또한 작년에는 들깨를 100평도 넘게 심고, 퇴비도 주고 비료도 주었더니 무척 잘 자라서 깻잎이 어른의 손바닥보다 훨씬 컸다.

여름에 비가 많이 왔는데, 이 비의 영향으로 들깨가 너무 웃자라서 옆으로 쓰러지려고 하다가 비가 그치니 다시 고개를 들고 하늘을 향해 자랐다.

들깨의 용도는 우선 깻잎을 따서 음식을 만들어서 먹고, 나중에 꽃이 피고 열매가 익으면 이를 타작하여 기름을 짜서 먹는다.

필자는 아내와 두 식구이니 깻잎을 먹으면 얼마나 먹겠는가! 그러므로 옆에서 같이 주말농장을 하는 여동생도 따다 먹고, 남동생도 따다 먹어도 남는 것이 깻잎이다.

농사라는 것은 사실 밭에 씨를 뿌리면 10배도 수확하고 20배도 수확하는 것이다. 이렇게 많은 수확을 하는 것이 농사이므로, 주말농장을 하면 많은 채소를 이웃에게 나눠주기도 하고 또한 자식들에게도 나눠주고도 남는다.

성경 《출애굽기》에 보면, "가나안은 젖과 꿀이 흐르는 땅이다."라고 하였으니, 그 말씀과 같이 퇴비를 많이 뿌리고 채소를 심으면 정말로 배터지게 먹고도 남아서 이웃에게 나누어 주면서 인심을 쓸 수가 있는 것이 주말농장이라는 것이다.

밭에서 많은 수확을 했으면, 밭의 입장에서 보면 많은 손해를 본 것이나 다름이 없다. 그러나 이는 그렇지가 않으니, 일단 수확을 하면 사람은 그것을 먹고 힘을 얻어서 활동을 하고, 그리고 대변과 소변으로 배설을 한다. 그런데 이 배설물이 다시 퇴비가 되어서 밭에 뿌려지고, 그리고 이 퇴비가 다시 무도 생산하고 들깨도 생산하는 것이니, 밭은 하나도 손해를 본 것이 없고 농사를 지은 농사꾼만 이익을 얻으며, 그 수확물은 다시 우리들이 사는 사회에 공급되어서 사람을 먹여 살리게 되는 것이다.

작년 여름 필자가 청량산으로 등산을 떠나는 날, 충북 청주에는 많은 비가 와서 산사태도 많이 나고 수해도 많이 입은 일이 있었다.

이렇게 산사태가 나면 산의 흙이 빗물에 휩쓸려서 강으로 바다로 떠내려가니, 산의 입장에서 보면 많은 손해를 본 것이지만, 온 지구적으로 생각하면 하나도 손해가 난 것이 아니다. 떠내려간 그 흙이 지구의 안에 있는 강이나 바다에 옮겨간 것일 뿐이다.

필자는 과학자가 아니기에 과학적 근거를 대어서 말은 못하지만, 요즘 과학자들이 우주의 대기권 밖으로 내보내는 인공위성들이 그 대기권 밖에서 수년간 활동을 하다가 생명을 다하면 그냥 대기권 밖의 어느 곳으로 날아가 떨어질 것 같기도 한데, 그 생명을 다한 대기권 밖의 인공위성이 반드시 우리가 사는 지구에 떨어진다는 것이다. 혹 생각하면 달에도 떨어질 수가 있고, 별에도 떨어질 수가 있을 듯한데, 어찌하여 이 지구로 반드시 돌아오는가!

그렇기에 필자는 "지구는 절대로 한 줌의 흙도 손해를 보지 않는다."라는 것을 깨달았다.

초목과 대화하며

사람과 사람 사이의 대화는 언어라는 매체를 통하고, 동물과의 대화는 소리를 통하여 한다. 그리고 식물과의 대화는 눈으로 한다고 말할 수 있다.

농부가 봄이 되면 밭을 갈고, 씨앗을 뿌리면 어느새 왔는지 모르는 새들이 하늘을 날며 지저귀는데, 새마다 소리가 다르다. 일례로, 까치는 '까악 까악' 하고, 꿩은 '꿕꿕' 하고, 참새는 '짹짹' 한다.

이렇게 각기 다른 소리를 내는 것은, 새들마다 통신하는 방법이 다르기 때문에 그럴 것이라고 추측을 해 본다. 하지만 농부가 씨앗을 뿌리는 밭 위에서 하늘을 날며 부르는 각종 새들의 소리는 모두

"농부가 밭을 갈고 씨앗을 뿌리고 있다. 이곳에는 먹을 것이 많으니, 나의 소리를 듣는 동무들은 모두 이곳에 와서 땅속에서 나온 벌레도 잡아먹고 또 농부가 뿌린 씨앗도 쪼아 먹자."

고 하는 소리일 것이다.

옛적 유가儒家에서 태평성대라고 하는 요순堯舜시대의 이야기이다. 요堯임금이 늙어서 자신의 직위인 '천자'라는 자리를 나라 안에서 제일 훌륭한 사람을 찾아서 넘겨주려고 마음을 먹고, 그런 사람을 찾아본 결과 은자隱者인 허유許由라는 사람이 가장 덕이 많아서 훌륭한 사람이라는 소문을 듣고 그를 찾아가서 이 나라의 임금이 되어달라고 간곡히 부탁을 하니, 허유가 더러운 소리를 들었다고 생각하고 자신의 귀를 영수潁水의 물에 씻고 있는데, 마침 한 마리 소를 앞세우고 가던 소부巢父가 나타나서,

"왜 귀를 씻고 있느냐고 물었다."

허유가 대답하길,

"요임금이 나에게 천하를 맡아 달라고 하는구려. 이 말을 듣고 내 귀가 더럽혀졌을까 생각하여 씻는 중이오."

하니, 소부巢父는 껄껄 웃으며

"당신이 숨어산다는 소문이 퍼졌기 때문이 아니겠소. 자고로 은자는 그 이름조차 외부에 알려지게 해서는 안 되는 법이라오. 한데 그대는 은자라는 이름을 은근히 외부에 퍼뜨려 명성을 얻은 것이 아니겠소."

하면서 소를 몰고 상류로 올라가고 있었다. 이에 허유가,

"왜 소에게 물을 먹이지 않고 그냥 가시오."

하니, 소부가 하는 말이,

"당신의 귀를 씻은 더러운 물을 소에게 먹여서야 되겠소! 저 위에

올라가서 깨끗한 물을 먹이려는 것이오."
했다고 한다. 이렇게 고인들은 욕심을 빼고 살았기 때문에 요임금은 천자의 자리를 남에게 넘기려 하였고, 허유는 그 제안을 거부하고 귀를 영수의 물에 씻었으며, 소부는 그 귀를 씻은 더러운 물은 소에게도 먹일 수 없다고 생각을 하였던 것이다.

어떤 스님이 이런 말을 했다.

"채소와 과일은 사람의 입으로 들어가는 것을 제일 영광으로 생각한다."

필자는 이 말씀을 듣고, 쾅 하고 뒤통수를 맞은 듯하였다. 왜냐면 필자의 생각은,

"식물도 살아있는 물체이고, 사람도 살아있는 물체인데, 왜 사람은 똑같이 이 세상을 살아가는 저 식물을 먹어야만 할까?"
하고, 의문을 갖고 있었기 때문이었을 것이다. 그런데 사람도 이 세상에 태어났으면 먹고 살아야 하기 때문에 식물을 먹어야 하는 것이고, 식물의 입장에서 생각하면

"이왕에 사람이 먹던 동물이 먹든 간에 먹힐 수밖에 없는 존재라면 만물의 영장인 사람의 뱃속으로 들어가는 것을 영광으로 생각하지 않을까?"
하는 뜻에서 그 스님이 말씀한 것이 아닌가 하고 생각한다.

오랫동안 가뭄이 계속되어 밭의 채소가 습기가 부족하여 비비꼬이고 시들시들하였는데, 지난날 비가 흡족하게 내려서 밭에 있는 채

소 잎이 윤기가 나고 바람에 산들거리는 모습을 보니, 공연히 나의 마음도 기뻐짐을 느끼고 있었는데, 마침 밭의 고랑에서 크고 있는 파들이,

"이제 비도 많이 왔으니 우리들을 비옥한 밭이랑에 정식으로 심어 주시오 주인님."

하고 속삭이는 소리가 나의 마음속으로 들어왔다. 그래서 나는 곧바로 파를 비옥한 밭 위에 이식을 하고 물을 주면서 생각하길,

"아! 말을 못하는 식물도 무언無言의 말을 하고 있구나!"

하고 생각하게 되었다.

나와 대학원 동기인 모 여사는 등산을 하면서 산중의 나무들과 대화를 한다고 하였다. 그러면서 자신은 산에 가면 나무를 안아준다고 하면서, 나무를 안아주면 자신 역시 포근한 마음이 되어 좋다고 하였다.

어느 날 그 여사와 차를 같이 타고 가는데, 어느 조경 식물원을 지나면서, 조경사가 나무를 멋있게 키우려고 나뭇가지를 철사로 얽어서 이 가지는 좌측으로 뻗게 하고, 또 한 가지는 위로 뻗게 하기 위해서 철사를 칭칭 감은 것을 보고 하는 말이,

"저 철사를 칭칭 감고 있는 나무들이 나에게 풀어달라고 신호를 보내고 있네요."

라고 하면서,

"자신이 산에 가면 나무들이 신호를 보내는데, 특히 병에 걸려있는 식물들은 그 호소하는 신호가 특히 강력하게 느껴집니다."

하는 것이었다.

'약육강식弱肉强食' 이라는 말이 있다. 즉 약한 동물을 강한 동물이 잡아먹는다는 말이다. 그렇다. 이 세상은 곧 약육강식의 법칙에 의하여 약한 자는 먹히고, 강한 자는 잡아먹는다는 말이다.

사람이 살아가는 것도 매한가지인데, 그러나 사람은 윤리와 법이라는 것을 만들어 놓고 그 테두리 안에서 다투지 않고 살아가는 것이다. 만약 그 법을 어기면 잡아다 옥에 가두고 자신이 법을 어긴 잘못을 깨닫도록 한다. 그렇기에 이 사회는 유지된다고 봐야 한다.

그러나 그 법을 요리조리 피하면서 약자를 괴롭히는 강자들이 많다. 일례로, 어떤 사람이 어느 지역에 닭튀김집을 내었는데, 장사가 잘 되어서 금방 많은 돈을 벌 수 있을 것 같았다. 그러나 그 소문을 들은 어떤 돈 많은 부자가 그 옆에 더 많은 돈을 투자하여 아주 멋진 닭튀김집을 개설하니, 손님들이 모두 그 집으로 몰려갔으므로, 그렇게 잘나가던 약자의 닭튀김집은 곧 망하고 말았다.

이렇게 법을 지키며 사는 사람의 세계에도 무언의 약육강식이 존재하며, 약자는 강자를 잘 피해서 사는 것이 지혜로운 생활이 된다는 것을 일찍이 깨달아야만 한다.

식물은 발이 없어서 움직이지를 못하므로, 자기 스스로 이곳저곳에 옮겨가지를 못한다. 그러므로 식물은 묘안을 하나 내놓았으니, 많은 씨앗을 생산하여 그냥 마구잡이로 뿌려댄다. 그러면 어느 씨앗은 자갈밭에 파묻혀서 싹을 틔우지 못하여 죽고 말지만, 어떤 씨앗은 옥토에 묻혀서 훌륭한 식물로 자라는 것이니, 이렇게 많은 씨앗을 뿌렸으니 살아나는 씨앗이 더 많지 않겠는가!

그리고 식물은 움직이지 못하는 작물이고 또한 동물의 먹이가 되지만, 그러나 먹히고 또 먹히어도 다시 그 줄기에서 싹이 나와서 살아나는 기적이 일어나니, 이는 동물처럼 한 번 죽으면 끝인 것보다 나은 것이 아닌가 하고 생각한다.

해가 뜨면
활동하고
해가 지면
잠을 잔다.

비가 오면
생기를 발하고
가뭄이 오면
뿌리를 깊이 박는다.

너무 가까우면
비좁다 말하고
적당한 간격이면
활짝 웃으며 빛을 발하니

이것이 식물이다.

사는 것이 곧 전쟁

올해도 하지가 지난 지 며칠 안 되었으니, 무더운 여름이다. 그리고 장마철이 되니, 오늘은 불볕 같은 폭염이 기승을 부리는가 하면 다음날은 먹구름이 끼고 소낙비가 더위를 식힌다.

필자는 올해도 작년과 같이 주말농장에 하지감자를 심었다. '하지감자' 는 요즘 말하는 '감자' 를 말하는데, 예전에 필자가 어렸을 때에는 감자를 '하지감자' 라 하였고, '고구마' 도 감자라고 하였다. 그러니까 하지에 캐는 감자와 가을에 서리가 내리면 캐는 고구마를 모두 감자라고 하였던 것이다.(충청도에서 하는 말임)

오늘 새벽에 일어나서 아내와 같이 주말농장에 가서 감자를 캐는데, 그 사이에서 자라고 있는 '바라기' 라는 풀이 제법 자신의 세력을 확장하면서 쭉쭉 뻗어가고 있는 것을 볼 수가 있었으니, 나는 이를 보고 작은 밭 안에서 많은 잡풀과 채소들이 전쟁을 하고 있다는 것을 생각하게 되었다. 감자 이야기가 나왔으니, 이 이야기를 마무리 짓고 '삶이 곧 전쟁' 이라는 곳으로 넘어갈까 한다.

감자는 하지夏至 쯤에 캐야 하는데, 올해는 하지를 전후하여 많은 날이 가물었으므로 감자 잎이 비실비실하여 캐지 않고 비가 오길 기다리고 있었는데, 마침 장마가 시작되어서 6월 26일에 비가 많이 내렸다. 그런데 문제는 비가 오고 곧바로 햇볕이 쨍쨍 쬐면 수분이 많은 밭은 그야말로 끓는 가마솥 속처럼 끓게 되어서 그 밭두둑 안에 있는 감자가 모두 불볕에 데어서 썩어버린다는 것이다.

가뭄의 감자는 비를 맞아야 알이 클 것이나 시기가 하지인지라, 혹 비가 온 뒤에 햇볕이 쨍쨍 쬐여서 열을 가하게 되면 그 땅속에 있는 감자가 썩지나 않을까 고민하게 되었다.

그러므로 필자는 이렇게 결정을 하였으니,

"장마가 시작되어도 매일 계속하여 비가 내리지는 않을 것이니, 한차례 비를 맞힌 다음에 날이 개면 곧바로 감자를 캔다. 그러면 일단 비를 맞혔으니 이랑 속의 감자는 클 것이고, 그리고 날이 갠 뒤에 곧바로 캐면 이랑 속에서 감자가 썩는 법도 없을 것이다."

마침 세종시에 사는 작은 아들이 온다기에, 감자를 캐어서 차에 실어 보냈으니, 이는 비가 오기 전에 캔 것이고, 또 절반의 밭은 비를 1차 맞힌 뒤에 캐었는데, 결과는 비를 맞은 뒤에 캔 감자의 알이 월등하게 커서 전보다 좀 더 많은 감자를 캐게 되었다.

만약 이렇게 날이 가물 때에 감자나 고구마 같은 작물을 수확하게 될 때에는 비를 맞히고, 수확한 것과 비를 맞히지 않고 수확한 것은 그 수확의 분량에 있어서 확연히 차이가 있는 것이니, 이왕이면 며칠 기다려서 비를 맞히고 수확하는 것이 훨씬 이득이라는 것을 말하고 싶다. 이는 경험에서 얻은 귀중한 삶의 지혜인 것이다.

'바라기' 라는 풀은 가뭄이 한창일 때는 땅에 뿌리를 내리지 못하고 땅 위에 뿌리가 모두 떠 있어서 손으로 살짝 잡아당기어도 그냥 따라 온다. 그런데 이 잡풀이 비가 내려 땅이 축축해지면 곧바로 뿌리를 땅에 내리고 세력을 확장하는 것이다.

이러므로 감자밭에 있는 바라기들은 손으로 잡아당겨서는 뿌리가 뽑히지 않고 호미로 그 뿌리를 잡아당겨서 캐야만 비로소 뿌리가 뽑힐 정도로 세력을 확장하며, 이 시기를 조금 지나면 그 밭은 온통 바라기 밭으로 변하고 마는 것이니, 작은 감자밭 안에서지만 이것이 전쟁이 아니고 무엇이겠는가! 곧 잡풀과 채소와 곡식의 전쟁인 것이다.

필자의 사무실이 있는 종로구 익선동은 전통한옥들이 나란히 들어서 있는 곳이다. 수년 전에 재개발한다고 하였는데, 재개발이 잘 되지 않아서 이곳이 어느 날부터 고옥古屋을 현대식으로 인테리어를 하여 지붕은 기와집이고 음식점 안은 현대가 아우른 아주 재미있는 구조의 음식점으로 변하였고, 어느 날부터 젊은 사람들, 혹은 연인들, 혹은 가족들이 함께 와서 관광도 하고 음식도 먹는 그런 명소가 되었다.

여기에 더하여 이곳에는 피마避馬골이 있는 곳이므로, 조선시대에 왕이 큰 길로 행차하면 백성들은 모두 땅에 머리를 숙이고 있다가 왕이 지나가기를 기다려서 가야 하였는데, 이런 불편을 덜기 위하여 그 큰 길 옆 가옥 사이에 작은 길을 내어서 왕의 행차를 피하여 갈 수 있는 길이 피마避馬골인데, 바로 이곳에도 피마골이 있다.

이곳에서 음식점을 하는 사람들은 거의가 젊은 사람들이다. 음식점이 많아지기 시작하니, 집 주인들이 월세를 올리기 시작하여 요즘은 월세가 무척 많이 오른 것으로 안다. 필자가 잘 다니던 음식점도 이곳에 있었는데, 월세를 대폭 올리는 바람에 결국 이곳을 버리고 다른 점포로 이사를 하였다.

필자는 이곳으로 출퇴근을 하기 때문에 매일 이곳 음식점을 보면서 오가는데, 과연 이 많은 음식점들이 모두 장사를 잘하여 그 많은 월세를 내고 자기의 몫이 떨어지는 지가 의문이다.

그러므로 이곳 익선동에도 이미 전쟁은 시작되었다고 본다.

본래 전쟁이 일어나면 패하는 자도 있고 승리하는 자도 있는 것이니, 언제부터인가 오가는 길의 이 음식점의 점주들이 안쓰럽게 보인 지가 오래되었다. 왜냐면 음식점의 경영도 결국은 전쟁이니까!

고추와 된장, 그리고 감자 조림

사람이 살아가는 것은 먹는 것과 연결되고, 먹는 것은 곧 돈과 연결된다. 돈은 직장이나 사업에 연결되고, 사업은 작은 전쟁과 연결된다. 작은 전쟁은 죽고 사는 것과 연결되고, 이는 또 흥기함과 패퇴함에 연결된다. 흥기하고 패퇴함은 가문의 성쇠盛衰와 연결되고, 이는 또 인물의 현영顯榮과 영락零落에 연결한다.

인생은 초목과 달리 한 번 왔다가 가는 것이니, 이왕에 이 세상에 왔으니, 이 세상에서 잘 살아야 하지 않겠는가!

인생은 아무리 오래 살아도 100살 남짓 산다. 오늘날 같이 잘 먹고, 잘 입고, 잘 자고 살아도 100살 넘게 사는 사람은 100명에 한 사람도 안 되고 1,000명에 한 사람도 안 된다.

사람이 오래만 살면 무엇하는가! 중요한 것은 사람같이 떵떵거리며 살아야 잘 사는 것이 아닌가! 그러므로 돈을 많이 벌면 입이 쫙 벌어지고, 돈이 없으면 힘이 빠져서 땅속으로 들어갈 것 같은 것이 인생이다. 그렇다면 돈을 많이 벌면 되는 것 아닌가!

필자가 지금 무슨 말을 했는가! 나 자신도 떵떵거리며 살 만큼 돈을 벌지 못하고 겨우 아파트 한 채 소유하고 아내와 둘이 주말농장에서 뜯어온 나물 반찬에 식사를 하는 자가 어떻게 돈을 많이 버는 방법을 알겠는가! 그러나 이제는 나이 70살이 넘었으니, 어떻게 살아야 잘 사는 것인지는 어렴풋이나마 안다. 그러므로 이 수필에서 건강하게 잘 먹고 잘 사는 방법을 말하려고 하는 것이다.

"건강함이란 잘 먹고, 잘 자고, 잘 싸야 한다."
고 말하는 사람들이 많다. 그러나 이를 행실에 옮기려면 그렇게 말과 같이 쉽지 않다. 왜냐면 우선 '잘 먹으면' 잘 소화를 시켜야 하는데, 소화력이 약한 사람은 조금만 많이 먹어도 금방 체하고, 또 몸이 차가운 사람은 찬 것을 먹으면 소화가 되지 않으니, 먹은 것이 뱃속에서 부글부글 끓는다.

그러므로 소화력이 약한 사람은 '보기補氣하는 약(사군자탕)'을 먹어서 몸에서 기운이 펄펄 끓게 해야 소화가 잘되는 것이고, 몸이 찬 사람은 찬 음식을 먹으면 당장 설사를 하고 마니, 항상 음식을 먹을 때에는 따뜻한 성질을 가진 음식을 먹어야 한다. 일례로, 고기를 먹을 때에는 따뜻한 성질의 고기인 닭고기나 쇠고기 같은 고기를 먹어야 아무 탈 없이 소화를 시킬 수가 있는 것이다.

필자는 아내와 똑같이 몸이 찬 편이다. 그래서 주말농장에 채소를 심을 때도 따뜻한 성질의 채소를 골라서 심는다. 일례로, 고추나 파 같은 채소는 따뜻한 채소이니, 이런 채소를 많이 심어서 그날 따다가 그날 즉시 먹는다.

매일 먹는 밥상의 반찬을 보면, 열 개의 음식 중에 여덟 가지는 내가 주말농장에서 키운 채소이고 겨우 두 가지 정도가 시장에서 사온 반찬이다.

올해는 고추를 농협공판장에서 사다가 심었는데, 다행히 고추가 아삭아삭하고 아주 맛있는 고추인지라. 요즘 식사할 때는 언제나 생고추에 된장을 찍어서 먹는다. 그리고 필자가 재배하여 캐어온 감자로 만든 감잣국이나 감자찌개를 곁들여 먹으면 밥 한 사발은 금방 먹는다. 그리고 맛있게 먹을 수 있어서 좋다.

다음 '잘 자는 것' 은 몸에 병이 없으므로 비교적 잘 잔다.

밤 10시 30분까지 텔레비전의 재미있는 프로를 보다가 10시 30분에는 어김없지 취침을 하고 다음날 아침 5시쯤에 일어나서 아침운동을 나간다.

혹 낮에 커피를 많이 마시면 선잠을 자기 때문에 커피를 특별히 조심한다. 음료수도 사 먹지 않으니, 음료수는 아마 1년에 한 번도 사 먹은 경험이 없을 것이다.

다음 '잘 싸는 것' 은 배설하는 것을 말하니, 동물이면 모두 먹어야 사는 것인데, 먹으면 모두 배설을 해야 한다. 만약 배설기관에 이상이 생겨서 배설하지 못하면 죽는 것이다. 그만큼 배설기관은 중요한 기관이다.

필자를 기준으로 하여 설명하면, 필자는 몸이 냉한 편이므로 조금만 찬 것이 들어가면 설사를 한다. 설사가 나면 이를 막아주어야 건강을 유지할 수가 있으므로 지사제를 복용해야 하는데, 약을 자주 먹으면 약에 대한 내성이 생겨서 나중에는 그 지사제가 듣지 않을 경우도 있으니, 필자는 가능하면 음식으로 조절을 한다. 일례로, 곶감을 먹거나 도토리를 먹는 등 식용의 음식으로 조절을 하면 약을 먹는 것보다 훨씬 낫다.

대변의 배설에 대한 획기적인 식품이 있으니, 이는 대장까지 들어갈 수 있는 유산균을 먹는 것이다. 만약 유산균이 대장까지 들어가게 되면 그 다음날의 대변은 100% 쾌하다. 그래서 필자는 어느 약사의 권유로 덴마크산 '스토롱바이오틱스' 라는 유산균을 먹는데, 이 유산균은 100% 대장까지 침투하는 유산균으로 필자의 배설에 대한 어려움을 말끔히 해결해주었다.

이렇게 '먹고 자고 싸는 것' 을 원만하게 해결하니, 필자 나이 고희가 넘었지만 지금도 젊은이 못지않은 건강을 유지한다.

여기에 더하여 내가 주말농장에서 재배하여 얻은 고추에 된장을 찍어서 먹는 식단은 아마도 나의 건강을 지켜주는 세상에서 제일 좋은 식단이 아닌가 하고 생각한다. 여기에 감자를 넣은 된장찌개가 있으면 금상첨화이다.

우리들 동이인東夷人들은
된장 같은 발효식품을 좋아한다네.
우리들 대한인들은
김치 같은 발효식품을 애용한다네.
우리들 조선인들은
항상 채식 위주로 식사한다네.

발효식품과 채식은
인성을 순화하고
감성을 풍부하게 하며
두뇌활동을 활발히 하여

세계에서 가장
두뇌가 좋고
사랑이 많은 사람 만든다네.

노년과 기록문화

『예기』에 보면, '임금의 명령이 있으면 곧 기록한다.' 라는 말이 있으니, 이는 부모님이나 웃어른이 말씀하면, 곧 받아 적어서 잊지 않아야 한다는 말씀이다.

『소학』에도 보면, '어른이 말씀을 하시면 곧 받아서 적는다.' 라는 말씀이 있으니, 이도 또한 어른의 말씀은 잊지 말고 실행에 옮겨야 한다는 말씀이다.

조선 중기의 4대문장가 중의 한 사람인 상촌 신흠申欽 선생이 『상촌집』에 '자신의 장인인 청강淸江 이제신李濟臣공의 모습을 기록으로 남겨놓았다.' 고 하는데, 그로부터 약 400년 뒤에 청강 선생의 자손들이 『상촌집』에 나타난 청강 선생의 모습을 그대로 본떠서 초상화로 만들어서 보존한다고 하는 말을 들은 기억이 있으니, 이렇게 기록이라는 것은 중요한 것이다.

필자는 어려서는 소설책을 한 번 읽으면 그 줄거리를 하나도 빠뜨리지 않고 남에게 이야기를 해준 기억이 많다. 그런데 나의 나이 고희古稀가 지나서는 기억하는 기능이 많이 상실되었다.

며칠 전에도 이른 아침에 조깅을 하면서 수필 제목을 하나 생각하고 이것으로 수필 한 편을 써야겠다 생각했는데, 마침 기록을 하지 않았으므로, 이제는 잊혀져서 생각이 나지 않는다. 며칠 동안 아침저녁으로 냇가를 걸으면서 생각을 해 보았으나 기억이 되살아나지 않으니 어쩌랴!

옛날에는 수첩을 차고 다니면서 중요한 것이 있으면 수첩과 붓을 꺼내어 기록했다고 한다. 그러나 오늘날은 스마트폰 하나면 충분하다. 좋은 생각이 떠오르면 스마트폰을 꺼내어 기록하는 창을 꺼내어 기록하고 저장을 하면 그만이다. 나중에 그 창을 열어서 보면 되니까!

그런데 노년이 되면 이 스마트폰을 보는데도 문제가 있으니, 그것은 곧 눈의 시력이다. 시력이 좋지 않으면 반드시 안경을 써야 하는데, 마침 안경을 쓰지 않았다면 기록할 수가 없지 않은가! 그래서 필자는 반드시 어디를 가든 스마트폰을 휴대하고 안경을 끼고 다니는 버릇이 생겼다.

우리나라는 원래 기록문화가 활성화되지 못하였고, 그리고 기록되어 있는 것도 모두 잊고 있는 경우가 많다. 그리고 혹 기록이 있다 해도 전쟁을 많이 치렀기 때문에 그 병화兵禍에 모두 불에 타거나 유실되어서 없어진 문집이나 문서가 너무나 많다.

필자의 선조 중에 조선에서 예조참판과 강원도관찰사에 제수된 16대조 송정松亭 전팽령全彭齡공의 『송정집』과 임진란에 조헌 선생과 같이 창의한 14대조 인봉仁峰 전승업공의 『인봉집』 등 많은 문집이 병화에 불에 타서 지금은 전하지 않으니, 애석한 일이다. 그러나 『송정집』과 『인봉집』 모두 뒤에 후손이 남아있는 문서를 편집하여 다시 펴내었고, 『인봉집』은 필자가 번역하여 1,000부를 인쇄하여 배포한 적이 있다.

이렇게 혹 기록을 했어도 불에 소실되거나 유실되는 경우가 많으니, 그래서 필자는 혹 깨달았거나 특별한 내용은 책으로 편집하여 출판하기 시작하였고, 지금은 단편 60여 권을 출판하여 시중의 서점에서 판매하고 있다.

필자의 책은 4쇄한 책이 가장 많이 팔린 책이니, 책명은 『초서완성』이라는 책이다. 3판을 찍은 책도 있고, 재판을 찍은 책은 부지기수로 많다.

글을 쓰고 문장을 구성하는 것은 작가마다 모두 방법을 달리하고 문체도 다르다. 그러므로 누구는 글을 잘 쓰고, 누구는 글을 잘 못쓴다고 하는 논리는 성립하지 않는다. 사람의 모습이 모두 다른 것과 같이 문체 역시 모두 다르다는 것을 알아야 한다. 이를 한 마디로 말하면, 어떤 작가는 구수한 맛이 있고, 어떤 작가는 산뜻한 맛이 있으며, 또 어떤 작가는 중후한 맛이 있고, 또 어떤 작가는 좀 가벼운

맛이 있기도 하다.

이렇게 글을 쓰는 것이 다르니, 누구든 간에 자신의 특별한 경험과 깨달은 것은 모두 자기의 식대로 글을 쓰고 책으로 남겨서 후인들이 그 책을 보고 지혜를 습득하여 국가와 사회에 이바지한다면 좋은 일이 아니겠는가!

사람의 모습 모두 다르고
사람의 성품 모두 다르며
사람의 재능 모두 다르고
사람의 재주 모두 다르다네.

글쓰기도 또한 이와 같으니
누구는 중후한 글 쓰고
누구는 경쾌한 글 쓰며
누구는 정연한 글 쓰고
누구는 산만한 글 쓰지.

그러면
누가 잘 쓰는 것인가!
이는
판정할 사람 없다네.

110년만의 가뭄, 그리고 폭서

대한민국 관상대에서 금년의 폭서暴暑를 110년만의 폭서라고 발표했다. 섭씨 영상 40도를 넘나드는 폭염은 우리나라에선 처음으로 경험하는 올해의 여름이다.

필자는 아직까지 집에 에어컨을 달지 않고 산다. 왜냐면 아내가 에어컨의 바람을 싫어하기 때문이다. 아내는 보통 더위에는 선풍기의 바람도 싫다고 쬐지 않으니, 이는 체질이 약하여 그러는 것으로 이해한다.

지난 수년간은 여름이 아무리 덥다 해도 전체 여름을 통하여 무더위로 밤을 설치는 날은 겨우 2~3일 정도이니, 이 날을 넘기면 밤을 설치는 경우는 거의 없었기에 굳이 에어컨을 설치하고 쬘 필요를 느끼지 않았었다. 그러나 올해는 섭씨 영상 40도를 넘나드는 날이 계속되니, 에어컨을 설치해야 되겠다는 생각이 간절하였다.

필자가 2006년 7월 7일부터 13일까지 중국 섬서성 서안에서 섬서성 미술관 초대 "전규호 서예전"을 열었었다. 전시 개막행사를 끝내고 서안 일대를 관광하였는데, 그때의 기온이 섭씨 영상 40도를 넘나들었었다. 안내하는 가이드가 말하기를,

"중국은 절대로 39도를 넘어가는 경우는 없습니다. 왜냐면 중국의 노동법에 섭씨 영상 40도가 되면 모든 노동자가 작업을 쉬게 되어 있으므로, 온도가 비록 40도가 넘어도 기상청에서는 항상 39도로 발표합니다."

고 하였으니, 이 말을 듣고 우리들은 쓴웃음을 지은 것을 지금도 기억한다. 그 당시의 중국의 날씨는 정말 무더웠는데, 그래도 당시는 젊었을 때인지라 잘 견디면서 관광을 한 기억이 새롭다.

이런 무더위에는 모두들 피서를 간다고 야단법석이지만, 필자는 고희古稀를 넘긴 사람으로 젊은이들과 같이 바다에 가서 물놀이하기도 좀 멋쩍기도 하고, 또한 8월 15일까지 해줄 번역물이 책상에 쌓여있어서 매일 사무실에 나와서 에어컨을 틀어놓고 번역 삼매를 열공하였는데, 문제는 에어컨이 들어오지 않는 토요일 오후 3시 이후와 일요일이었으니, 이날은 집에서 TV를 보면서 지내는데, 창문으로 들어오는 더위는 가히 살인적인 더위인지라 연신 화장실에 들어가서 샤워를 하여 열을 식히기도 하였으나, 이도 그렇게 신통한 방법은 아니었다.

이에 아내의 하는 말이,

"전철비도 공짜인 당신은 냉방이 잘 된 전철을 타고 이리저리 다니면 시원하기도 하고, 오고가는 소시민들의 모습을 보면서 지내다 오세요."

하였으니, 필자는 지금까지 아무런 목적 없이 부질없이 오간 경우는 단 한 번도 없었으나, 더위가 영상 40도를 오가므로, 일단 아내의 말을 듣기로 하고 의정부 경전철을 타고 끝에서 끝까지 오가니, 경과 시간은 꼭 40분이었다. 그런데 경전철은 에어컨이 시원하지 않아서 회룡역에서 국철로 갈아타니 한결 시원하였다. 시원한 전철 안에서 하는 일 없이 앉아있으니, 신설동에 도착하였다고 방송을 한다. 곧바로 내려서 의정부로 가는 전철을 갈아타고 다시 집으로 돌아오니, 저녁식사시간인 오후 6시였다.

필자는 매년 주말농장을 운영하는데, 올해는 봄에 비가 자주 와서 봄 채소를 잘 키워서 주위에 사는 아내의 친구들에게 아침에 채취한 싱싱한 채소를 나누어주었다고 자부한다. 봄이 가고 여름이 되기 시작하면서 가뭄이 오기 시작하였다.

감자는 이른 봄에 자주 쏟아지는 봄비에 의해서 제법 잘 자랐는데, 하지夏至 전 20일 정도부터 비가 오지 않아서 감자의 잎이 누렇게 변하기 시작하였다.

필자의 생각에는 비가 한 번만이라도 내리면 감자의 알이 클 것 같은데, 비가 오지 않아서 애를 태웠고, 결국 하지夏至가 되어서 감자밭의 절반을 캐서 작은 아들네 한 박스를 보냈는데, 그 뒤에 비가

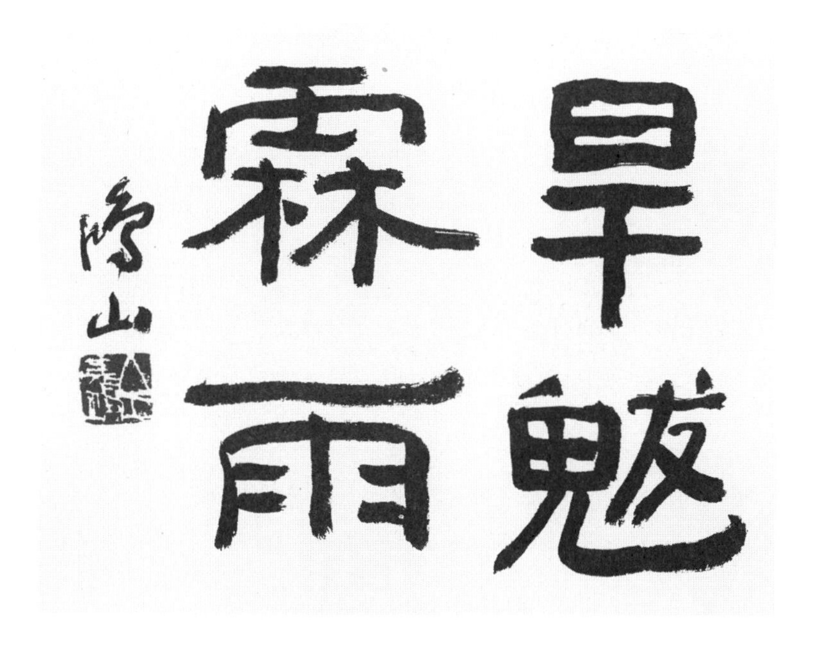

내렸다. 그래서 캐어보니 감자알이 전보다 확실히 굵어진 것을 알 수가 있었다.

감자를 캔 뒤에도 비다운 비가 한 번도 내리지 않았다. 비는 오지 않지 무더위는 계속되지, 이를 견디며 생활하기가 그리 쉬운 일은 아니었는데, 비가 너무 오지 않으니 주말농장의 푸른 옥수수가 어느 날 갑자기 시들기 시작하더니 지금은 잎이 말라서 마치 늦가을의 말라붙은 옥수수 대처럼 누렇게 말라버렸고, 뒤이어서 잘 자라던 토란도 잎이 시들어 버렸다.

원래 이런 가뭄이 오면 예전에는 국가의 제왕이 기우제를 지냈으며, 시골의 각 마을에서도 풍장을 치면서 산에 올라가서 기우제를 올린 기억이 새롭다. 물론 당시는 농경사회였기에 더욱 가뭄에 민감했을 것으로 생각한다. 그러나 현대사회에서도 농업은 모든 국민의 먹을거리를 생산하는 것이므로 국민 모두의 생활에 밀접하게 관계가 되는 것이다.

지금부터 약 4000년 전 은殷나라 제왕이었던 탕왕이 7년간의 대한大旱에 하늘에 올린 기우제문을 아래에 소개하고자 한다.

첫째, 하늘이여! 제가 정사政事에 절도가 없습니까?
둘째, 백성을 괴롭게 했습니까?
셋째, 궁궐이 사치스러웠습니까?
넷째, 측근의 청탁을 받았습니까?
다섯째, 뇌물이 오갔습니까?
여섯째, 남을 헐뜯는 것이 성했습니까?
라고 하늘에 기도하자, 말이 끝나기도 전에 비가 쏟아졌다고 한다.

이 내용은 유교의 경서인 『서경書經』에 있는 내용이다. 필자는 이 기우제문을 읽으면서 4000년 뒤인 오늘날 읽어봐도 고루하지 않고 매우 참신한 내용이 담긴 기도문이 아닌가 하고 생각한다.

먼저 인사하기

필자가 어렸을 50년~60년대는 마을을 지나며 어른을 만나면,

"진지 잡수셨어요."

하고 인사하는 것이 하나의 예의였으니, 어째서 인사가 '진지(밥)를 잡수셨어요.' 라고 했냐면, 당시는 일제 식민시대를 겨우 넘어온 시기인지라. 모두들 겨우 초근목피로 연명하던 시대였기에, 아침을 잘 잡수시고 나오셨느냐고 물어보는 것이 인사였고, 이렇게 인사하라고 부모님과 어른들이 가르쳐주었던 것이다.

이제는 이렇게 어려웠던 시기는 지나고 지금 우리나라의 경제규모는 세계 245개의 나라 중에서 10위권에 오르내리고 있으니, 이제는 '진지(밥)를 잡수셨어요.' 라고 인사할 필요는 없는 세상이다.

필자도 인사를 잘하는 편은 아니지만, 우리나라 사람들은 거의가

알지 못하는 사람에게는 인사를 안 하는 것이라고 생각을 한다. 물론 알지도 못하는 사람에게 일일이 인사를 할 필요는 없다고 생각한다. 그러나 혹 장소에 따라서는 비록 모르는 사이일지라도 인사를 하는 것이 좋을 때가 있다.

필자가 10여 년 전에 세종시에 사는 아들 집에 가서 하룻밤을 자고 새벽에 일찍 일어나서 옆에 있는 작은 산에 올라 아침 운동을 하며 걷는데, 마주쳐지나는 젊은 사람들이 모두 가볍게 목례를 하면서 지나가는 것을 보고 기분이 대단히 좋았던 기억이 지금도 생생하다.

이곳은 대한민국의 행정부가 있는 행정 도시이니, 아마도 젊은 사람들은 거의가 공무원이라고 생각하는데, 처음 보는 나이가 많은 어른을 보고 목례를 하고 지나가니 필자는 이를 특별하게 보았던 것으로 생각한다. 이런 현상은 아마도 학교에서 공부를 잘하여 공무원에 합격하고, 그리고 대한민국의 중앙관서에서 근무하는 사람들이니, 뭐 이렇게 예의를 차리는 여유가 있는 사람들이 아닌가 하고 생각했다. 이렇게 젊은이가 처음 본 늙은이에게 인사를 건네는 것은 동방예의지국이라는 명분에 부합하는 것이니, 이렇게 서로 인사하는 운동이 전국적으로 확대하기를 기대한다.

어제는 일요일인지라. 거의 반년 만에 뒷산인 수락산에 등산을 하였다. 동막봉 정상에 올라서 그곳에서 막걸리 한 병을 사 먹고 내려오는데, 오가는 사람들이 많았다. 나이가 지긋한 노인이 올라오기에 필자가 먼저 인사를 하니, 그 노인도 반갑게 인사를 하고 올라가기에, 필자는 용기를 얻어서 올라오는 젊은 사람에게도 먼저 인사를 하였다. 이에 어떤 젊은이는 반갑게 인사를 받고 올라가는 사람이 있는가 하면, 어떤 젊은이는 깜짝 놀라면서 '저를 아십니까!' 하는 제스처를 취하는 젊은이도 있었다.

여하튼 이렇게 인사를 주고받으니, 필자의 기분도 좋고 상대방의 기분도 좋은 것 같아서 앞으로는 등산을 하면서는 반드시 인사를 먼저 건네야겠다는 다짐을 하였다.

자연에 순응하며 살아야

공자께서 말씀하시기를,

"천리天理(자연)에 순응하는 자는 살고, 자연을 거스르는 자는 죽는다.(順天者存, 逆天者亡.)"
라고 하였으니, 이 말씀은 우리들이 잘 아는 '명심보감' 첫머리와 '논어' 에 있는 말씀이다. 일례로 말하면, 사람은 낮에는 일하고 밤에는 잠을 자야 하는 것이니, 이렇게 사는 것이 자연에 순응하는 것이다. 이를 거꾸로 뒤집어서 생활하는 사람이 혹 있으니, 이런 사람은 낮에는 자고 밤에는 일하는 사람을 말한다.

아침에 동쪽에서 해가 뜨면 세상은 밝은 광명의 세상이 되고, 저녁에 해가 서산 넘어 떨어지면 어두운 암흑의 세상이 되는 것이니, 밝은 낮에는 밖에 나가서 일을 하고, 어두운 밤이 되면 집에 들어와서 편히 쉬어야 한다는 것을 자연이 무언으로 가르치는 것이니, 우리는 자연에 순응하며 그 원리대로 살아가면 건강하게 오래오래 살 수가 있는 것이다.

올해는 110년 만의 가뭄이 와서 모든 식물이 시들어서 죽은 풀도 있고 죽기 일보 직전인 풀도 있었으니, 그러나 이 풀이나 채소들은 자연을 원망하지 않고 비가 오기만을 기다린다. 혹 원망하며 신경질 부리는 것을 보지 못했고, 또한 살려고 자연의 이치를 어기는 것도 보지 못했다.

어제 등산을 하면서 산모퉁이에서 소변을 보면서 옆에 있는 작은 떡갈나무 잎을 보고 필자는 깨달은 바가 있다. 이 떡갈나무 잎은 벌레가 뜯어먹어서 구멍이 숭숭 나 있었으나, 다행인 것은 다 뜯어먹지 않고 일부만 뜯어먹고 나머지는 파란색을 유지하면서 바람에 한들거리는 것을 보고 필자는,

"아! 이런 하찮은 떡갈나무도 혹 벌레에 뜯어 먹히어도 이를 거역하지 않고 줄 것은 주고, 아직 남아있는 잎은 여유롭게 한들거리면서 위대한 자연의 품 안에서 비가 오면 비를 맞고, 바람이 불면 바람을 맞으면서 천지의 자연 안에서 기쁨을 만끽하고 있구나!"
고 생각하였다. 이쯤에서 우리들의 행위를 한 번 살펴보면,

"날씨가 조금 추우면 춥다고 원망하고, 조금만 더우면 덥다고 원망한다. 하는 일이 좀 어려워지면 어느새 신경질을 부리면서 옆에 있는 가족들이 조바심이 들게 만들며, 행여 하는 사업이 부도가 나면, 이는 나의 부실한 경영으로 인하여 부도가 났다고 생각하지 않

고, 단지 운이 없어서 부도가 났다고 하면서 모두 남의 탓으로 돌리는 경우가 비일비재하다. 그런데 정밀하게 조사해 보면 이 모두가 내가 돈을 더 벌려는 욕심 때문에 일어난 것임을 알 수가 있는 것이다."

공자께서 말씀하시기를,

"큰 부자는 하늘에서 내고, 작은 부자는 부지런함에서 온다.(大富由天, 小富由勤.)"

라고 하였다. 이 세상 사람들 중에 누군들 부자가 되고 귀인이 되고 싶지 않은 사람이 있겠냐마는 대부大富는 반드시 하늘에서 낸다는

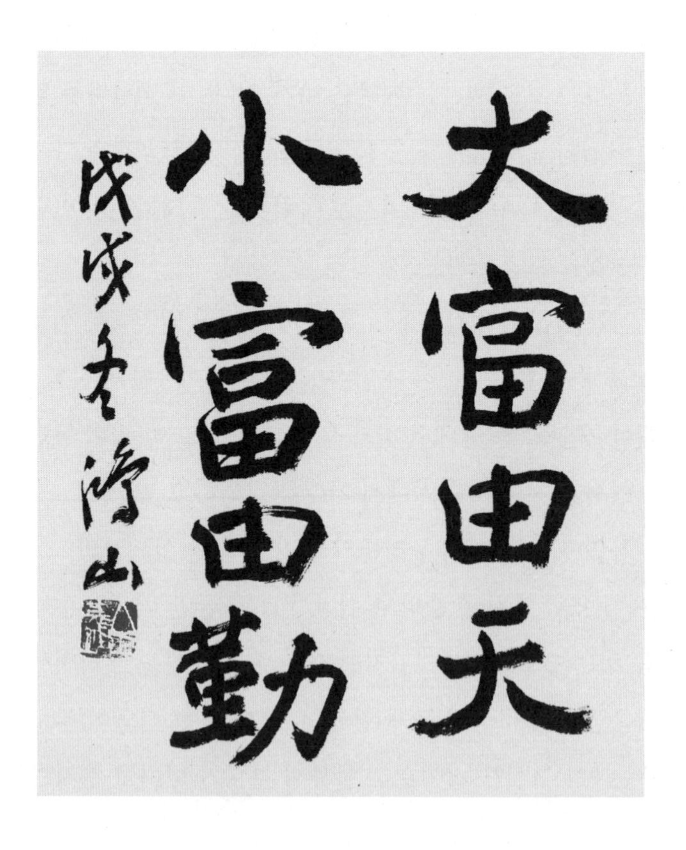

것이고, 그러나 소부小富는 부지런히 일을 하면 누구나 다 될 수가 있다는 것이다.

필자가 대부大富가 된 사람에 대하여 한 마디 하면, 이 사람은 자신이 남보다 탁월하여 된 것이 아니고, 그 선대의 조상들께서 착한 일을 많이 하여 덕을 많이 쌓았기 때문에 그 자손의 대에 가서 대부大富가 되었다고 봐야 한다.

어떤 농부는 퇴비를 많이 주고 그 땅에 수박을 심으니, 커다란 수박이 열렸는데, 어떤 농부는 퇴비는 주지 않고 그 땅에 수박을 심으니, 이 수박은 아주 작은 수박이 열렸을 것은 명확관화한 것이다.

곡식을 심거나 채소를 가꿀 때도 이 이치는 적용되는 것이니, 그러므로 부자가 되려면 우선 마음을 바르게 먹고 착하게 사업을 해야 하는 것이고, 농사를 잘 지어서 많은 수확을 얻으려 해도 반드시 밑거름을 적당히 주고 그런 뒤에 우순풍조雨順風調한 날씨가 뒤따라야 하는 것이다.

위에서 말한 바와 같이 사람이 세상을 살아가면서 건강하고 부유하게 잘 살려고 하면, 반드시 자연에 순응하면서 살아야만 한다. 이렇게 하면 병도 걸리지 않고 건강하게 잘 살게 되는 것이다. 행여 혹 돈을 더 많이 벌어야겠다고 생각하고 밤낮없이 일을 하게 되면 어느새 몸은 병이 들어서, 자신은 물론 집안 식구들 모두 고생을 하게 되는 것이니, 너무 과분한 욕심을 내는 것은 화를 부르는 단초가 되지 않겠는가!

만물을 춤추게 하라

비는 추적추적 내리는데 바람이 불지 않으니, 안개는 좀처럼 움직이지 않고 그 자리에 머물러 있었으니, 이런 어느 날 우리들은 산 아래 어느 초가집 음식점에서 은사이신 교수님을 모시고 점심을 먹고 있었다.

잠시 밖에 나오니 하늘은 내려앉아 땅과 키스하려 하고 그 사이에 안개가 자욱이 내려앉으니, 이는 하늘과 땅이 데이트함을 가려주려는 천지 간의 움직임인가 생각하게 한다.

필자는 한때 이런 안개가 자욱한 날씨를 좋아하였으니, 오늘도 이런 우중충한 날을 맞아 비록 마음은 답답하지만 무언가 가려준다는 느낌 때문인가, 마음이 그 어떤 기운에 의해 편안해짐을 느낄 수가 있었다.

실상 이런 날을 좋아하는 것은 이유가 다른데 있으니, 세상의 일이 필자의 마음대로 움직이지 않고 하는 일이 잘 풀리지 않기 때문에 항상 우울한 마음을 가지고 있으면서 날씨까지도 우울함을 보이니, 우울한 마음과 우울한 날씨가 만나 조우하면서 그 조우遭遇함의 기쁨 때문에 편안한 마음이 되었지 않았나 하고 생각한다.

위에서 언급한 이런 우울한 날은 바람이 불지 않기 때문에 이루어지는 것이다. 만약 이때에 바람이 불었다면 구름이 걷히면서 비는 개었을 것이니, 우울한 날씨도 어느덧 사라졌을 것이다.

실상 '바람' 이라는 것이 세상을 변화시키는 매개체이니, 바람이 불면 공중에 있는 기운이 움직이면서 우리들의 건강을 위협하는 매연도 사라지게 하고, 푸른 나뭇잎을 움직이게 해서 산소를 품어내게도 한다.

어느 여름날 우거진 숲에 바람이 건들하고 불어대면 뭍 나뭇잎은 너울너울 춤을 춘다. 이때는 나뭇잎의 앞과 뒤가 번갈아 보이기 때문에 나뭇잎에서 반짝반짝 빛을 발산함을 볼 수가 있다. 이런 상황을 단 한마디로 표현한다면 '빛을 발하며 춤을 춘다.' 라고 하면 좋을 듯싶다.

바람은 나뭇잎만 춤추게 하는 것이 아니라 봄에 활짝 핀 꽃도 춤을 추게 하고, 길가에 홀로 핀 외론 꽃도 춤을 추게 한다. 어디 그뿐인가. 넘실대는 물 위에 바람이 건들 불면 시냇물도 파란을 일으키며 춤을 춘다. 여기에 햇살이 얼굴을 내밀면 물은 어느새 반짝반짝 별을 그리며 춤을 춘다. 이때는 무수한 별들이 나타나기도 하고, 또

없어지기도 하니 마치 밤하늘의 은하수 같기도 하다.

이렇게 바람이 불면 오염된 공기도 정화하고, 또한 오염된 물도 정화하여 맑은 물로 변화시키는 것이니, 이런 착한 행위를 하는 바람을 누가 반기지 않겠는가!

그러나 이렇게 우리들에게 좋은 것을 무료로 선사하는 바람도 어느 날 태풍으로 변하면 많은 비를 뿌리면서 세차게 붊으로, 어느새 무서운 바람이 되어 우리들에게 재앙을 선사한다. 그러나 이는 하나의 자연현상일 뿐 결코 인간을 해하려는 뜻에서 부는 것은 아니고, 바닷물을 뒤집어서 정화하고 호수의 녹조가 서린 물도 정화하여 깨끗한 물로 만들려는 행위가 아니겠는가! 그러므로 바람은 사람을 춤추게 하고 산천초목을 춤추게 하는 고마운 바람인 것이다.

『주역』에 보면, 팔괘 중에 풍風도 참여하니, 주역의 이론으로 보면, 이 팔괘가 움직이면서 우주만물이 변화한다고 한다. 그런데 이곳에 바람이 떳떳하게 참여하여 변화를 돕는다고 보면 된다.

봄바람은 따뜻하다. 이 따뜻한 바람이 불어오면 그 위엄을 자랑하던 동장군도 물리치고 이 지구에 희망이 넘치는 활력을 주는 것이다. 이렇게 따뜻함을 주는 바람이기에 이 바람을 사람이 본받으면 어느새 겸손한 사람이 되는 것이니, 그러므로 풍風은 겸손〔遜〕을 상징하기도 한다.

이 세상은 겸손한 자의 세상이다. 사람이 겸손해야 복도 받는 것이고 우애도 하는 것이며, 스승을 잘 받들기도 하고 아들의 역할과 아우의 역할도 훌륭하게 해내는 것이니, 그러므로 바람은 사람을 춤추게도 하는 것이다.

주색잡기酒色雜技

'주색잡기' 는 돈 많은 한량閑良들이 절제 없이 놀아나는 모습을 단 네 글자로 표현한 사자성어이다.

'주색잡기酒色雜技' 에서 주酒는 술을 좋아하여 매일 주점에 가서 술을 먹는 것을 말하고, 색色은 남자가 예쁜 여인을 좋아하는 것을 말하며, 잡기雜技는 노름을 좋아함을 일컫는 말이다.

『이춘풍전』을 보면, 위에서 말한 주색잡기가 잘 드러난다. 그 줄거리를 말하면,

"춘풍은 남의 돈 2천 냥과 부인이 모아둔 5백 냥을 가지고 부인의 만류도 뿌리친 채 물건을 사 오겠다며 평양으로 떠난다. 그러나 평양에서 예쁘기로 이름난 기생 유추월에게 빠져 돈을 모두 탕진하고 만다.

춘풍은 추월이 자신만을 사랑하는 줄 알았는데, 추월은 돈이 떨어진 춘풍을 외면하고 박대하면서 다른 남자를 맞아들이게 되고, 갈 곳이 없어진 춘풍은 추월의 집에서 아침이면 마당도 쓸고 집안의 잡일도 도우면서 마치 하인처럼 얹혀 지낸다.

한편 남편의 소식을 들은 김 부인은 평양감사로 부임하는 이웃사람에게 사정을 이야기하여 남복男服을 하고 비장으로 따라가서 추월의 몰인정한 태도를 규탄하고 춘풍을 질책한 후 돈을 찾아주면서 어서 물건을 사서 서울로 돌아가라고 호령한다. 남편보다 한발 앞서 서울로 돌아온 김 부인은 남편이 집에 돌아와 그간의 행적을 둘러대는 것을 모른 척 웃으며 들어준다."

고 하는 내용이다. '이춘풍전' 은 보통 한량들의 주색잡기를 잘 보여준 작품인데 반하여, 『논어』에서도 성현들이 놀이하는 모습을 보여주는 장면이 등장하는데, 이를 기록해 보면,

"공자께서 제자들을 모아놓고 너희들이 가장 하고 싶은 것은 무엇인가! 하고 물으니, 증점曾點이 말하기를, '늦은 봄에 봄옷이 만들어지거든 갓을 쓴 어른 5, 6인과 동자童子 6, 7명과 함께 기수沂水에

서 목욕하고 무우舞雩에서 바람 쐬고서 노래하며 돌아오겠습니다.' 고 하니, 공자께서 아! 하고 감탄하시며, '나도 점點과 같이 하겠다.' 고 하였다.(曾點曰 暮春者에 春服既成커든, 冠者五六人과 童子六七人으로 浴乎沂하여 風乎舞雩하여 詠而歸호리이다. 夫子喟然嘆曰 吾與點也하노라.)"
고 하였으니, 공자 같은 성인께서도 항상 학문만을 하는 것이 아니고 늦은 봄이 되면 벗과 같이 물에 가서 목욕도 하고 경치 좋은 곳에 가서 바람도 쐬고 노래도 부르고 싶다고 하였으니, 성인은 주색잡기로 노는 것이 아니고 그냥 건전하게 여유旅遊한다는 것이다.

이상은 『이춘풍전』의 주색酒色에 놀아난 모습과 『논어』에 보인 성인聖人의 여유旅遊하는 모습을 단적으로 말하였으니, 그 끝은 하늘과 땅처럼 판이하게 다른 모습인 것이다.

그러나 우리 같은 일반인들은 모두 술도 좋아하여 주점에도 자주 들러서 술을 마시기도 하고, 아름다운 여인을 만나서 멋있는 연애도 해보고 싶은 것이 사실이다. 또한 바둑을 두거나 골프를 치거나 당구를 치면서 내기를 하기도 한다. 이런 것이 사람이 살아가는 하나의 과정인 것이다.

그러나 이런 과정이 너무 지나쳐서 혹 술독에 빠지고, 혹은 여인과의 사랑에 빠져서 처자를 잊고 그 여인과 같이 달아나는 경우는 없어야 한다는 것이다.

놀아야 산다

필자의 올해 나이는 만 70세이고, 하는 일을 말하면, 수필 4집을 거의 탈고 단계에 와 있고, 전국 각처에서 고문 번역의 의뢰가 오면 이를 번역하여 주는 일을 하며, 또한 서예가로서 명년 3월에 여는 서예전시회를 준비하는 일로 소일을 하고 있고, 그리고 조조早朝에는 운동을 하거나 주말농장에 가서 채소 등을 가꾸는 일을 한다.

그러면 소득은 어떻게 창출하는가! 어떤 사람은 연금이 많아서 그 돈으로 생활을 한다지만, 필자는 평생 비교적 어렵게 생활을 하면서 자식을 대학까지 가르쳐서 취직을 시키고 결혼하여 분가시키었고, 그렇게 한 뒤에 어려서 부모님 밑에서 못한 학교 공부를 결혼을 한 뒤 30세 후반에 중학교 과정을 시작하여 고등학교·대학교·대학원 과정을 모두 마쳤는데, 필자가 대학원을 마치고 석사학위를 받았을 때의 나이가 63세였으니, 평생 동안 공부하기에 여념이 없었다고 말할 수 있으니, 언제 많은 돈을 벌어서 저축을 하였겠는가!

지금 생각하면 꼭 이런 과정을 거쳤기에 돈을 많이 벌지 못했다고 하기보다는 필자는 원래 키가 남보다 작고(163cm 정도) 허약하여 노동을 하여 돈을 벌려면 힘이 많이 들었기에, 학문을 가지고 글을 쓰거나 사람들을 가르쳐서 돈을 벌려고 하였다. 원래 예부터 하는 말에,

"선비가 무슨 돈을 버는가!"

하였지 않은가! 필자는 평생 선비의 마음을 가지고 살았으니, 어찌 많은 돈을 벌었겠는가!

물론 젊었을 적에 수입이 많았다면 국민연금을 많이 부어서 65세 이후에는 많은 연금을 받겠지만, 당장 생활하기도 어려운 형편에 어떻게 많은 연금을 부을 수가 있었겠는가! 그러므로 지금 필자가 받는 연금은 연금 수령자의 최하위에 속한다고 보면 된다. 그러므로 우리 노부부가 생활을 하려면 지금도 돈을 벌어야만 한다. 그런데 돈이란 것이 벌고 싶다고 하면 그냥 굴러들어오는 것이 아니다. 그러므로 필자는 한문번역을 열심히 해서 돈을 벌어야만 한다.

금년 2018년 봄에, 어느 시문집 번역과 어느 종친회에서 청탁한 족보 서문 등 두 문서를 번역하여 다달이 두 곳에 번역문을 보내고 번역료를 받는 일이 있었으므로, 무려 넉 달 동안 돈 버는 재미와 날마다 새로운 내용을 번역하는 일로 무척이나 재미있게 지냈다.

그러나 필자는 한글로 워드 치는 것을 40살 중반이 넘어서 배웠으므로 자판을 다 외우지 못하고, 자판을 보면서 워드를 쳐야 한다. 이를 독수리 타법이라고 하는데, 이렇게 해도 펜으로 글씨를 쓰는 것보다 훨씬 빠르다. 그렇지만 눈을 들어서 번역서의 원문을 보고 다시 고개를 숙여서 자판을 쳐야 하므로 하루 종일 이를 계속하면 저녁때는 피곤함이 몰려온다. 이렇게 넉 달을 계속하니, 우측 어깨에 병마가 찾아왔고 이어서 목 줄기를 타고 위로 뻗어 올랐다. 일은 다 끝나지 않았는데 목은 아파서 일을 계속하지 못하니, 나머지는 잘 아는 선생님께 맡겨서 일을 마쳤다.

그런 뒤에는 잠깐 동안 워드를 쳐도 목이 아파서 일을 못한다. 이에 매일 한의원에 가서 침을 맞으면서 일을 하게 되었는데, 그러므로 많은 일은 할 수가 없는 그야말로 '놀아야 사는' 신세가 된 것이다.

침을 놓는 한의사의 말, '이렇게 침으로 치료를 계속하면 나중에는 다 풀어집니다.' 하므로, 오늘도 열심히 침을 맞는다.

전에 연안 김씨네 종친회에서 부탁한 '명륜록과 동각산록' 을 번역하였는데, 이때도 수입은 쏠쏠하여 이때 번 돈으로 아들들 장가를 보낸 일이 있는데, 이때에도 왼쪽 어깨와 목이 아파서 서울대학교 병원 등 많은 병의원에서 치료를 받은 일이 있다. 그런데 병원의 약을 2년 이상 먹었지만 낫지는 않고 그냥 잠시 통증을 멎게 하는 치료였으므로, 필자는 어느 날 방송에서 '침목으로 목병을 치료한다.' 고 어느 여자가 나와서 시연을 하기에 그 뒤에 필자도 침목을 사서 목을 좌우로 돌리는 것을 아침저녁으로 100번씩을 하니, 목이 좋아진 경험이 있다. 그런데 이번에는 목병이 우측으로 왔다.

이제는 목병을 침으로 치료한 일자가 30일이 지났다. 그러나 아직도 잠시 워드를 치면 금방 어깨와 목의 근육이 굳어져서 통증이 온다. 이러므로 이 병은 쉬면서 놀아야 하는 병이다. 다시 말해서 '놀아야 산다.' 고 말할 수가 있는 것이다.

마지막 승리자

곡식과 잡초 중에 최후의 승리자는 누가 될까! 농부의 손길을 배제하고 말한다면 두말할 것 없이 잡초가 승리자가 될 것이 확실하다. 왜냐면 잡초는 농부가 가꾸지 않아도 잘 자라는 특성이 있기 때문에 결국에는 무조건 잡초가 승리하고 곡식은 패배하여 열매를 맺지 못할 것이다.

그러나 곡식은 태어날 때부터 농부의 보살핌을 받게 되어 있으니, 그러므로 잡초를 물리치고 마지막의 승리자가 되어서 많은 열매를 맺어서 농부에게 보답을 하는 것이다.

그러면 잡초끼리 경쟁을 한다면 어떤 잡초가 승리할 것인가! 물론 지역과 형편에 따라 다를 테지만 적어도 필자가 농사를 짓는 주말농장 주변을 보면 잡초의 최후의 승리자는 덩굴풀인 가시랭이가 승리자라 말할 수가 있다.

이 가시랭이는 모든 잡초 위로 뻗어서 모든 잡초를 자신의 아래에 앉히고 그 위에서 햇볕을 모두 가리게 되니, 밑에 있는 풀들은 모두 그늘 속에서 시름하게 되고, 오직 가시랭이만 위에서 햇볕을 받는 구조가 되고 맒으로 최후의 승리자가 되는 것이다. 나무와 덩굴풀인 칡과의 경쟁에서도 덩굴풀인 칡이 완승을 거두는 것을 필자는 수년을 통하여 보았다.

나무끼리의 경합에서는 무조건 키를 키워서 제일 위로 뻗는 나무가 승리자가 된다. 그러므로 후미진 골짜기의 나무들은 서로 키를 키우기 위해서 전력투구를 하는 모습을 볼 수가 있다. 그렇기에 소나무나 도토리나무 같은 키를 높이 키우는 나무들이 승리자가 되는 것이다.

그런데 소나무에 칡덩굴이 올라가게 되면 칡잎이 소나무를 모두 덮어버리고 또한 칡의 줄기는 소나무를 이리저리 모두 동여매므로 손이 없는 소나무는 어찌하지 못하고 죽고 만다. 그래서 어떤 사람은 낱을 가지고 다니면서 나무에 올라간 칡덩굴을 모두 베어내어 소나무를 살리는 일을 하는 것을 보았다.

그러면 사람은 누가 최후의 승리자인가! 돈을 많이 번 부자가 마지막 승리자인가! 아님 오래오래 장수한 사람이 승리자인가! 이것도 아니면 살아가면서 착한 일을 많이 하여 덕을 많이 쌓은 자가 승리자인가! 아니면 평생 근심걱정 없이 편안하게 산 자가 승리자인가!

모두 보는 각도에서 다르게 보일 수도 있을 것이나, 필자가 보기에는 착한 일을 많이 하고 덕을 많이 쌓은 사람이 승리자가 될 것이다. 왜냐면 공자님 말씀에,

"덕을 많이 쌓은 자는 후손에게 좋은 일이 많을 것이다.(積德之家必有餘慶.)"

라고 하였으니, 자손이 좋은 자리에 앉아서 자신도 빛을 발하고 부모님과 온 집안에 영광을 돌리는 그런 훌륭한 사람이 될 것이기 때문이다.

또한 이런 사람도 있으니, 부모님이 부유하여 어려서부터 부모님 그늘에서 많은 공부를 하고, 그리고 부모님이 남긴 유산으로 평생 동안 근심 걱정 없이 살아가는 사람도 승리자는 승리자이다. 그러나 이 사람은 조상의 음덕으로 잘 살아가는 사람으로 반드시 그 조상의 음덕이 많은 사람일 것이다.

그러므로 결론적으로 말하면, 평생 동안 여유롭게 잘 살고 자식도 공부를 잘하여 국가의 동량이 된 사람이 마지막 승리자가 될 것이니, 필자는 나 자신은 여유롭게 살지 못하고 고생을 하였으나 자식과 며느리가 모두 국가공무원으로 요직에 앉아 있으니, 혹 마지막 승리자의 끝자리는 차지하지 않겠는가!

우리 어머니

우리 어머니는 1925년 을축년(왜정 16년)에 충남 부여군 은산면 곡부라는 마을에서 아버지 창녕 성씨 성낙천과 어머니 함양 박씨 사이에서 출생하였다.

어머니가 16세 되던 해는 일제가 조선의 처녀들을 강제로 정신대로 뽑아갈 때였으므로, 외조부님께서 중매를 넣어 나의 부친인 옥천 전씨 전재관에게 출가시키고, 외조부께서는 곧바로 부인과 두 아들을 대동하고 북간도로 이주하였다고 한다. 당시는 일제 식민치하였으므로, 우리 국민들의 생활은 초근목피로 겨우 연명하던 시기였는데, 일제가 만주 이민정책을 쓰면서 감언이설로 만주로 이주하면 농토가 많으니, 열심히 일하면 부자가 될 수 있다는 희망을 불어넣어서 당시 이곳으로 이주한 사람들이 많은데, 필자의 외가도 이 중의 하나이다.

어머니의 학력은 무학이나, 당시 같은 마을의 서당 선생이신 심○○ 선생에게 한글을 배워서 한글로 된 고소설은 잘 읽으시었다. 당시 외조부께서 어머니를 초등학교에 입학시키려고 하였는데 어머니께서 한사코 학교에 가지 않겠다고 해서 결국 학교에 입학하지 않았다고 한다. 부언하면 당시에 초등학교가 처음으로 생겼으므로 마음이 여린 여아들은 거의가 학교에 나가지 않으려고 했다고 한다.

충남 부여군 내산면 마전리, 일명 삼바실이라는 동리로 시집온 뒤에 남편은 성격이 괄괄하고 융통성이 부족하며 살림이 그렇게 윤택하지 않아서 고생을 많이 하신 것으로 안다.

어머니께서는 친정의 식구가 모두 북간도로 이주했기에 마음속에 있는 억울하고 불편함을 하소연할 곳이 한 군데도 없었기에, 어머니는 친정과 같은 동리에 사는 외갓집을 친정으로 삼아서 이따금씩 왕래하면서 사셨는데, 둘째 아들인 나도 어릴 적에 어머니를 따라서 진외가집을 많이 왕래하였던 것으로 기억한다. 결국 어머니는 아들 5형제와 딸 3자매를 낳아서 길렀고, 시부모님을 모시고 평생 남편의 농사일을 도우면서 사셨는데, 사고무친인 어머니는 혹 억울하고 외로울 때에는 홀로 우는 때가 많았던 것으로 안다.

아들인 필자가 당시의 상황을 회상하면, 선친께서는 일 밖에 모르는 사람이었으니, 12명의 대가족을 어깨에 메고 집안을 이끌어가기가 매우 어려웠을 것으로 생각한다. 이에 더하여 여동생 둘에 남동생 하나를 출가시키었고, 특히 남동생은 결혼을 시킨 뒤에 논 5마지기와 밭 700평, 그리고 집 한 채까지 사서 분가를 시켰으니, 부모님의 노고가 얼마나 어려웠을까를 생각한다. 한 가지 더 붙일 이야기가 있으니, 조부께서는 어려서 서당에서 한문을 배우시고 농업에 종사하다가 자식이 성장한 뒤에는 일에서 일체 손을 떼고 평생 놀면서 오직 종사宗事의 일만 하시었다.

이러한 가정에서 어머니는 내당內堂을 담당하시면서 밭에 나가서 밭을 매기도 하고 그리고 길쌈을 하고 베를 짜서 5일장에 나가 이를 팔아서 살림에 보태면서 생활하신 것으로 안다.

우리나라에서 한산 세모시가 유명한데, 우리 집은 한산과 가까운 곳으로 동리의 여인들은 모두 길쌈을 하였으니, 낮에는 하루 종일 농사일을 돕고, 밤이 되면 호롱불을 켜놓고 길쌈을 한 것으로 기억한다.

그러므로 여름날 밤에는 밖의 마당에 밀집으로 만든 멍석을 펴고 호롱불을 켜고 이웃의 아줌마들이 한데 모여서 길쌈을 하다가 깊은 밤이 되어서야 잠이 든 것으로 생각한다. 이때에 모닥불을 놓는 것은 필수이니, 모닥불에서 나오는 연기로 모기를 쫓을 수가 있었기 때문이다.

그리고 이러한 여름날 밤에 마당에 멍석을 깔고 누어서 밤하늘을 보면 검은 하늘에 수많은 별들이 반짝이었으니, 검은 하늘에 총총히 늘어선 반짝이는 별들은 셀 수가 없을 만큼 수없이 많았다. 이따금씩 별똥별이 주룩주룩 떨어지는 것을 많이 보았는데, 하늘에서 별똥이 떨어지는 모습은 그야말로 장관이었다. 마치 도깨비가 들판에 불을 놓는 것과 흡사하였다. 아마 당시에 운석隕石이 지금처럼 비싼 것으로 알았다면, 필자는 운석을 많이 주웠을 것으로 사료된다.

어느 날 외롭게 지내던 어머니께 중공에 사는 외삼촌에게서 편지가 왔다. 이 편지는 어머니의 고향인 충남 부여군 은산면 곡부의 주소로 왔는데, 도대체 수취인이 누구인지를 몰라서 우체부가 세 번을 반복하여 동네에 와서 수취인을 찾았다고 하며, 어머니의 외사촌이 우체부와 상의한 끝에 중국에서 온 편지이니, 한 번 내용을 보고 수취인을 찾아본 뒤에 반송하자고 상의하고 편지를 뜯어보니 어머니한테 온 편지였으므로, 어머니가 계시는 부여군 내산면 마전리로 주소를 바꾸어서 발송하여, 결국 어머니께서 편지를 받게 된 것이다.

당시는 중국을 중공이라 불렀는데, 6·25 동란이 있은 뒤에 서로 간에 왕래가 없다가 등소평이 개방정책을 쓴 뒤에 겨우 편지를 왕래하게 하였으므로, 이렇게 편지가 오게 된 것이었다. 그러므로 당시 중공은 경제가 매우 어려웠다. 이에 중국정부에서 한국에 친척이 있는 조선족은 모두 한국에 가서 돈을 벌어올 수 있도록 휴가를 주어서 큰 외숙께서도 중국에서 생산하는 웅담과 약재 등을 두 개의 커다란 트렁크에 가득 넣어가지고 와서 어머니와 상봉하였으니, 실로 이것이 몇 년 만인가! 아마도 약 40여 년 만에 만난 상봉이었으며, 외삼촌의 말씀에 의하면 어머니의 친정 부모님은 모두 돌아가셨다고 하였다.

왜정 때에 북간도로 가서 살던 외조부님은 해방이 된 뒤에 고향으로 가려고 한국을 향하여 나오는데, 지나는 곳곳마다 검문을 하면서 검문하는 사람들에게 가지고 있는 물건과 돈을 다 뜯기었고, 더 이상 앞으로 전진하여 갈 수가 없어서 그냥 중국에 주저앉아서 국적도 중국으로 바꾸고 요녕성 대화현에서 살았다고 한다.

그러므로 큰 외숙은 반진시盤津市의 공무원으로 국장 정도의 직책에 있었고, 작은 외숙은 대련大連에 사시는데, 군대에 입대하여 의사가 되었고 직책은 별 1개를 달았다고 한다.

필자가 2005년경에 부모님을 모시고 중국 외삼촌 집을 방문한 일이 있으니, 대련과 반진시, 그리고 심양潯陽 등을 관광하였다. 우리 부모님은 생애 처음으로 하는 외국여행이었다. 그 이후에는 너무 연로하셔서 부모님께서는 다시 외국에 나가지 못하시었으니, 필자는 부모님께서 외국여행을 하시게 한 효도를 한 사람이다. 요즘은 모두 외국 출입을 내 집 안방 드나들 듯이 하지만, 나의 부모님 세대는 절대로 그렇지 못했다.

우리 부모님은 두 분 모두 명석한 머리를 가진 분이었는데, 특히 어머니는 더 명석하였으니, 당시 동리의 아줌마들이 밤에 우리 집으로 마실을 오면 어머니께서는 춘향전과 심청전, 그리고 옥루몽, 사씨남정기 등의 소설을 읽어주었으니, 당시 시골에 사는 부인들은 거의 문맹이었으므로 이러한 풍습이 있었던 것으로 사료된다. 이런 광경을 요즘 시대의 문화로 말을 한다면 아마 TV를 보는 것이나 매한가지이리라.

그리고 어머니의 용모를 말하면, 키가 크고 얼굴은 미인이었으니, 동리의 어느 친척 아줌마가 밀가루를 반죽하면서 그 밀가루가 뽀얗고 하얀 것을 보고 '아무개 집의 며느리 얼굴과 같이 뽀얗다.' 고 하였다고 하니, 하얀 피부에 갸름한 얼굴로 꼭 요즘 미인의 전형이었다.

여덟 명의 자식들 중에 아들들은 모두 대학을 졸업한 학사와 석사이고, 딸들은 하나는 석사이고 둘은 고졸과 중졸이며 사위는 모두 학사와 석사이다.

자식들의 직장을 말하면, 첫째는 한국전력의 처장이고, 둘째는 번역원의 원장이며, 셋째는 대한약사회 부장이고, 넷째 딸은 가정주부이며, 남편은 주택관리사이고, 다섯째 딸은 주부이고, 남편은 고교 선생이며, 여섯째 딸은 시인이고, 남편은 국방과학연구원의 연구원이며, 일곱째 아들은 제약회사 사원이고, 여덟째 아들은 자영업을 운영한다.

선친께서는 2007년에 돌아가셨으니, 향년이 84년이고, 어머니께서는 지금 94세로 시골 고향집에서 사시고 계시며, 지금은 형님이 모시고 산다.

며칠 전에는 우리 부부와 대전에 사는 큰아들 내외와 손녀 둘과 세종시에 사는 아들과 손자 손녀가 고향에 계시는 어머니를 찾아뵙고 선친과 조부모님의 산소에 가서 성묘를 하고 돌아왔는데, 이제 어머니는 허리가 굽어서 지팡이를 의지하여 움직이신다. 그러나 식사는 아직도 잘 하시니, 아마도 백 살 이상 장수하실 것으로 본다.

의인 수필

의인의 의의意義

의인義人은 착한 일을 하는 사람을 이른다.

국가가 위난에 처했을 때에 그 국가를 위해서 자신의 목숨을 바쳐서 국가를 구해내는 행위를 말하니, 이런 행위를 한 의인은 우리나라 고금을 통하여 보면 헤아릴 수 없이 많다.

비근한 예로, 일제 식민지 시대에 활동한 의사들이 있고, 6·25동란에 대한민국을 지켜낸 국방군이 모두 의인들이라 말할 수가 있으니, 이들은 자신의 목숨을 바쳐서 나라를 구하여 그 나라 안에서 살아가는 국민들의 안녕을 보전한 것이니, 이보다 더한 의인은 없는 것이다.

의인에도 등급이 있다고 필자는 생각한다. 전쟁에서 나라를 구한 '이순신 장군, 을지문덕 장군, 강감찬 장군' 같은 분들은 온 나라의 수많은 백성을 구하였으니 급수가 높은 것이고, 이에 반하여 물에 빠진 어린아이 하나를 구하였다면, 이는 단지 한 사람을 구하였을 뿐이니 등급이 낮을 것은 분명하다. 그러므로 아래에 세기의 의인 두 사람을 표본으로 소개하기로 한다.

의인의 표본 안중근

안중근은 1879(고종 16)~1910(순종 3). 조선 말기의 교육가 · 의병장 · 의사義士이다.

6, 7세 때에 황해도 신천군 두라면 청계동으로 이사하였다. 이곳에서 아버지가 만든 서당에서 동네 아이들과 함께 사서四書와 사기史記 등을 읽었다. 또 틈만 나면 화승총을 메고 사냥해 명사수로 이름이 났다. 16세가 되던 1894년, 아버지가 감사監司의 요청으로 산포군山砲軍(수렵자)을 조직해 동학군 진압에 나섰을 때 참가하였다.

다음 해에 천주교에 입교해 토마스[多默]라는 세례명을 받았다. 한때는 교회의 총대總代를 맡았다가 뒤에 만인계萬人契(1,000명 이상이 계원을 모아 돈을 출자한 뒤 추첨이나 입찰로 돈을 융통해주는 모임)의 채표회사彩票會社(만인계의 돈을 관리하고 추첨을 하는 회사) 사장으로 선임되었고, 이후 교회 신자들과 함께 만인계의 어려운 일을 해결하는 등 수완을 발휘하였다.

1904년에 러일전쟁이 일어나자 해외 망명을 결심, 산둥[山東]을 거쳐 상해에 도착하였다. 이곳에서 알고 지내던 프랑스인 신부로부터 교육 등 실력 양성을 통해 독립 사상을 고취하는 것이 급선무라는 충고를 듣고는 다음 해 귀국하였다.

1906년 3월에 진남포 용정동으로 이사해 석탄상회를 경영하였다. 이를 정리한 뒤에는 서양식 건물을 지어 삼흥학교三興學校를 설립하였다. 곧이어 남포南浦의 돈의학교敦義學校를 인수해 학교 경영에 전념하였다.

1907년에는 국채보상기성회 관서 지부장이 되면서 반일운동을 행동화하였다. 이해 7월에 한일신협약이 체결되자 북간도로 망명하였다. 3, 4개월 뒤에는 노령으로 갔다. 노브키에프스크를 거쳐 블라디보스토크에 도착, 한인청년회 임시 사찰이 되었다.

이곳에서 이범윤李範允을 만나 독립운동의 방략을 논의하였고, 엄인섭嚴仁燮 · 김기룡金起龍 등 동지를 만나 동포들에게 독립정신을 고취하고 의병 참가를 권유하였다. 의병 지원자가 300여 명이 되자 김두성金斗星 · 이범윤을 총독과 대장으로 추대하고 안중근은 대한 의군 참모중장으로 임명되었다. 이때부터 무기를 구해 비밀리에 수송하고 군대를 두만강변으로 집결시켰다.

1908년 6월에 특파독립대장 겸 아령지구군사령관이 되어 함경북도 홍의동의 일본군을 공격하였고, 다음에는 경흥의 일본군 정찰대를 공격, 격파하였다. 제3차의 회령 전투에서는 5,000여 명의 적을 만나 혈투를 벌였지만 중과부적으로 처참하게 패배하였다.

천신만고 끝에 탈출한 뒤 노브키에프스크・하바롭스크를 거쳐 흑룡강의 상류 수천여 리를 다니면서 이상설李相卨・이범석李範奭 등을 만났다. 노브키에프스크에서는 국민회・일심회一心會 등을 조직했고, 블라디보스토크에서는 동의회同義會를 조직해 애국사상 고취와 군사 훈련을 담당하였다.

1909년 3월 2일, 노브키에프스크 가리可里에서 김기룡・엄인섭・황병길黃丙吉 등 12명의 동지가 모여 단지회斷指會(일명 단지동맹)라는 비밀결사를 조직하였다. 안중근・엄인섭은 침략의 원흉 이토[伊藤博文]를, 김태훈金泰勳은 이완용李完用의 암살, 제거를 단지斷指의 피로써 맹세하고 3년 이내에 성사하지 못하면 자살로 국민에게 속죄하기로 하였다.

9월에 블라디보스토크에서 『원동보遠東報』와 『대동공보大東共報』의 기사를 통해 이토가 러시아의 대장대신大藏大臣 코코프체프(Kokovsev, V.N.)와 하얼빈에서 회견하기 위해 만주에 오는 것을 알았다. 안중근은 우덕순禹德淳(일명 禹連俊)・조도선曺道先・유동하劉東夏와 저격 실행책을 모의하고 만반의 준비를 하였다.

1909년 10월 26일, 이토를 태운 특별 열차가 하얼빈에 도착하였다. 이토는 코코프체프와 약 25분간의 열차 회담을 마치고 차에서 내렸다. 이토가 러시아 장교단을 사열하고 환영 군중 쪽으로 발길을 옮기는 순간 안중근은 침착하게 걸어가 이토로 추정되는 사람에게 4발을 쐈다. 다시 이토가 아닐 것을 대비해 주위 일본인에게 3발을 쐈다. 처음 쏜 4발 가운데 3발은 이토, 1발은 하얼빈 총영사 가와카미도시히코[川上俊彦]의 오른팔을 맞혔다. 이어서 쏜 3발은 비서관

모리타이지로[森泰二郎], 만주철도 이사 다나카세이타로[田中淸太郞]를 맞혔다. 1발은 플랫폼에서 발견되었다.

러시아 검찰관의 예비 심문에서 한국의용병 참모중장이고 나이는 31세라고 자신을 밝혔다. 거사 동기에 대한 질문을 받자, 이토가 대한의 독립주권을 침탈한 원흉이며 동양 평화의 교란자이므로 대한의용군사령의 자격으로 총살한 것이지 안중근 개인의 자격으로 사살한 것이 아님을 밝혔다.

관동도독부 지방법원 원장 마나베[眞鍋十藏]의 주심으로 여섯 차례의 재판을 받았다. 안중근은 자신을 일반 살인 피고가 아닌 전쟁포로로 취급하기를 주장하였다. 국내외에서 변호 모금운동이 일어났고 변호를 지원하는 인사들이 여순旅順에 도착했으나 허가되지 않았다. 심지어는 일본인 관선 변호사 미즈노[水野吉太郞]와 가마타[鎌田政治]의 변호조차 허가하지 않으려 하였다.

재판 과정에서의 정연하고 당당한 논술과 태도에 일본인 재판장과 검찰관들도 탄복하였다. 관선 변호인 미즈노는 안중근의 답변 태도에 감복해 "그 범죄의 동기는 오해에서 나왔다고 할지라도 이토를 죽이지 않으면 한국은 독립할 수 없다는 조국에 대한 적성赤誠에서 나온 것은 의심할 여지가 없다."고 변론하였다.

언도 공판은 1910년 2월 14일 오전 10시 30분에 개정되었고 재판장 마나베는 사형을 언도하였다. 죽음을 앞둔 며칠 전 안정근安定根·안공근安恭根 두 아우에게 "내가 죽거든 시체는 우리나라가 독립하기 전에는 반장返葬하지 말라. ……대한 독립의 소리가 천국에 들려오면 나는 마땅히 춤을 추며 만세를 부를 것이다."

라고 유언하였다.

3월 26일 오전 10시, 중국 대련시에 있는 뤼순감옥의 형장에서 순국하였다. 안중근의 일생은 애국심으로 응집되었으며, 안중근의 행동은 총칼을 앞세운 일제의 폭력적인 침략에 대한 살신의 항거였다.

1962년에 건국훈장 대한민국장을 추서하였다.(출처: 한국민족문화대백과)

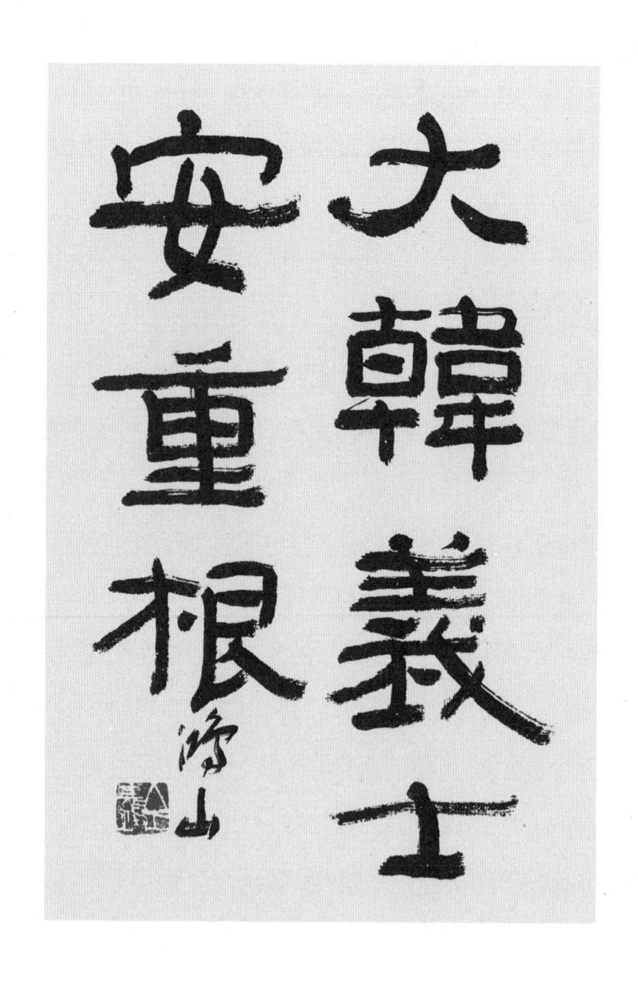

의인의 표본 형가荊軻

위료尉繚는 연나라와 조나라의 연맹을 파기시키고 연나라의 몇몇 성을 함락했다. 연나라 태자 단丹은 진나라에 볼모로 잡혀 있다가 진나라 왕이 다른 나라들을 합병하려는 야심으로 연나라 땅을 침범하는 것을 보고는 탈출하여 고국으로 돌아온 다음에 진나라 왕을 암살할 자객을 물색했다. 그러다가 능력이 출중하고 용감무쌍한 자객 하나를 찾았는데, 그가 바로 형가荊軻이다.

태자 단은 형가를 상빈으로 모시고 자신의 수레와 말을 내주었으며, 자신의 비단옷을 입히고 식사도 함께 했다. 기원전 230년, 진나라는 한나라를 정복했다. 그리고 2년 후에 진나라 대장 왕전王翦이 군대를 거느리고 조나라 도성인 한단을 함락하였고, 승세를 이어서 연나라로 진군했다. 조급해진 연나라 태자 단은 형가를 찾아가 진나라 왕을 죽일 계책을 상의했다. 그러자 형가는 이렇게 말했다.

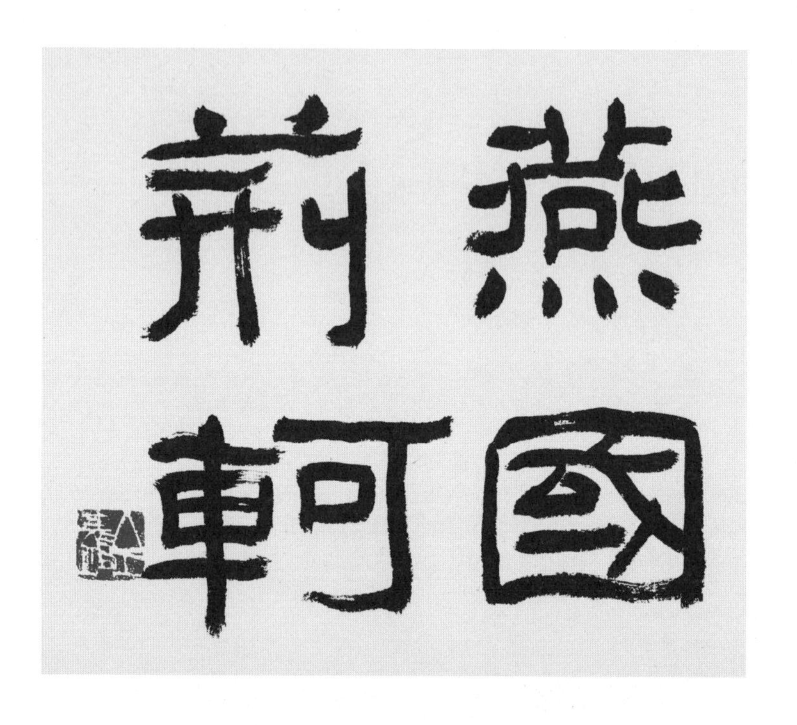

“진나라 왕에게 접근하려면 우리가 진심으로 화의를 청하려 한다는 것을 믿게 해야 합니다. 그렇지 않고서는 접근조차 할 수 없으니 만사가 불가능해집니다. 듣자 하니, 진나라 왕은 우리나라의 독항督亢(하북성 탁현 일대)을 일찍부터 탐내고 있다고 합니다. 그리고 우리나라로 망명한 진나라 장수 번우기樊于期가 있지 않습니까. 진나라 왕은 그를 잡기 위해 현상금을 내걸고 있습니다. 제가 번우기의 머리와 독항의 지도를 가지고 가면 진나라 왕은 반드시 저를 만나줄 것입니다. 그러면 제가 손을 쓸 수 있습니다.”

“독항의 지도는 어려울 것 없지만 번우기 장군의 머리를 갖고 가다니? 번우기 장군은 진나라에서 박해를 받고 연나라로 망명한 사람인데, 어떻게 그를 죽인단 말이오? 나는 그렇게 못하겠소."
라고 하였다. 태자 단의 확고함을 본 형가는 번우기를 찾아갔다.

"이 형가는 진나라 왕을 죽이러 갈 결단을 내렸습니다. 그런데 진나라 왕을 만나는 것이 문제입니다. 지금 진나라에서는 상금을 내걸고 장군을 잡으려고 하니, 장군의 머리를 저에게 내주신다면 진나라 왕을 만날 수 있을 것입니다. 그러면 그 기회에 손을 써서 진나라 왕을 죽이겠습니다."
라고 하였다. 그 말을 들은 번우기는 두말하지 않고 보검을 뽑아 자기 목을 베었다. 형가가 떠나는 날, 태자 단은 예리한 비수 하나를 주었다. 독을 발라서 살짝만 스쳐도 그 자리에서 즉사하는 그런 비수였다. 그리고 13세 밖에 안 된 어린 용사 진무양秦舞陽을 딸려서 보냈다.

진나라 왕 영정은 연나라 사신 형가가 번우기의 머리와 독항의 지도를 갖고 왔다는 말을 듣고 대단히 기뻐하며 즉시 함양궁으로 불러들였다. 궁에 들어간 형가는 진무양에게서 지도를 넘겨받은 다음에 번우기의 머리가 든 함을 들고 왕 앞으로 다가갔다. 영정은 먼저 함을 열어보고 번우기의 머리임을 확인한 다음에 지도를 바치게 했다. 형가는 두루마리로 된 지도를 천천히 펼쳤다. 그러자 그 속에 감춰두었던 독을 바른 비수가 드러났다. 그것을 본 진나라 왕은 놀라서 소리를 질렀다. 형가는 급히 비수를 들고 달려들었다. 한 손으로는 왕의 소매를 잡고, 한 손으로는 가슴을 향해 비수를 찔렀다

진나라 왕은 죽을힘을 다해 소매를 빼내고는 몸을 피했다. 형가는 비수를 들고 바로 쫓아갔다. 도망칠 수 없게 된 왕은 형가를 피해 궁정 안의 구리 기둥을 빙빙 돌았다. 형가는 필사적으로 뒤를 쫓았다. 둘은 한동안 구리 기둥 주변을 돌았다. 이때 어의御醫가 손에 들고 있던 약 자루를 형가에게 집어던졌다. 형가가 이를 피하는 순간 진나라 왕은 보검을 꺼내어 그의 왼쪽 다리를 내리쳤다. 그러자 궁정 무사들이 우르르 달려들어서 형가를 난도질했다. 층계 아래에 서 있던 진무양도 진나라 무사들의 칼에 숨을 거두었다.(출처: 한국민족문화 대백과)

위의 안중근 의사와 중국 전국시대 말의 형가는 자신이 속해있는 나라를 구해 그의 속박으로부터 국가와 백성을 구하려고 자신의 몸을 초개와 같이 버린 대의大義의 표본이다.

그러나 평화의 시대에는 이러한 의인이 나올 수가 없다. 그렇지만 우리가 살아가면서 국가와 이웃을 위해 열심히 사는 의인들이 많으니, 필자는 이런 의인 몇 사람을 본 수필집에 초대하려고 한다.

6·25에 참전하고 선조의 문집을 자비로 출간한 박대환 옹

앞에는 지리산의 웅장함이 한 눈에 들어오고 뒤에는 덕유산이 그 위용을 자랑하는 이곳은 경상도 함양이다, 예부터 "동안동 서함양"이라고 하여 동쪽에 있는 안동과, 서쪽에 있는 함양은 경상도에서 가장 인물이 많이 나오는 곳이라고 한다.

일제 식민지 시대인 1930년에 나(박대환)는 이곳 함양에서 태어났다.

이곳 함양은 신라의 초대왕인 박혁거세의 51세손인 휘諱 명부明榑공이 문과에 급제하여 관직이 가선대부嘉善大夫(종2품)에 올랐으니, 이분이 나의 13대조인데, 말년에는 이곳 화림계곡의 종담鍾潭에 '종담서당' 을 짓고 후진양성에 힘을 썼으며, 바로 그 위에 '농월정' 이라는 정자를 짓고 시를 읊으며 소요하였다고 한다.

'농월정' 은 함양에서 가장 수려한 화림계곡에 날아갈 듯이 세워진 정자인데, 그 아래를 내려다보면, 드넓은 너럭바위 위로 시냇물이 흐른다. 너럭바위의 모습은 마치 용이 용트림하는 모습과 같고, 그 위로는 맑은 물이 솟아있는 바위 사이를 돌아가면서 흐르다가 마침내 하나의 용소龍沼를 이른다.

이 용소는 선녀가 달밤에 하늘에서 내려와서 목욕을 하고 하늘로 올라갔다는 전설이 있는 곳으로, 마치 '나무꾼과 선녀' 의 전설을 연상하게 하는 매우 아름다운 곳이다.

이렇게 아름다운 곳에 공의 후손들이 지금까지 살아왔는데, 일제시대 백부와 숙부, 그리고 종손인 4촌 형님의 방탕한 생활로 인하여 집안의 가산을 모두 탕진하여 초근목피로 연명하였다. 내가 5살, 또는 6살인 1935년 경 종부인 4촌 형수가 북당골 조부 산소를 이장하려고 묘지를 여니, 곧바로 천둥이 치고 땅속에서 하얀 김이 나와서 두려운 마음에 이내 묘지를 덮었다고 한다. 그런데 조상님이 노했는지 나의 두 가형家兄이 갑자기 사망했으며, 그 일로 인하여 어머니는 돌아가실 때까지 종부와 일체 말을 하지 않고 살았다.

어머니는 졸지에 두 아들을 잃었으니 그 슬픔이 오죽할까 싶다. 그리하여 할 수 없이 우리 집은 고종 4촌이 사는 거창으로 이사 간 후 아버지는 1946년 5월 12일, 어머니는 6월 28일에 운명했으며, 나는 당시 나이 15살로 고아가 되었고, 부산으로 가서 좌천동 염남염색공장에 취직하여 다니면서 경남 중상종합학교 야간 중등과정 일반반을 다니다가 6·25전쟁이 발발하면서 군대에 소집되어서 수도사단 기갑연대에 입대하였다.

낙동강 유역까지 밀리던 국군은 인천상륙작전을 계기로 전세가 역전되어서 북진을 하게 되었다. 나는 송요찬 장군 휘하에서 압록강까지 북진하여 압록강 물을 길어서 밥을 해 먹으면서 곧 통일이 되리라 생각하였다. 그러나 중공군의 개입으로 전세는 또다시 역전되어 후퇴할 수밖에 없었다. 그러나 우리는 모두 전열을 가다듬어 곧 다시 압록강을 빼앗고, 다시 압록강 물에 밥을 해 먹으리라 믿었으나, 그 후로는 다시 가 보지 못하였다.

그 후 지금의 휴전선 가까이 후퇴한 후 휴전이 될 때까지 남쪽과 북쪽 간에 처절한 고지전이 전개되었다. 서로 땅 한 뼘이라도 더 차지하려고 무수한 희생자를 내었고 고지의 주인이 수시로 바뀌면서 전쟁은 지루한 소모전이 전개되었다.

1953년 7월 27일 휴전이 되었으나 휴전 직전인 17일 당시 연대장 육건수 대령은 전시 지역을 순찰하고 부대에 돌아올 때에 적군의 포탄을 맞아 운전병과 같이 전사하였고, 그의 지휘를 받아 싸우던 우리들 1중대 소속 장병들은 지휘관이 없이 싸울 수밖에 없는 처지였는데, 불행히도 내가 소속된 중대는 중대장도 없었으니 정말로 오합지졸에 불과한데, 상부에서는 낮 12시까지 어제 철수한 고지를 다시 점령하라는 명령이 떨어져서 전열을 정비하여 고지를 탈환하려고 공격 중에 갑자기 적의 총탄이 나의 혁대를 뚫고 배꼽 아래에 박혔고 또한 왼손에도 맞았으므로 즉시 후송을 당하였다.

만약 이 전투에서 후송이 되지 않았다면 나는 아마도 이 세상 사람이 아니었을 것이다. 그리하여 제7육군 병원에서 치료하여, 1953년 10월 20일경 퇴원하여 대구 제2보충대에서 시험을 치고 군사정보부대로 전입하여 1개월간 교육을 받고 거제포로수용소에서 포로 교환으로 돌아온 포로 출신 국군을 심문하는 일을 하였다.

11월에 임무를 마치고 9기 대구 군사정보학교에 입학하여 1년간 교육을 받은 뒤에 5군단에 창설된 군사정보대에 근무하다가 6개월간 전투정보교육을 받은 뒤 원대 복귀하여 6군단 정보대 창설에 관여하였다. 이어 1957년 전후방 군사교류의 일환으로 수도사단 26연대 9중대 3소대장을 하였다. 당시는 장교가 충분하지 않아서 일반 상사가 소대장을 하였다. 2년 후 155미리 포병부대 정보과로 전출되었다.

나는 군대에서 실시하는 각종 교육 프로그램은 모두 참석하여 교육을 받았다. 군대의 교육은 대개가 전투에 필요한 교육이지만, 그러나 강사에 따라 인문학을 강의하는 강사도 있었으므로 사회에서 배우지 못한 교육을 군대에서 강의를 받아 많은 소양을 습득할 수가 있었다.

나는 항상 이렇게 생각한다. 사회에서 받을 수 없던 교육을 군대에 들어와서 받았으니, 그 교육으로 인해서 세상을 볼 수가 있었고, 또한 앞날을 예측할 수 있는 인지의 능력이 발달했었다고 자부한다. 이렇기에 나는 항상 국가에 감사하며 살아간다. 1967년 4월 22일에 제대를 하였으니, 꼭 17년 동안 군대 생활을 한 것이었고, 나의 말년 군대의 직함은 육군 상사이다.

사회인이 되어서는 처음으로 친구의 권유를 받고 신촌에서 비닐

가게를 열었다. 그리고 이어서 용산에서 비닐공장을 시작하였다. 당시 시대 상황을 말한다면, 비닐이 처음으로 시중에 나올 때였으므로 폭발적인 수요로 인하여 결국 제품을 만들어서 시중에 납품하기가 무섭게 팔려나가는 사업이 되었으니, 결국 이 사업으로 인하여 나는 많은 돈을 벌게 되었다.

나는 용산에서 비닐공장을 운영하면서 민주공화당 마포 용산 지구당 부위원장과 민주정의당 운영위원장을 12년간 역임하면서, 이때에 용산의 21개 노인정에 친구와 둘이 사비를 출연出捐하여 연탄을 사서 무료로 제공하기 시작하였는데, 이런 생활을 무려 10년 가까이하였고, 이렇게 생활하다 보니 용산구청 자문위원, 용산 경찰서 자문위원 등을 역임하였으며, 매년 12월 25일 크리스마스 날이 오면 소 한 마리를 잡아서 경찰서와 구청에 제공하여 커다란 잔치를 열어주기도 하였다.

2016년 어느 날, 나의 친한 벗 신춘식 옹이 사비 1억 원을 쾌척하고 조상의 문집 '저암만고樗庵漫稿'를 번역하여 출판했노라 하면서 번역한 책을 가지고 와서 증정하였다. 나는 이때에 깨달음이 많았으니,

"나도 조상의 문집을 번역하고 출판하여 조상을 현창하는 사업을 해야겠다."

고 생각하고, 신춘식 옹의 족제族弟인 신씨를 소개받았으니, 이를 통하여 조상의 문집 4권을 번역하여 출판하였다. 물론 경비는 순수

한 나의 사비로 지출하였다.

이렇게 조상의 일을 하고 나니, 수천만 원의 많은 돈은 들었지만 기분은 날아갈 듯이 상쾌하였다. 아마도 어려서 함양에서 살 때에 생활이 넉넉하지 않아서 공부도 제대로 하지 못하였고, 또한 배고픔을 달래기 위해서 군대에 들어간 나를 생각하니, 오늘 나의 조상을 위한 행위는 너무도 나를 즐겁고 행복하게 만들었다.

2013~2017년 5개년 사업으로 진행된 가축유전자원센터가 함양군 서상면 덕유산 자락으로 이전사업을 실시하게 되었으니, 하필 이곳은 나의 조상의 묘가 있는 종산이다. 그리하여 우리 종친회에서는 반대 입장을 표명하고 국가를 상대로 법정에서 다투었지만 패소하였고, 이에 조상의 묘지를 함양군 서상면 ○○리에 있는 종산에 분묘공원을 만들었으니, 많은 종전宗錢이 이곳에 투입되었고, 부족한 사업비를 충당하기 위해서 나는 5,000만 원을 종전에 보태라고 쾌히 희사하였다.

이 사업은 조상의 분묘를 이장하는 사업이므로, 나의 인생에서 가장 중요한 사업이라 생각한다. 왜냐면 나도 이제 내년이면 90살이 되므로, 앞으로 이런 조상을 추모하고 현창하는 사업을 얼마나 할 수가 있겠는가!

그리고 이 분묘 이전사업은 조상의 유해를 편안하게 모셔야 하는 일이므로, 가장 많은 정성을 들여서 하는 사업이다. 서울에 살면서 함양을 오가기를 우리 집 대문 드나들 듯이 하면서 분묘공원을 조성하였으니, 이제 우리 집안의 사람이면 누구나 죽으면 이곳 분묘공원에 들이갈 수가 있게 되었다.

사가史家는 말한다. 박대환 옹은 함양에서 덕유산 정기를 받고 태어나 가난으로 인하여 비록 정규교육은 받지 못했지만, 군대에 입대하여 6·25 사변을 만나 자유국가인 대한민국을 지키기 위하여 목숨을 바쳐 싸웠으며, 사회에 나와서는 열심히 일하여 많은 부富를 축적하였고, 또한 공화당과 민정당의 용산 마포지구당 부위원장으로 용산구의 궂은일을 혼자 맡아서 처리하였으며, 선조의 문집번역사업과 분묘 이전사업에 많은 사비를 희사하였다. 이런 행위는 본래 선한 마음과 의義의 행위가 결합한 것으로 장한 일을 했다고 할 수가 있다.

기행 수필

광개토대왕비를 찾아서

2016년 2월 27일 토요일 오전 7시 10분에 집에서 나왔는데, 이날 따라 택시를 잡을 수가 없어서 우왕좌왕하고 있는 중에 어떤 젊은 부인이 아기를 업고 나와서 택시를 잡으려고 하다가 오지 않으니까 택시회사에 전화를 하여 택시가 왔다. 나는 그 택시에 동승하자고 요청하니, 그 부인이 쾌히 승낙해서 늦지 않은 시간에 공항으로 가는 공항버스를 탈 수가 있었다.

1시간여 만에 공항에 도착하니, 같이 동행하는 조각가 박동수 씨가 이미 와 있었다. 중국 항공인 남방항공에 짐을 붙이고 비행기 표를 받아서 비행기를 탔다. 이 비행기는 비교적 작은 경비행기였는데, 좌석은 약간 넓은 듯했다.

무사히 심양 도선桃仙 비행장에 도착하여 중국 돈 120위안에 택시를 타고 심양시 서탑에 내렸다. 서탑은 조선족이 많이 사는 지역으로 이곳에 조선족이 운영하는 민박집이 있다는 것을 지인을 통해 알았고, 그리고 인터넷에서 확인해보니, 과연 조선족이 운영하는 민박집이 많은 것을 확인하고 이곳에 내렸는데, 민박이라는 간판은 어디에도 찾을 수가 없었다. 다행히 인터넷에 나오는 명주明珠 아파트가 뒤에 있었으므로, 그곳에 가서 수위에게 물으니, 이 사람은 중국인으로 말이 통하지 않았다. 수위가 우리가 가지고 있는 쪽지의 민박집 전화번호에 전화를 했지만 통화가 되지 않았다. 그러는 중에 어떤 청년이 지나가기에 한국말 할 줄 아냐고 물었더니, 할 줄 안다고 해서 그 청년의 안내로 조선족이 운영하는 '가옥 민박' 을 찾을 수가 있었다.

민박집 주인은 김원철이라는 젊은이인데, 부부가 한국에 밀항하여 들어와 돈을 벌어서 40평대의 명주 아파트를 사서 민박집을 운영한다고 하면서 중국에 사는 조선족들이 부자 나라인 한국의 도움으로 모두들 잘 산다고 하기에, 필자는 한국인으로서 흡족한 마음을 금할 수가 없었다.

오후 3시에 민박집에서 나와 심양 고궁공원故宮公園을 관람했다. 이곳은 청나라 누르하치가 중국을 통일하고 수도를 심양에 정했는데, 그때 청태조가 살던 궁궐이 바로 이곳이다. 이곳은 작은 '자금성紫禁城' 으로 불리는 곳이다. 오밀조밀하게 지은 궁전이 꽤나 넓은 자리에 자리 잡고 있었다.

조선조 인조는 청나라의 침략을 받아 '남한산성'에 3개월 동안 몽진해 있었지만, 조선팔도에 한 사람씩 있는 병마절도사가 한 사람도 인조를 구하러 오지를 못했고, 인조는 견디다 못해 송파의 삼전도에 나와 청태조에게 '삼배구고두三拜九叩頭'의 예로 항복하였고, 이때에 주전파의 영수인 김상헌과 홍익한, 윤집, 오달재 등 삼학사가 이곳에 잡혀 와서 삼학사는 이곳에서 사형이 되었고, 김상헌은 그 뒤에 사면이 되어서 조선으로 돌아갔다.

사실 조선은 당시 전쟁 준비가 전혀 되어있지 않아서 항전할 수 없는 처지였기에 팔도의 병마절도사가 한 사람도 왕을 구하러 오지 못했던 것이니, 사실 주전파의 항전은 입으로만 외친 항전에 불과했다. 이 항전으로 조선의 백성은 거의 어육魚肉이 되었고 산 자는 포로가 되어서 심양으로 잡혀가서 돈 몇 푼에 노예로 팔려나가는 신세가 되었던 것이니, 정치를 하는 사람은 정말로 국민의 안전과 행복을 위해서 불철주야 노력해도 부족한 것이다.

민박집에 돌아오는 길에 '아리랑'이라는 숯불구이 전문점에 들려서 소갈비를 구워서 저녁식사를 하였는데, 이곳은 조선족인 문용자라는 50대 초반의 부인이 운영하는 식당으로 음식이 매우 맛이 있었다. 겉절이가 나왔는데, 이는 한국의 식당에서도 이런 맛을 내기는 쉽지 않을 정도로 맛이 있는 음식이었다. 무척 맛있게 먹고 주인인 여사장에게 '마사지' 집을 물으니, 주인은 즉시 겉옷을 걸치고 나와서 '주씨네 마사지' 집까지 동행하여 와서 주인에게 인도하고 집으로 돌아가는 것을 보고 속으로 '꽤나 괜찮은 사람이다.' 고 생각했다.

이곳의 마사지 실력은 매우 성의 있게 잘했다. 생각해 보면 이곳은 이름난 관광지가 아니므로 타 관광지역의 마사지보다 더 성의껏 잘하는 것 같았다.

필자는 70을 내다보는 나이가 되니, 젊었을 때는 마사지를 받으면 몸이 날아갈 듯이 상쾌했는데, 이제는 그런 상쾌하고 시원한 맛을 느낄 수가 없었다. 이런 것이 늙은 징조가 아니겠는가! 그러나 마음만은 아직도 젊고 푸르다.

우리는 민박집 주인의 쏘나타 승용차를 2일에 1900위안(우리 돈 약 40만 원)에 빌리기로 하였으니, 2월 28일 아침에 이 차를 타고 길림성 집안을 향해 출발했다. 고속도로는 한산해서 시속 130km로 달려서 통화시를 빠져나와 집안으로 행했다. 심양에서 통화까지는 시원한 고속도로이었으나 통화에서 집안으로 가는 길은 왕복 2차선의 길이었고, 이곳은 아직 겨울이어서 아침저녁으로는 영하 20도를 기록하였으며 산천은 온통 하얀 눈뿐이었는데, 우리가 가는 길만 염화칼슘을 뿌려서 물이 질펀할 정도로 눈길이 녹고 있었다.

통화에서 집안까지의 거리는 약 100km인데 좌우에 산들이 중첩되어 있고 가는 길만 빤하게 나 있었다. 산 정상쯤에 터널이 있었는데 이 터널을 넘으니 이제는 내리막길이었다. 이렇게 내려가는 길이 무려 9km나 된다고 하였다.

드디어 집안에 도착하여 '청와각靑瓦閣' 이라는 식당에 들어가서

압록강 건너의 북한

음식을 시켰는데, 콩나물 된장국이 익지 않아서 콩나물 풋내가 나서 다시 끓여오라고 해서 먹으니, 그냥 아쉬운 대로 먹을 수가 있었다.

집안은 우산禹山의 아래에 있는 도시로, 앞에는 압록강이 흐르고 전후좌우는 모두 산으로 둘려 있으므로 정말 요새 중의 요새인 듯 보였다. 압록강 건너에는 북한인데 그곳도 모두 중첩된 산들뿐이었으니, 과연 고구려가 건국 초기에 외세를 막기에 안성맞춤인 곳이 아닌가 하고 필자는 생각했다.

우리는 식사를 한 뒤에 광개토대왕릉비를 보러 갔다. 비碑는 중국 정부에서 비각을 세워서 그 안에 잘 세워져 있었는데, 관리인이 와서 비각 안으로 들어가서 보라고 문을 열어주어서 안에 들어가서 자세하게 볼 수가 있었다.

사진으로 보던 것이나 한국에 세워진 몇 개의 비와는 약간 다른

면이 있었다. 우선 비의 상부가 사진과는 다르게 보였다. 왜 이런 현상이 나오는가! 하고 생각하니, 6자가 넘는 비를 밑에서 사진으로 찍으면 상부는 자연히 가려져서 나오지 않으므로, 상부에 있는 굴곡이 약간 다른 것 같다고 생각했다. 그리고 전면의 굴곡진 면이 독립기념관에 세워진 것과는 많은 차이가 있었다.

중국에서 이곳을 공원으로 지정하여 관리하고 있었는데, 공원의 넓이가 상상을 초월할 정도로 넓게 만들어놓은 것을 보고 과연 대국大國의 솜씨구나 하고 생각했다.

옆에 있는 태왕총太王塚을 본 뒤에 장군총을 관람하였다. 그리고 북한이 보이는 곳을 중국인에게 물어서 가보니, 앞에는 압록강이 흐르고 있었고 건너에는 북한이 보였다. 북한의 산 밑에 몇 채의 집이 보였는데, 정돈이 잘 된 듯이 보였고, 길에는 이따금 차가 지나갔다. 산은 우람하고 장대하였는데, 이런 산이 첩첩이 쌓여서 온통 산만 보일 뿐이었다. 압록강의 넓이는 넓지 않아서 젊은 사람은

광개토대왕릉비 앞에서

헤엄쳐서 건널 수 있겠다 하고 생각했다.

원래 집안에서 일박을 하기로 했는데, 이곳에서 생각하니 만약 오늘 밤에 눈이라도 내린다면 산길을 빠져나가기가 어려울 것 같아서 박 작가와 상의하여 통화로 빠져나와서 숙박하기로 정하고 해 질 녘에 급히 통화로 빠져나오니, 해가 질 무렵에 눈발이 휘날렸다. 운전기사가 하는 말이 '눈이 내리는 것을 보니 잘 빠져나왔나 봅니다.' 고 하였다.

우리는 '여가如家' 라는 호텔에 여장을 풀고 저녁을 먹었다.

2월 29일 심양으로 오는 길이다. 처음에 고속도로로 들어오니 눈이 도로에 많이 쌓여 있어서 길이 상당히 미끄러웠는데, 얼마간 지나니 길에 눈이 없어서 안전하게 올 수가 있었다.

전에 대련에서 심양으로 갈 때에는 산이 하나도 없는 평야이었는데, 이곳 통화에서 심양까지는 온통 산속을 뚫고 가는 길이었으니, 마치 우리나라의 고속도로를 달리는 기분이었다. 그리고 이곳이 중국이라는 기분이 들지 않고 우리나라 고속도를 달리는 듯했다. 오는 길에 세계문화유산에 등재된 '영릉永陵' 을 관람했다. 이곳의 특이하게 생긴 집 안에 들어가니 네 개의 비각이 나란히 세워져 있는데, 그 안에는 누르하치의 조상들의 공덕을 기리는 커다란 신공성덕비神功聖德碑가 서 있었다. 비정은 소목昭穆의 순서에 따라 좌로부터 부父, 증조, 고조, 조부 순으로 배열되어 있었다. 묘지가 보이지 않아서 안내원에게 문의하니, 묘지는 뒷산에 있다고 했다. 우리 일행은 추운 날씨에 산에까지 올라갈 용기가 나지 않아서 그냥 밖으로 나와서 심양으로 돌아왔다.

'아리랑' 식당으로 저녁을 먹으러 가는데 누가 뭐라고 하는 소리가 들려서 쳐다보니 '평양 식당' 이라는 간판이 보이고, 그 문 앞에 젊은 여인 둘이 서서 들어오라고 호객행위를 하고 있었다. 그런데 언뜻 본 그 종업원의 모습이 얼마나 예쁘던지 며칠 동안 그 예쁜 얼굴이 뇌리에서 지워지지 않았다.

사실 요즘은 남북이 첨예하게 대립하고 있어서 북한이 운영하는 식당에 한국 사람은 잘 가지 않는다고 민박집 주인에게 말하니, 중국 사람들도 북한이 미워서 요즘은 가지 않는다고 응수했다. 사실 핵무기 실험이나 하고 미사일을 쏴서 세계를 위협하는 북한을 누가 좋아할까 하고 생각해 보았다. 그래서 북한에서 운영하는 식당은 요즘 파리를 날린다고 한다.

3월 1일 새벽 4시 30분에 일어나서 민박집 주인의 차를 타고 도선공항에 와서 남방항공을 타고 인천공항을 통하여 집으로 왔다.

이번 여행의 경비는 서해예석에서 제공해서 갔다 온 것이니, 유미순 사장님께 감사드린다.

고희古稀 기념 하노이 하롱베이 여행

2017년(정유년) 음력 5월 초3일이 필자의 고희古稀가 되는 생일이다.

오늘은 문재인 씨가 대통령에 당선되어 선관위에서 당선증을 받는 날인데, 필자는 고희 기념으로 베트남을 다녀와서 한가한 날을 선택하여 이 글을 쓴다. 남들은 대통령이 되고 국회의원이 되는데, 필자는 이런 정치인의 길을 걷지 않고 일찍이 서예가가 되려고 수십 년간 혼신의 힘을 다해서 노력하면서 침잠沈潛했지만, 현재 남아있는 것은 60여 권의 책을 번역 및 저술한 것 외에 아무것도 없는 듯하다.

올해는 광개토대왕릉비의 원형을 복원하여 충남 보령시 웅천읍에 세웠으니, 이는 지난 3년간의 작업 끝에 완성하여 세운 것이다. 필자는 비문을 쓰고 비를 제작하는데 총감독을 하였고 제막식에서는 "광개토대왕릉비원형복원비" 추진위원장을 맡아서 행사를 했다.

그리고 2년 전에는 동방서법탐원회 총회장을 맡았으니, 여초如初 김응현 선생 문하에서 공부한 서예가 350명을 2년간 이끌어서 일을 했고 이제는 그 직도 내놓고 그저 고문 번역과 저술활동에 전념하고 있다.

필자의 아들 둘과 며느리 두 명이 힘을 합쳐서 필자의 고희 기념 해외 여행비를 만들어주어서 그 돈을 가지고 모두투어에 부탁해서 패키지여행으로 아내와 같이 떠나기로 했으니, 그날이 2017년 5월 4일이다.

오후 6시 15분에 인천발 대한항공을 타고 하노이 노바이공항에 도착하니, 밤 11시 35분이었다. 그러나 서울과 하노이는 시차가 꼭 2시간이므로 이곳의 시간은 오후 9시 35분이다. 가이드와 미팅을 하였으니, 이름은 최건희 부장이다. 호텔에 도착하여 여장을 풀고 샤워를 한 뒤에 잤다.

5월 5일. 오전 5시에 기상하여 샤워를 한 뒤에 밖에 나가서 산책을 했다. 주위를 돌아보니 이곳은 우리나라의 60년대의 말末과 같았으니, 주위는 지저분하고 칙칙하다.

베트남 주재 한국대사관에서 문자가 왔으니, 동남아시아에서 "지카바이러스"가 발생했으니 특별히 모기에 조심하라고 한다.

아침을 먹고 버스를 타고 오늘의 여행을 시작했다. 가는 중에 강

같은 내가 있기에 "무슨 강이냐!"고 물으니, 가이드가 하는 말이 "모릅니다."고 하면서 하는 말이 "베트남은 물의 나라입니다. 주위에 물이 담긴 호수가 너무 많아서 그 호수의 이름을 일일이 알 수가 없습니다."고 하였다. 조금 더 가니 "링담"이라는 저수지가 있는데, 이리저리 뻗은 물줄기가 제법 커다란 강인가! 의심할 정도로 크고 장대했다.

도중에 베트남의 도로공사에서 운영하는 직매점에 들렀는데, "게르마늄"으로 만든 팔찌 등의 물건을 파는 곳이 있는데, 그곳에서 인체의 혈류血流 검사를 해준다기에 그 기계에 손가락을 대니, 손가락의 혈류가 빨간색으로 투영되어 화면에 보였는데, 검사하는 사람이 나의 혈류는 상당히 양호한 편이라고 했고, 아내의 혈류는 약간의 혈적이 끼어있는 것이 보였다. 그래서 깜짝 놀라서 생각하기를 "혈적이 있다는 것은 피가 맑게 흐르지 않고 끈적끈적하게 흐른다는 말이니, 이는 반드시 '사물탕'을 복용하여 맑은 피가 흐르게 해야겠다고 생각했다."

엔트에 갔다. '화호아엔'이라는 절이 산꼭대기에 있는데, 케이블카를 타고 갔다. 베트남은 원래 한문을 쓰던 곳인데, 불란서에 100년간 점령당한 이후로는 간판들이 영어의 알파벳으로 모두 쓰여 있었으므로 필자는 무슨 뜻인지를 알 수가 없었고, 그리고 절의 간판도 영어로 쓰여 있어서 마치 서양에 온듯한 느낌이 들었다.

산에서 내려와서 관광버스를 타고 하롱베이에 와서 안마를 받았다. 가격은 20달러이고 팁은 3달러를 주면 된다고 하였다. 비교적 젊은 아가씨들이 와서 안마를 하였는데, 정성껏 하는 것 같아서 만족하게 안마를 받고 호텔에 들어갔는데 이 호텔은 일류 호텔같이 아주 좋은 호텔이었다.

5월 6일. 아침에 일찍 일어나서 밖에 나가서 걸었는데, 조금 가니 바다가 있고, 그곳에 해수욕장이 있었으니, 젊은이들이 이른 아침에 해수욕을 하고 있었다. 바다로 조금 더 나가니 낚시질 하는 사람들이 있었는데, 이따금씩 고기를 낚아 올렸다.

호텔에 돌아와서 6시에 아침식사를 하고 관광버스를 타고 부두에 나가서 배를 탔다. 이곳이 그 유명한 하롱베이의 수상관광지이다. 바다의 물은 잔잔하여 마치 호수와 같았는데, 주위에 많은 산들이 우뚝우뚝 솟아 있어서 마치 중국의 '장가계' 를 보는 듯하였으나 그 규모는 작았고, 그리고 특이한 것은 이곳은 바닷물 위에 솟아있다는 것이다.

용이 산다는 '황루원' 도 가보고, 3단계로 된 동굴도 구경했다. 그러나 동굴에는 물이 없었으니 중국의 '황룡동굴' 에 비하면 너무 볼 것이 없었다.

따똠 전망대에 갔다. 따똠은 러시아의 우주인으로 세계에서 최초

하롱베이의 배 위에서

로 달에 착륙한 사람인데, 베트남의 호치민이 이 사람을 초대해서 이곳을 관광시켰는데, 따똠이 "이 섬을 나에게 달라."고 하였다. 이에 호치민이 "이 섬은 국가의 땅이므로 내가 마음대로 줄 수는 없다. 다만 그대가 이곳에 온 것을 기념하여 이곳 이름을 '따똠섬'이라 하겠다."고 하였다 한다.

12시가 되어서 배에서 '선상파티'를 열었다. 이 선상파티는 옵션으로 가격은 30달러인데, 음식이 별로 맛이 없었다. 우리나라의 15,000원짜리 음식보다 못했다. 그리고 우리의 관광비에는 점심값이 반드시 포함이 됐을 것인데, 정식인 점심이 쏙 빠지고 옵션의 음식만 나왔다. 필자는 원래 소식小食하는 사람이기에 옵션은 먹지 않고 정식만 먹겠다고 했는데, 정식의 점심이 나오지 않았으므로 여럿이 같이 옵션을 먹었다. 바다 위에서 배를 타고 술을 한 잔 걸치니 재미는 있었다.

바다의 섬들을 다 관람한 다음 육지로 나와서 '사진 촬영실' 에 갔다. 들어가면서 '늙은이가 무슨 사진을 찍어!' 하였는데, 들어가 보니 기괴한 그림을 그려놓고 사진을 찍으라고 하였다. 우리 부부는 그곳에서 안내하는 직원의 안내에 따라서 사진을 찍으니, 아주 아름답기 짝이 없는 사진을 많이 찍을 수가 있었다.

같이 관광하는 국민은행 부장이라는 사람이 '사진을 많이 찍어서 고희 기념 사진첩' 을 만들라고 하기에, 이를 염두에 두고 많은 사진을 찍었다.

그리고 '일본 살롱' 이라는 곳에 갔다. 작은 공원인데, 이곳은 마치 일본을 베트남에 옮겨놓은 것처럼 깨끗하고 아름다웠다. 그래서 이곳에서도 많은 사진을 찍었다.

바다 이쪽에서 저쪽으로 건너는 대형 케이블카를 탔는데, 이는 200여 명이 탈 수 있는 대형이었다. 멀리 바다도 보이고 사람이 사는 도회의 집들도 모두 보였지만 날씨가 맑지 않고 도시도 칙칙해서 그렇게 좋게 보이지는 않았다.

저녁이 되어서 호텔에 들어가서 잤다.

5월 7일. 하롱베이에서 관광버스를 타고 하노이로 이동(4시간)하여 하노이 광장을 관광하고 베트남을 통일한 호치민의 생가를 방문했다.

들리는 말에 의하면, 호치민은 생시에 항상 우리나라의 현자賢者인 다산 정약용 선생이 저술한 "목민심서" 를 곁에 두고 읽었다고 전

사진실에서 찍은 사진

한다. 말 그대로 호치민의 생가를 방문하여 보니, 호치민은 한 국가의 수반으로서는 생시에 너무 검소하게 살았다는 생각이 들었다. 생가에서 내려와서 "외기둥으로 지은 정자"를 보았다. 필자는 외기둥으로 지는 집은 '까치집' 등 새들이나 짓고 사는 줄 알았는데, 이곳에 와서 외기둥에 대어서 정자를 날아갈 듯이 지은 것을 보고 많은 것을 생각하게 하였다.

우리나라의 경남기업이 지었다는 '경남하노이 랜드마크타워' 인 지상 72층의 복합빌딩을 관람했다. 이는 높이 350m의 베트남의 마천루로, 연면적은 세계 최대인 60만 8946㎡로 경남기업이 시공한 베트남 최대의 콤플렉스 빌딩이다. 총 사업비 10억 5000만 달러로 베트남 단일 투자로는 최대 규모이다. 72층 복합빌딩 1개 동과 48층 주상복합 2개 동, 총 3개 동으로 이뤄졌으며 복합빌딩엔 최고급 서비스 레지던스인 칼리다스와 인터콘티넨탈 호텔, 팍슨 백화점, 롯데 시네마 등 최첨단 몰링(malling) 시스템이 고루 갖춰져 있다고 한다.

우리는 저녁 10시에 뜨는 대한항공을 타고 인천공항에 내리니 새벽 05시였다. 공항철도를 타고 의정부의 집으로 돌아왔다.

필자가 느낀 점을 말한다면, 베트남은 요즘 연年 13%의 성장을 구가하는 생동감이 넘치는 나라였다. 이곳저곳에 건설하는 공사장이 많았으며, 그리고 이곳은 상하常夏의 나라이기에 1년에 3모작의 농사를 짓는다고 한다. 그리고 땅이 평평하고 물이 많은 나라이므로, 부지런히 일만 하면 생산이 나오는 곳이니, 세계에서 쌀 생산이 제2위라고 한다.

인구는 약 1억 명이 된다고 하고, 이들은 아침에 출근할 때에는 모두 오토바이를 타고 출근을 하므로, 차를 운전하는 사람은 오토바이에 걸려서 운전하기가 매우 어렵다고 한다. 그리고 교통질서를 지키지 않기 때문에 서로 먼저 가려고 차의 머리를 먼저 밀어서 앞에 있는 차가 먼저 나간다고 하니, 교통사고가 비일비재할 것은 말하지 않아도 알 수 있다.

연 13%의 성장을 하므로, 이곳은 앞으로 투자를 하기에 매우 매력이 있는 나라이다. 그리고 이곳은 외국인도 아파트 등 집을 살 수가 있고, 본인 명의로 등기가 가능하다고 하니 투자처로는 제격인 나라인 듯하다.

고희古稀 여행

2017년 음력 5월 초3일이 나의 70번째 생일이니, 즉 칠순이고 고희古稀이다.

당나라 때의 시성詩聖 두보杜甫는 '인생칠십고래희人生七十古來稀(사람이 칠십까지 살기는 예부터 드문 일이다.)' 라고 노래하여, 칠순을 엄청 많이 살았다고 보았었는데, 요즘은 100살 먹은 사람이 많으니, 70살은 비교적 젊은 나이로 봐야 한다.

필자는 환갑잔치를 하지 않았기에, '칠순잔치는 어떻게 하나?' 하고 걱정을 했는데, 결국 잔치는 하지 않기로 했다. 왜냐면 잔치를 하면 친지와 친구들을 초청해야 하는데, 초청장을 낸다는 것이 사실 부담스럽고, 그리고 내가 초청을 하면 나도 또 그쪽의 행사에 가줘야 하기 때문에 이 또한 번거로운 일이다.

큰아들 부부와 작은아들 부부 모두 공무원인데, 이들 아들 부부가 외국여행을 다녀오라고 여행비를 대주어서 지난 2017년 5월 달에 우리 부부가 베트남의 하롱베이를 다녀왔고, 이번에는 한국에서 우리 부부와 두 명의 아들 부부와 손자 손녀까지 합하여 9명이 모이기로 하였다.

장소는 충남 보령으로 잡았으니, 이는 필자가 직접 글씨를 써서 세운 광개토대왕릉비가 보령에 있기 때문에 이를 관람할 겸해서 이곳으로 아들들이 정한 듯하다.

2017년 6월 19일(토)에 우리 부부는 세종시로 가는 버스를 타고 세종시에 가서 작은 아들의 차를 타고 대천해수욕장에 있는 머드린 호텔의 1층에 있는 횟집으로 가서 회로 점심을 먹었는데, 이곳은 스키다시가 잘 나오는 곳으로 어린 손자와 손녀들의 식성을 고려해서 맛있게 잘 먹을 곳을 골라서 잡은 것이었다. 그런데 이곳은 가격이 장난이 아니게 비싼 곳인데, 큰아들의 주장에 따라 이곳에서 먹게 된 것이다.

보령시 웅천읍 수부리 저수지 위에 있는 광개토대왕릉비를 관광하였다. 너무나 크고 광대한 비를 보고 모두들 깜짝 놀란 표정들이었다. 이곳에서 많은 사진을 찍고 무창포해수욕장에 가서 낙조를 구경하고, 저녁은 만둣집에서 간단히 먹은 뒤에 위스토피아라는 콘도에 가서 잠을 잤다. 이 콘도는 부여 쪽으로 넘어가는 성주 터널의 아래 산 중턱에 있는데, 이곳에서는 보령시가 한눈에 보이는 곳으로 경치가 대단히 좋은 곳이다.

그리고 이곳은 골프장이 있는 곳으로 정말 많은 사람들이 와서 묵는 콘도였다. 그 넓은 주차장에 차들이 꽉 차서 빈 곳이라고는 한 곳도 없을 정도였으니, 골프를 치지 못하는 필자로서는 상상할 수 없는 광경을 구경한 것 같다. 사실 요즘은 모든 사람들이 골프를 즐겨 친다. 그러나 필자는 서예를 수련하고 글을 쓰기 위해서 수십 년간 정진을 했기 때문에 골프 같은 스포츠에 곁눈질을 할 기간적 여유가 없었던 것이 사실이다.

손녀 하은이와 손자 준상이가 싱싱카를 가지고 와서 콘도의 복도에서 타는 것을 보니 손자 손녀가 귀엽기도 하고 장하기도 하였다. 특히 5살인 손자가 한 발을 싱싱카에 올리고 타는 모습이 너무나 활기차고 대담해서 잠시 필자의 어릴 적 모습을 그려보기도 하였다. 그리고 큰 아들네 손녀 채연이는 이제 3살인데, 아직 말도 못하는 여석이 항상 뽀로로 퍼즐 상자를 옆에 끼고 다니는데, 그 어려운 퍼즐을 어른보다도 더 잘 맞춘다. 필자는 요즘 손자 손녀들을 보면 그렇게 좋을 수가 없다. 그리고 손주들 생각이 나면 자연히 웃음이 나오니, 자식을 키울 때보다 더욱 손주들이 사랑스럽고 좋은 것 같다.

아침에는 위층에 있는 식당에서 간단히 식사를 하고 레일바이크를 타러 갔다. 사실 필자는 이곳에 레일바이크의 시설이 있는지조차 몰랐는데, 어린 손자와 손녀들이 함께 여행을 하므로 아희들을 위해서 이 레일바이크를 타기로 한 것이다. 필자 역시 생전에 처음 타보는 것이므로 어떤 것인가? 하고 생각했는데, 이는 이미 폐광이 된 곳의 레일을 이용하여 이 시설을 만들어놓은 시설로, 숲속으로 지나가며 시원한 바람을 맞는 재미도 쏠쏠하였다. 그리고 발로 페달을 밟으며 가야 하는데 힘들게 밟아야 하는 곳도 있고 빠르게 내달리는 곳도 있어서 어떤 곳에서는 탄성을 지르고, 어떤 곳에서는 땀을 뻘뻘 흘리며 힘겹게 페달을 밟아야 한다. 매우 다채로운 체험을 한 것 같았다.

레일 옆에는 밤꽃이 한창 피어있어서 밤꽃 향기에 콧숨을 벌렁거리기도 하였고, 또한 곧게 자란 싱어대가 바람에 한들거리기도 하고 어떤 곳은 논밭에 농작물이 파랗게 한들거리는 모습도 보였다. 반환점에 이르니 모두들 더위를 식히려고 아이스크림을 사서 먹고 있어서 우리도 이를 사서 맛있게 먹고 다시 레일바이크를 타고 돌아왔다.

이어서 대천해수욕장에 있는 '머드 박물관' 에 가서 관람을 하고 머드 화장품을 산 뒤에 점심을 먹으러 '장벌집' 으로 갔다. 이곳은 저렴한 가격에 배불리 먹을 수 있는 장어 음식점인데 밑반찬도 너무 잘 나와서 다들 맛있게 먹었다. 다 먹은 뒤에 아들들이 하는 말 '다시 오고 싶은 음식점' 이라 했다.

사실 필자는 요즘 '많은 복을 받은 사람이다.' 고 생각하면서 살아간다. 아들 며느리 모두 공무원이고, 손자 1명에 손녀 2명이고, 그리고 임신한 복중에 아기가 1명 더 있으니, 손자 손녀가 모두 4명이다.

요즘의 젊은이들은 결혼을 하지 않고 나 홀로 사는 젊은이가 많다는데, 나는 4명의 손자 손녀가 있으니 무척 행복한 사람인 듯하다.

이곳에서 점심을 먹은 뒤에 우리 부부는 고속버스를 타고 집으로 돌아왔다. 생각하지 못한 칠순 여행을 너무 잘하여 아들과 며느리들에게 감사의 말을 전하고 싶다.

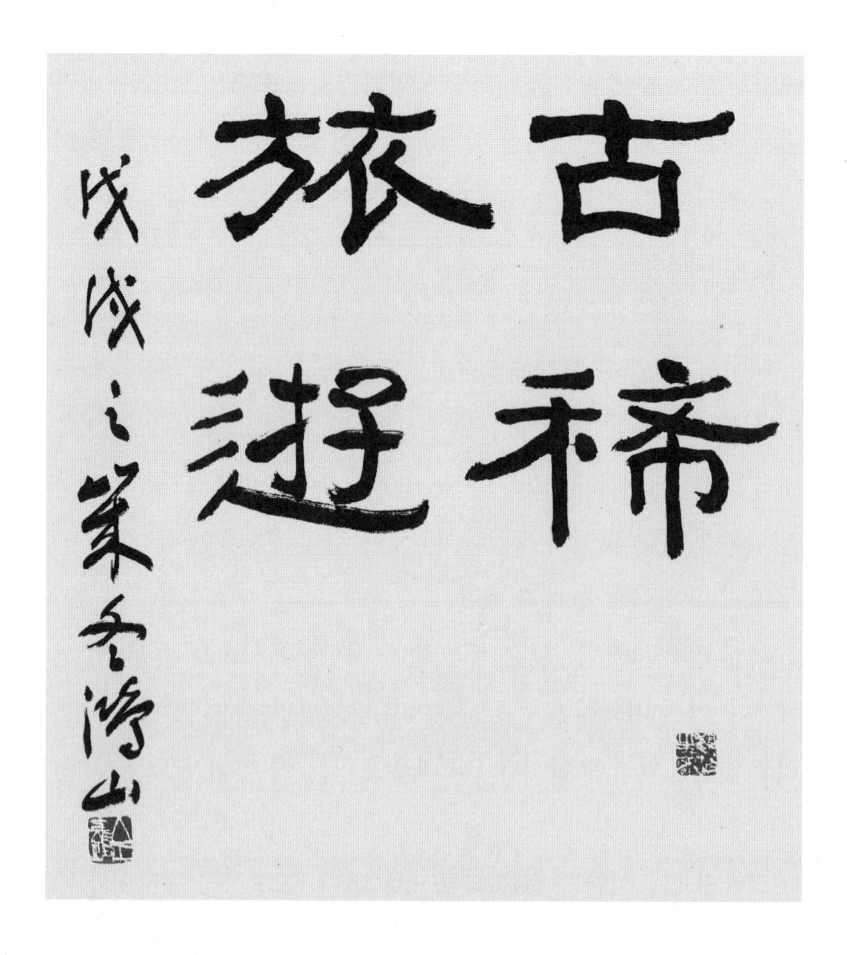

청량산 유람기

필자가 2013년에 의암宜庵 안덕문安德文 선생의 문집을 번역한 일이 있는데, 의암 선생께서는 평생 회재晦齋 이언적 선생과 퇴계退溪 이황李滉 선생과 남명南冥 조식曺植 선생을 존경하여, 세 분 선생을 사숙私淑[10]하고 사모해서 화원畵員을 시켜서 옥산서원과 도산서원, 그리고 덕산서원을 그림으로 그리게 하고, 그곳에 자서自序를 붙여서 집의 벽에 걸어놓고 평생 동안 이를 첨모瞻慕하면서 학업에 매진하고 성정性情을 닦았다고 한다.

이후에는 청량산을 유람하여 그곳의 주위에 기거하는 명유名儒들을 방문하여 삼산도서三山圖序의 후기後記를 부탁하여 많은 선비들의 명문名文을 그 뒤에 붙이었으니, 이것이 "삼산도지三山圖誌"이다.

10 사숙私淑 : 어떤 사람으로부터 직접 가르침을 받지는 않았지만, 그 사람의 행적이나 사상 따위를 마음속으로 본받아서 도나 학문을 닦음을 이르는 말.

이런 인연이 있어서 필자도 언제 한 번 청량산을 유람해야겠다고 다짐한 것이 어언 4년이 되었는데도, 차일피일 미루고 있었는데, 어느 날 저녁에 성장원成長遠이라는 사람에게서 전화가 와서 하는 말이, '선생께서 쓴 서예 책을 읽어보고 배운 것이 너무 많아서 전화로 감사의 인사를 올린다.' 고 하였으니, 필자가 어디 사느냐고 물으니, '경북 봉화' 라 하였으며, '그럼 청량산이 그곳에 있지 않으냐!' 고 하니, '그렇다' 고 대답하여, 필자가 '의암문집' 에 대한 이야기를 하면서 한 번 청량산에 유람하고 싶은데 안내를 해줄 수 있냐고 물으니 좋다고 쾌히 승낙하였으므로, 2017년 7월 16일 일요일에 등산복을 차려입고 배낭을 메고 아침 7시 50분에 집을 나섰다.

일기예보에는 장맛비가 오전까지 내리다가 오후에는 그친다고 하기에, 서울 동부터미널에 가서 봉화 춘양행 고속버스를 타고 70평생 처음으로 봉화를 향하여 출발하였다.

버스를 타고 가는데, 비가 내리기 시작하더니 조금 있으니 장대같은 비가 내리는데, 운전기사는 장대비 속에서도 신나게 달려서 옆에 달리는 차를 모두 추월하기에 '천천히 운전하시라.' 고 말하려다가 참았다. 12시 25분에 봉화에 도착하였다.

차에서 내리니, 송천松泉 성장원成長遠 선생이 맞이하였고, 그의 제자 3명이 합류하여 모두 5명이 차를 타고 점심을 먹으러 약초 한우집에 가서 갈비를 구워서 배부르게 먹고 소주도 몇 잔 걸쳤는데, 밖으로 나오니 장대같이 내리던 비는 그치고 날은 개는 듯하였다.

봉화읍에서 차로 20분 정도 안동 쪽으로 내려가니, 그곳에 청량산이 있었다. 가는 길가에는 낙동강이 흐르고 있었으니, 이곳은 낙동강의 상류라고 하였다. 마침 장대비가 내린 뒤인지라 흙탕물이 넘실넘실 흐르고 있었고, 주위는 모두 산으로 둘러있었으며 여름의 무성한 초목들의 풍성함이 마치 태평성대의 산천임을 보여주는 듯하였다.

청량산 입석에서 등산로를 따라 올라가서 금탑봉金塔峰의 아래에 있는 응진전應眞殿을 관람하고 신라 때의 유명한 서예가 김생 선생께서 기도하던 기도처를 지나는데, 마침 장마로 인하여 그곳 토굴에 폭포가 쏟아지는 것 같았다. 그 폭포를 뚫고 안으로 들어가니 굴이 있었다. 이 굴이 김생 선생이 기도하던 곳이라고 하였다.

해발 870m나 되는 청량산의 7부 능선의 골짜기에도 맑은 물이 폭포를 이루고 철철철 소리를 내며 흐르는 모습을 보니, 나의 마음도 어느덧 깨끗하게 씻기는 듯하였다.

'하늘다리' 를 향하여 오르고 또 올라 자소봉紫霄峰에 이르렀다. 이곳은 중국의 여산廬山에 오른 것과 똑같은 모습이었으니, 자소봉의 뒤편을 바라보니, 천길 골짜기에 군데군데 안개가 피어오르고 있었고, 건너편 산 능선에는 밭을 일구어서 고랭지高冷地 채소 농사를 짓고 있었으니, 이런 곳이 한둘이 아니었다. 아마도 높은 산 중턱에서 채소를 재배하여 무더운 여름에 도회지로 출하하는 것을 업으로 삼아 살아가는 사람들인 듯하였다.

7월 16일의 무더운 여름인데도 오늘은 장대비가 내린 뒤 구름이 낀 하늘인지라 시원하였고, 그리고 비가 온 날인지라 등산하는 사람들을 볼 수가 없었으니, 마치 우리들이 산 전체를 전세를 내어서 등산하는 것 같았다. 하늘다리를 향하여 가는데, 길은 멀고 산길은 험하여 70노구의 필자는 좀 힘에 부쳤다. 그러나 평소 전철을 타면서 3층 정도의 높이를 에스컬레이터를 타지 않고 걸어서 오르내리면서 단련되어서 그런지는 몰라도 젊은 사람들을 따라다닐 수는 있었으니, 다행한 일이었다.

드디어 하늘다리에 도착하였으니, 이는 이쪽 산봉우리와 저쪽 산봉우리 사이에 인공으로 만들어 놓은 다리였으니, 이 다리를 건너면서 아래를 내려다보니 정신이 아찔하였다.

사실 하늘다리라는 말을 듣고 필자는 중국 천문산의 자연으로 이루어진 하늘다리를 생각하였는데, 이곳은 인공人工으로 만든 다리여서 다소 실망을 하였다.

내려오면서 청량사에 들렀다. 이 절은 원효대사와 의상대사가 힘을 합하여 지었다는 절이다. 유리보전琉璃寶殿이 중앙에 있고 26개의 절집이 지어져 있다고 하며, 유리보전 앞에서 주위를 살펴보니, 국량은 비록 적으나 하나의 연화蓮花의 형상을 그리고 있었다. 여름의 풍성한 산들이 주위에 가득 차 있으니, 그냥 보기만 하여도 만족하여 행복한 그런 느낌이었다.

밑으로 조금 내려오니 청량정사淸凉精舍가 있었으니, 이 집은 퇴계 선생의 숙부인 이우李禹 선생께서 지으시고 퇴계와 형 이해가 공부하던 집이라고 한다. 안동의 퇴계종택에서 버스로 10분 정도의 거리가 된다고 한다.

청량산에는 누가 판자에 명구를 써서 이따금씩 매달아 놓았는데, 등산객들이 잠시 서서 이를 읽고 가면 상당한 마음의 양식이 될 듯도 하였

으나, 퇴계의 절구시絶句詩를 번역하여 걸어놓은 현판은 번역에 오류가 있는 듯하여 마음에 들지 않았고, 이는 반드시 다시 번역하여 달아야 하지 않을까 하고 생각한다.

필자도 칠언율시 한수를 읊었으니,

奉化淸凉雲雨垂 봉화 청량산에 운우雲雨 꼈는데
乘車吾等洛邊馳 우리들 차 타고 낙동강변을 달리네.
仙人文獻聰明水 선인仙人 문헌文獻[11]공의 총명수가 있는데
神筆金生屈內思 신필神筆인 김생공이 토굴 안에서 기도했네.
兄弟精工精舍靜 퇴계 형제는 정사에서 열심히 공부했는데
雙峰連結天橋路 쌍봉을 연결한 하늘다리 있다네.
四圍巒嶽皆靑茂 사방의 산은 모두 푸르고 무성한데
西掛虹霓擧畵詩 서쪽에 무지개 걸리니 모두 시이고 그림이라네.

오후 6시 20분에 하산하여 시내에 있는 두부 음식을 잘하는 집에

11 문헌文獻 : 최치원의 시호임.

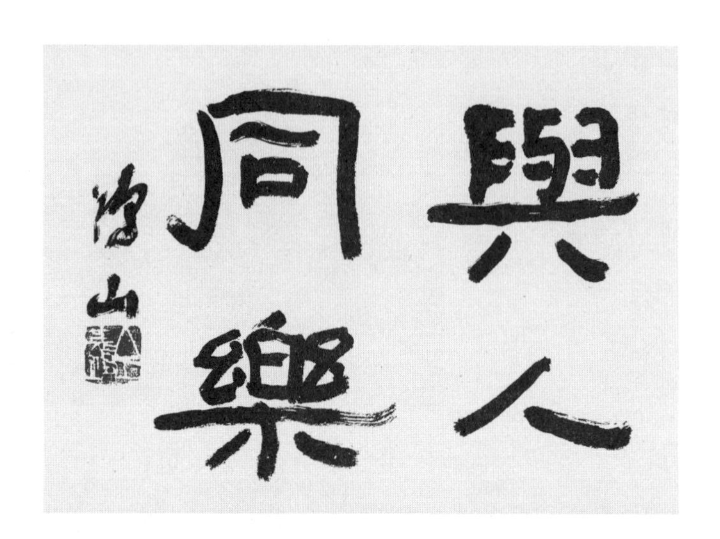

서 저녁을 먹고 봉화문화원에 있는 서실에 들려서 서예에 대하여 환담을 한 뒤에 작품 두 점을 썼으니, 하나는 '與人同樂' 이고, 하나는 '切磋琢磨' 이다. 먹물이 탁하여 붓이 잘 풀리지 않았고 음양을 잘 표현하지 못한 것 같았다. 끝내고 나서 영주에 가서 서울행을 탈 수는 있었지만, 동서울터미널에서 늦은 밤에 의정부에 있는 집에 들어가기가 어려울 것 같아서 일행 중 한 명인 황삼식 씨 집에 가서 잤다. 마침 안주인은 딸네 집에 가서 자고 온다고 하여 주인과 같이 잘 잤다.

황삼식 씨는 도회지에서 살다가 귀농한 사람인데, 농사를 지으면서 소와 개, 닭, 염소 등을 사육하므로, 눈코 뜰 사이 없이 바쁜 사람이었다. 더구나 올해는 수박을 2,000평 정도 심었다고 하고, 또 고추도 심었다고 하니, 정말로 여유 시간이 없는 사람이었다.

17일 아침 5시에 일어나서 영주에 와서 황 씨와 해장국을 먹고 7시 50분에 청량리행 기차를 타고 돌아왔다.

민족의 영산靈山 백두산과 북간도 기행

백두산은 우리나라에서 가장 높은 산(2750m)이고, 또한 모든 국민들이 영산靈山으로 여기는 산인지라 오래전부터 한번 올라가 본다고 생각을 하였는데, 내가 중국 여행을 15차례나 했으면서도 유독 백두산은 유람하지 못하여 마음 한구석에 항상 서운한 마음이 있었는데, 금년에는 필자가 고희古稀(70세)인지라 5월에는 아내와 같이 베트남의 하롱베이를 유람하고 돌아왔고, 그리고 백두산을 등정하기 위해서 여행에 참여할 인사를 모집하였는데, 모두 10명(김영자수녀, 김영심, 김영신, 전창환 감사 부부, 이장원 관장, 홍선호 관리소장, 신경식 일본통신사유족회 사무국장, 김금자 서예가, 필자) 등이 모인지라. 하나투어에 부탁하여 3박 4일의 일정으로 백두산, 연길, 도문, 용정, 목단강의 코스를 정하고 8월 19일에 출발하기로 하였다.

백두산 천지

우리들이 무더운 여름에 여행을 하는 것은, 백두산은 고산高山인지라 가을에도 높은 산에는 눈이 내려서 다니기가 어렵다는 소문을 듣고 일부러 무더운 8월로 잡은 것이다.

2017년 8월 19일

아침 7시 55분에 의정부를 출발하여 서울역을 거쳐서 공항까지 전철을 타고 갔다. 인천공항 3층의 하나투어 구역에 가보니, 벌써 같이 여행할 사람들이 모두 와 있어서, 곧바로 중국 남방항공에 짐을 부치고 비행기를 타는 101번 구역으로 가서 대기하였다가 2시 20분에 비행기를 타고 중국 흑룡강성 목단강 비행장으로 출발하였다.

중국 시간으로 3시 20분에 목단강 비행장에 도착하니, 날씨는 맑아서 좋았다. 목단강시는 80만 정도의 작은 도시라고 한다.

서울은 요즘 가을비가 10여 일간 계속 내려서 말 그대로 '임우霖

雨가 지리支離한데, 우리의 여행지는 쾌청한 날씨를 보이니, 이보다 더 좋은 것은 없다.

밖으로 나오니 중국 측 하나투어의 가이드가 반갑게 맞이한다. 곧바로 버스를 타고 길림성의 이도백하二道白河로 향하였다. 가는 도중에 발해국의 왕궁 터를 둘러보았는데 둘레가 17km나 되는 거대한 궁궐이라고 하였다. 우리 일행은 아직도 남아있는 성벽에 올라가서 기념촬영을 하고 홍륭사興隆寺에 도착하였다. 이 절은 발해의 유일한 유적인 석등石燈이 남아있는 절이다. 그리고 절은 중간에 화재를 입어서 청나라 때에 중수重修했다고 한다.

발해는 해동성국海東盛國이라 하여 고구려를 이은 거대한 제국이고, 태조太祖 대조영은 고구려의 유민이라고 한다. 그런데 이런 거대한 제국이 멸망한 사유는 아직까지 밝혀지지 않고 있으며, 일설에 의하면 당시 백두산에서 화산이 폭발하여 그 화산재로 인하여 발해가 멸망했다고 전하기도 하나, 이도 확실한 근거는 없다.

이 지역이 곧 만주지역이니, 산은 야산이고 들은 넓었다. 사방을 돌아보면 모두 평야만 보이는 아주 기름진 땅이었다. 이곳은 우리의 고조선과 고구려와 발해의 땅으로 우리가 이를 끝까지 지켰다면 지금쯤 우리는 이 드넓고 광활한 곳에서 살고 있을지 모른다. 참으로 안타깝고 애석한 일이 아닐 수 없다.

아래로 내려오는데 경박호라는 호수가 있었다. 이 호수는 거대한 호수로 차로 한참을 달려 내려와도 호수는 여전히 옆에 있었으니,

필자는 이 호숫가에서 낚시를 한 번 해보고 싶은 충동이 일었다. 대륙이다 보니 호수도 거대한가 보다. 사실 중국 대륙에서 '만리장성'이나 '궁궐' 같은 것을 보면, 우리의 궁궐과 비교하여 그 규모가 높고 넓고 광활하여 단번에 압도되니, 이것이 대륙의 스타일인 것이다.

길림성으로 내려오니 이정표가 모두 우리의 글인 한글로 쓰여 있어서 너무나 신기하였다. 가이드의 말에 의하면, 길림성 조선자치주(용정시, 화룡시, 도문시, 연길시, 왕청시, 훈춘시, 도나현, 안도현)에는 중국정부에서 간판을 쓸 때에 한글을 위에 쓰고 한자를 아래에 쓰라고 한 규정이 내려와서 그렇게 한글을 먼저 쓴다는 것이었다. 이곳이 즉 '북간도' 라고 가이드는 말했다. 필자는 북간도의 지역을 확실히 알지 못했는데, 이곳에 와보니 북간도의 지역을 확연히 알 수가 있었다. 그리고 서간도는 압록강 주변의 중국지역이라 하는데, 확실한 지역의 명칭은 잘 알지 못한다.

밤 10시에 이도백하二道白河에 도착하여 군안君安 호텔에 여장을 풀고 석식을 하였다. 호텔에 돌아와서 샤워를 하는데, 발목 부위와 손목 부위의 피부가 땀띠처럼 나와 있어서 나는 생각하기를 '식중독이 가볍게 왔는가!' 고 하였으나 약을 살 수도 없고, 그리고 물집이 있는 곳이 가렵지가 않아서 그냥 두기로 하고 잠을 자는데, 모기가 웽하고 달려들었다. 호텔에 모기가 있는 것은 처음 보았다. 그래서 이불을 둘러쓰고 상의를 가져다가 머리를 덮고 잤다.

아침에 일어나서 같이 잔 신경식 씨와 같이 밖으로 나왔는데, 어떤 사람이 자가용을 호텔 앞에 대면서 '안녕하세요!' 하고 인사를 하기에 조선족이려니 생각하고 있는데, 장뇌삼을 사라고 한다. 그래서 장뇌삼 두 뿌리를 샀는데, 이번에는 또 산삼을 사라고 하였다. 신경식 씨가 장모님을 드린다고 산삼 한 뿌리를 샀고, 이를 본 나도 산삼 한 뿌리를 샀으니, 요즘 아내가 몸이 약하고 통풍이 있어서 잘 때에 발바닥에서 바람이 나오고 발이 차며, 걸으면 발바닥에 통증이 온다고 하므로 이를 달여서 먹으면 좋을 듯하여 산 것이다.

이곳에는 '미인송' 이 길가에 즐비하게 서 있었으니, 쭉쭉 하늘을 향해 뻗어 오른 미인송이 보기에 아주 좋았다. 그리고 도시 전체가 아주 깨끗하게 청소가 되어 있어서 보는 사람의 마음도 깨끗해짐을 느낄 수가 있었다. 백두산 관광객을 위해 중국정부에서 특별히 관리하는 도시라고 가이드가 말해주었다.

아침을 먹고 백두산을 향하여 떠났다. 이도백하에서 백두산으로 가는 길은 한적하고 깨끗했다. 양옆에는 울창한 숲이 연이어 있었고 오직 외길인 신작로가 쭉 뻗어있었으니, 약 1시간 반 정도 달려서 북파의 산문에 도착했다.

떠나기 전에 가이드의 말에 의하면, 백두산을 관람하는 사람이 너무 많아서 입장표를 사서 입장하는데, 평균 4시간에서 5시간 정도 걸리므로 이렇게 줄을 서서 관광을 하려면 언제 올라가서 구경을 할지 모르므로 급행료를 주고 빨리 들어가는 방법이 있는데, 급행료는 1인당 50달러라고 하면서 상의하여 선택을 하라는 것이었다. 그래서 우리는 급행료를 내고 가기로 정하였다.

급행료를 내고 올라가는 길이 따로 있었으니, 우리는 그 길을 따라서 지체함이 없이 차를 타고 오르기 시작했다. 처음에는 수림이 울창하여 길만 빤히 보이는 길을 따라 차를 타고 올라가는데, 해발 1500m쯤에 오르니 나무는 없고 작은 풀들이 자라고 있었고, 그리고 그 풀들이 작은 꽃을 피우고 있는 곳이 많이 보였다.

2500m쯤에서 하차하여 백두산 정상으로 향하였다. 이른 아침인데도 많은 사람들이 벌써 천지 주위에서 관광을 하면서 연신 사진을 찍고 있었다.

앗! 백두산 정상이다!

날씨는 맑고 기온은 따뜻하다. 사람들이 서 있는 틈을 비집고 들어가서 천지를 보니 마냥 파란색뿐이다. 화산이 폭발한 분화구에 물이 가득 채워진 천지이다.

천지를 등지고 뒤를 쳐다보니, 목화솜보다 더 하얀 구름이 두둥실 떠있고 저 멀리에는 산과 하늘이 맞닿아 있는데, 멀리 산자락만 한없이 펼쳐져 보이는 이곳은 정녕 태곳적 그 정취를 아직도 간직하고 있는 것 같았다.

내려오다가 장백폭포를 관람하였다. 가까이 가서 보려고 해도 관리소 측에서 가지 못하도록 경계지점에 금을 쳐 놓았으니, 우리는 그냥 멀리서 바라볼 수밖에 없었다. 폭포 아래의 노천露川에서 온수가 치솟고 있었는데, 그 온수에 계란을 삶아서 팔고 있어서 우리는 그 계란을 사서 먹었다.

이곳 백두산은 북한이 반을 차지하고 중국이 반을 차지하고 있는데, 중국 측에서는 관광객에 개방하여 관람을 시키고 있고, 북한 측에서는 관광객에게 개방을 하지 않는다. 중국 측에서는 이곳 백두산 관광객을 위하여 차를 운전하는 운전사가 300명을 넘는다고 하니, 관리소 직원과 안내하는 가이드를 합하면 수백여 명이 이곳 백두산 관광으로 돈을 벌면서 살아간다고 보면 된다.

그러나 북한은 김 씨 왕조의 체제를 유지하기 위하여 백두산을 개방하지 못하고 있으니, 많은 손해를 앉아서 당하고 있는 것이다. 만일 우리 대한민국의 관광객이 북한으로 가서 백두산 관광을 한다면 우리들 돈도 절약될 뿐만 아니라 동족인 북한의 경제에도 많은 도움이 될 것은 빤한 일이다.

가이드가 하는 말이, '중국의 주석 등소평은 한 번에 와서 백두산 천지를 보았는데, 강택민 주석은 세 번을 왔는데도 안개로 인하여 천지를 보지 못했다.' 고 하면서, 우리들은 한 번 와서 천지를 보았으니 등소평과 같다고 하였다.

백두산은 모두 16봉이 있으니, 백두봉白頭峰 2749m, 백운봉白雲峰 2691m, 화개봉華蓋峰 2670m, 삼기봉三奇峰 2670m, 옥주봉玉柱峰 2664m, 천할봉天豁峰 2620m, 자하봉紫霞峰 2618m, 지반봉地盤峰 2603m, 용문봉龍門峰 2595m, 금병봉錦屛峰 2590m, 와호봉臥虎峰 2588m, 철벽봉鐵壁峰 2560m, 제운봉梯雲峰 2543m, 관면봉冠冕峰 2528m, 고준봉孤隼峰 2511m, 관일봉觀日峰 2670m 등이다.

아래로 내려와서 은환호恩環湖, 일명一名 소천지小天地를 관람하고 녹연담綠淵潭에 갔다. 이곳에는 두 개의 작은 쌍폭이 있고 그 밑에 있는 연못이 녹연담이었다. 이곳은 음이온이 시간별로 20,080개나 방출한다고 하여 건강에 아주 좋은 환경이라고 하였다.

우리는 백두산을 빠져나와서 용정龍井으로 가서 시인 윤동주가 다니던 용정중학교에 가서 윤동주 상像과 시비詩碑를 돌아보고 화룡시和龍市를 거쳐서 도문都們으로 들어갔다. 들어가는 도중에 큰 강이 흐르고 있었는데, 이 강의 이름은 가야강이라 하였다.

투먼시의 두만강이고 너머에 보이는 산은 북한

'눈물 젖은 두만강' 이라는 노래는 이 가야 강가에서 노역에 나간 남편의 죽음을 알고 울고 있는 한 여인을 보고 지은 노래라고 안내원이 말해주었다.

이 도문시는 북한의 가장 상부에 위치한 남양시를 마주 보고 있는 시이다. 이곳에서 점심을 냉면으로 먹었다. 이어서 두만 강가로 나오니 북한이 환히 보였다. 북한으로 가는 다리가 있는데, 가운데에 조중朝中의 경계가 그어져 있었다. 이곳을 들어가는데도 입장료를 받았으니, 중국인들은 돈 버는 데는 귀신이라고 생각했다.

강폭은 200여m쯤 되어 보였는데, 북한에는 돌아다니는 사람이 한 명도 보이지를 않았다. 멀리 5층짜리 아파트가 보였는데, 깨끗하게 보이지 않고 좀 헐어 보였다. 중국 측에서는 다리 공사를 다시 하고 있었고 북한 측에서는 조용하였다.

팔녀투강상

요즘은 북한의 핵과 미사일 발사로 인하여 유엔에서 북한을 압박하는 처지이므로, 남북한과 조중朝中 간의 사이도 그렇게 좋지 않아서 북한의 접경 지역에서는 조심하라는 영사관의 메일을 받았기 때문에 우리들은 조용히 관람만 하고 다녔다. 이곳 도문都們도 조선족 자치주이기 때문에 모든 상점이 한글 간판을 달고 있어서 마치 한국을 돌아다닌다는 착각에 빠지기도 했다.

일송정

가곡 '선구자' 에 나오는 일송정一松亭은 용정시에서 명동촌으로 가는 서남쪽 4km 정도 떨어진 비암산 8부 능선에 있었다. 비암산은 높지 않은 나지막한 산이지만 주위가 모두 평야여서인지 우뚝하게 보였다.

일송정에 오르니 동쪽으로 용정시의 서진벌이 보이고, 서쪽으로는 해란강, 평강벌이 내려다보였다. 그 넓은 평강벌의 끝자락에 화룡시가 있다. 평강벌은 발해 때에 중경이 설치되어 한때 수도가 되었던 지역이고, 지금은 서성西城이 남아서 당시 발해의 역사를 전해주는 곳이기도 하다.

일송정은 원래 정자가 아니라 한 그루 소나무였다는 설이 있다. 멀리서 보면 소나무의 모습이 정자와 같아서 일송정으로 불렀다고 한다. 실제로 1938년까지 수령 백 년이 넘는 아름드리 소나무가 있었다. 용정의 조선인들은 이 소나무를 용정을 지키는 당산나무로 여기며 신성시했고, 그리고 독립 운동가들의 정신적 지주가 되기도 했다. 이를 눈엣가시로 여긴 일본군은 이 소나무를 과녁 삼아 사격 연습을 했고, 소나무 껍질을 벗겨내 구멍을 뚫어 대못을 박는 등 못된 짓을 했다고 한다. 결국 아름드리 소나무인 일송정은 말라죽고 말았다.

그 후 일송정은 조선인에게 잊혀졌다. 그러다가 1990년, 지금의 정자를 건립하고 소나무 한 그루를 다시 심었으나, 그러나 소나무는 살아남지 못했다. 소나무가 죽으면 다시 심기를 8번, 드디어 2003년 9번째 심은 소나무가 오늘날까지 살아서 버티고 있다. 빨리 아름드리 소나무로 자라 비암산의 당산나무로 다시 태어나길 바래본다.

목단강시

목단강시 복원 호텔에서 1박한 우리들은 22일 10시에 차를 타고 출발하여 공원에 가서 '팔녀투강상八女投江像' 을 보았다. 이는 만주국 때에 왜병이 8명의 처녀를 잡으러 쫓아오므로 이 처녀들이 달아나다가 강에 투신하였는데, 왜병이 총을 난사하여 모두 죽었다고 한다. 그래서 그들을 기리는 뜻으로 '팔녀투강상八女投江像' 을 세웠다는 것이고, 이 8녀 중에 2명이 조선인이라는 것이다.

이 공원에는 나이가 지긋한 남녀 몇 사람이 태극권을 하고 있었고, 또 다른 곳에서는 음악을 틀어놓고 그 음악에 맞추어서 나이가

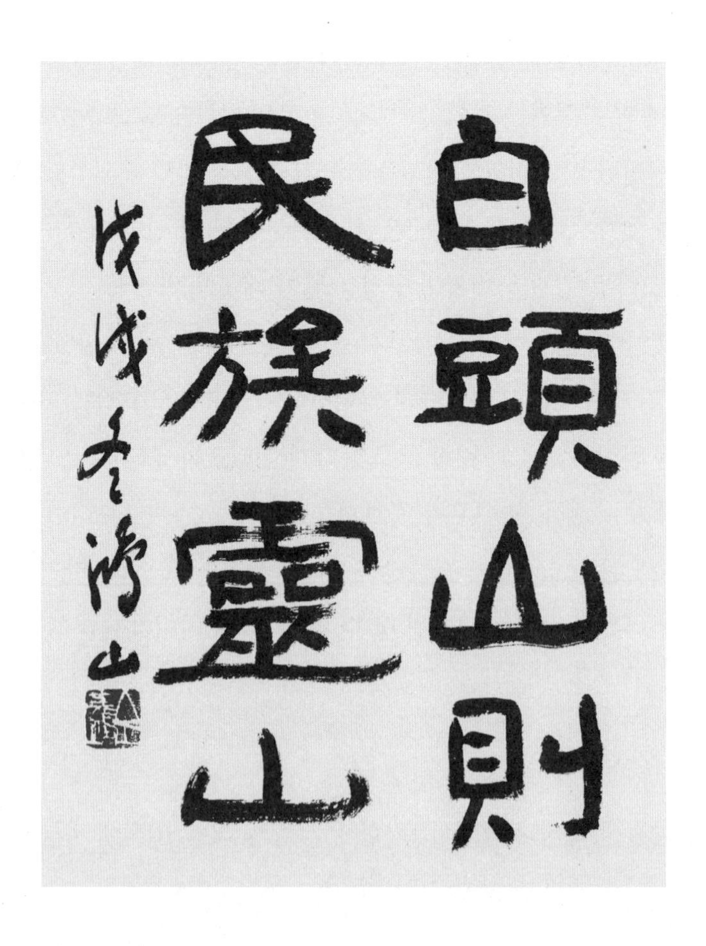

지긋한 남녀들이 춤을 추고 있었다.

우리는 혜천시惠川市로 이동하여 중한우의공원中韓友誼公園에 갔다. 이곳에는 3층으로 지은 커다란 전시관이 있었는데, 바로 일제 식민지 시대에 일제에 항거한 김좌진 장군 등 우국지사들의 활동 상황을 전시한 곳이었다. 이곳은 일제의 잔학상을 실제 눈으로 보는 듯이 잘 전시되어 있었고, 중국 측의 항일운동 상황도 볼 수가 있었다.

이곳은 김을동 의원(김좌진의 손녀)이 주축이 되어 모금하여 이곳에 전시관을 지었다고 한다. 필자의 생각에는 한국의 학생들이 이곳에 와서 이 전시관을 관람해야겠다고 생각하였고, 단지 하나 결점은 전시의 내용이 김좌진 장군을 너무 내세우지 않았는가 하고 생각하였다. 더구나 김좌진의 외증손인 송일국 씨의 대형 사진을 전시관에 넣어서 걸었다는 것은 잘못된 것이 아닌가 하고 생각한다.

점심을 먹고 목단강 비행장을 통하여 귀국했다.

아래에 여행하면서 읊은 한시를 기록한다.

二道白河美人松　이도백하에는 미인송美人松이 있는데
樹青氣清清潔治　나무 푸르고 날씨 맑으며 청결하기 그지없네.
乘車男女多情談　승차한 남녀는 다정하게 환담하는데
汽車受光急速移　버스는 햇빛 받으며 급히 이동한다네.
青天白雲安穩氣　푸른 하늘과 흰 구름 안온한 기온인데
十六奇峰眞絶奇　열여섯 봉우리가 참으로 기이하네.

七往一覽天池面 일곱 번 가서 한 번 보는 것이 천지인데
一登一覽神心怡 한 번 올라가 단번에 보니 마음이 편안하네.
長白瀑布飛龍瀑 장백폭포는 용이 나는 폭포인데
山上淸水卽天池 산위의 푸른 물은 천지라네.
靑山戰地霧雲甚 청산리 전투한 지역 안개가 심한데
抗日英雄其何誰 항일한 영웅은 그 누구인가!
和龍龍井抗日村 화룡시와 용정시는 항일한 마을인데
佐鎭鐵驥愛國垂 김좌진, 이범석의 애국한 마음 드리웠다네.
都們南陽朝中市 도문과 남양은 조중朝中의 도시인데
頭滿江收廣幅丕 두만강은 광폭廣幅이 크다네.
牧丹江水添白雨 목단강 물에 소낙비 더하는데
萬里旅情此日離 만리 여행자는 이날 떠난다네.
韓中友誼千年史 한중 우의는 천년의 역사인데
惠川展館其訓窺 혜천의 전시관에서 그 교훈 엿본다네.

함양 농월정弄月亭, 거연정居然亭, 수승대搜勝臺를 다녀와서

2018년 5월 31일

필자는 오늘 밀양 박씨 지족헌知足軒공 자손 집의 묘지공원 비문을 찬술 해달라는 부탁을 받고 묘지가 있는 함양에 다녀오기로 하였다.

비문을 청탁한 박대환 옹이 오전 6시에 용산에서 출발하자고 해서 필자는 의정부에서 오전 4시 40분에 기상하여 급히 회룡역으로 가서 5시 16분에 인천으로 가는 전철을 타고 남영역에 떨어지니, 6시 10분쯤이었다.

일행 5인이 그랜저 승용차를 타고 용산을 출발하여 860리쯤 되는 함양의 서상면에 도착하니, 9시 30분이었다. 중간에 기흥휴게소에서 아침을 먹고 갔으니, 조식 시간 30분을 빼면 딱 3시간 만에 860리를 달려서 함양에 도착한 것이다.

필자는 전에 함양의 어느 고등학교 선생님이 부탁한 정자에 붙어 있는 기문記文 몇 편을 번역하여 준 일이 있다. 이때에 그 선생과의 대화에서 함양이라는 곳이 대둔산의 자락에 있으므로 경치가 매우 수려하다는 것을 잘 알고 있었기에, 이번 여행이 비문을 쓰는 일 이외에 경관이 수려한 함양을 관광한다는 생각으로 따라왔다고 해도 좋을 것이다.

일단 공원 묘원을 조성한 길지를 가서 보았다. 이곳은 대둔산의 자락이고 지리산이 동남쪽으로 보이는 곳인데, 좌청룡과 우백호가 매우 잘 감싼 명당임에 틀림없고 묘원 앞 농지에는 무성한 벼들이 한들거리고 있어서 마치 노적이 이곳으로 안겨 들어오는 것 같았다.

박 회장께서 하는 말씀이,

"내가 시키는 대로 하지 않아서 불만이 많다. 앞으로 묘지의 계단도 낮추고, 그리고 계단에 꽃을 심어서 외부에서 보아도 아름다운 묘원으로 만들겠다. 인부들이 내가 하라는 대로 하지 않아서 미치겠다."

고 하였으니, 필자의 눈에 비취는 것은 묘원의 아랫부분의 좌우에 있는 경계를 허물어서 옆에 있는 자연적인 산과 한데 어울리게 했으면 하는 아쉬움은 있지만, 박 회장께는 말하지 않았으니, 이는 박 회장이 돈은 돈대로 들였는데 좋지 않다는 말을 들으면 언짢게 생각할 것 같아서이다.

농월정弄月亭

강원도 감사를 지낸 지족당知足堂 박명부朴明榑 공은 박대환 회장의 조상인데, 공이 말년에 고향인 안의에 낙향하여 종담서당鍾潭書堂을 짓고 이곳에서 후학을 가르치고, 여가가 생기면 소요逍遙하던 곳이 농월정弄月亭이다.

이곳 서당의 뒤로 200m쯤 걸어가면 그 유명한 화림花林계곡이 멋지게 펼쳐지는데, 농월정의 앞에는 너럭바위가 그 넓은 공간에 활짝 펼쳐져 있고 그 바위 사이사이로 파란 물이 굽이굽이 흘러서 맨 아래에는 용소龍沼를 만들고 있었다.

이곳에서 필자가 느낀 것은 넓게 펼쳐진 너럭바위는 필자 70평생에 처음 보는 너럭바위이다. 그리고 굽이쳐 흐르는 물이 마치 용이 굽이치는 것처럼 보였다. 그리고 그 아래에 있는 용소龍沼가 더욱 필자의 마음을 끌었다.

농월정弄月亭은 수년 전에 불이 나서 완전히 다 타버렸다고 한다. 그 뒤에 함양군에서 다시 옛적 그대로 지었다고 하니, 아무래도 새로 지은 정자이기에 고풍스런 맛은 적었다. 이곳이 바로 농월정 유원지로 여름에는 피서인파로 숙소 잡기가 어렵다고 한다.

거연정居然亭

거연정居然亭(경남 유형문화재 제433호)은 조선 중기 화림재 전시서全時敍가 이곳에 은거하여 지내면서 억새로 지은 정자이다. 그의 7대손인 전재학 등이 1872년 재건한 것으로, 거연居然은 주자의 시정사잡영精舍雜詠 12수 중에 '거연아천석居然我泉石' 에서 딴 것으로 물과 돌이 어울린 자연에 편안하게 사는 사람이 된다는 뜻이다.

농월정 전경

거연정은 정면 3칸, 측면 2칸 규모의 중층 누각의 건물인데, 주변의 기묘한 모양의 화강암 반석이 흐르는 계곡물 등과 조화를 이루니, 화림계곡을 대표할 만한 명승지이다. 임헌회任憲晦(1811-1876)는 "영남의 명승 중에서 안의삼동安義三洞이 가장 빼어나고, 그중에서도 화림동花林洞이 최고이고, 화림동의 명승 중에서 거연정居然亭이 단연 으뜸"이라고 거연정 기문에 적고 있다.

수승대搜勝臺

이곳은 경상남도 거창군 위천면 황산리 황산마을 앞 구연동이다. 삼국시대에는 신라와 백제의 국경지대였고, 조선 때는 안의현에 속해 있다가 일제 때 행정구역 개편으로 거창군에 편입되어 오늘에 이른다고 한다. 수승대는 삼국시대 백제와 신라가 대립할 무렵 백제에서 신라로 가는 사신을 전별하던 곳으로, 처음에는 '돌아오지 못할 것을 근심한다.' 고 해서 근심 수愁, 보낼 송送자를 써서 '수송대愁送臺' 라 하였다. 그 후 조선 중종 때 요수樂水 신권愼權 선생이 은거하면서 구연서당龜淵書堂을 이곳에 건립하고 제자들을 양성하였고,

대臺의 모양이 거북과 같다 하여 암구대岩龜臺라 하고 경내를 구연동龜淵洞이라 하였다.

지금 수승대搜勝臺라는 이름은 1543년에 퇴계退溪 이황李滉 선생이 안의현 삼동을 유람하러 왔다가 마리면 영승리에 머무르던 중에 그 내력을 듣고 돌아가면서 이름이 아름답지 못함을 생각하고 음이 같은 수승대搜勝臺로 고칠 것을 권하는 사율시四律詩를 보내니, 요수 신권 선생이 대臺의 평평한 면을 찾아서 이 시를 각자刻字하였다고 한다. 이후로 이곳이 수승대搜勝臺라는 이름을 갖게 되었다고 한다.

搜勝名新換	수승搜勝이란 이름으로 새로 바꾸었으니
逢春景益佳	봄 맞은 경치 더욱 아름답다네.
遠林花欲動	먼 숲에는 꽃들이 움직이려 하는데
陰壑雪猶埋	그늘진 골에는 아직 눈이 보인다네.
未寓搜尋眼	우거하며 눈으로 탐색하지 못하니
唯增想像懷	단지 상상하는 회포 더하기만 하다네.
他年一尊酒	다른 해에 한 잔 술 마시면서
巨筆寫雲崖	큰 붓으로 운애雲崖에 쓰리라.

이곳 수승대搜勝臺 경내에는 구연서원龜淵書院이 있으니, 1694년(숙종 20)에 지방 유림이 신권愼權의 학문과 덕행을 추모하기 위하여, 신권이 제자를 가르치던 구주서당龜州書堂 자리에 서원을 창건하여 위패를 모셨다.

그 뒤 성팽년成彭年과 1808년에 신수이愼守彝를 추가로 배향하고, 그리고 선현 배향과 지방 교육의 일익을 담당하였다. 대원군의

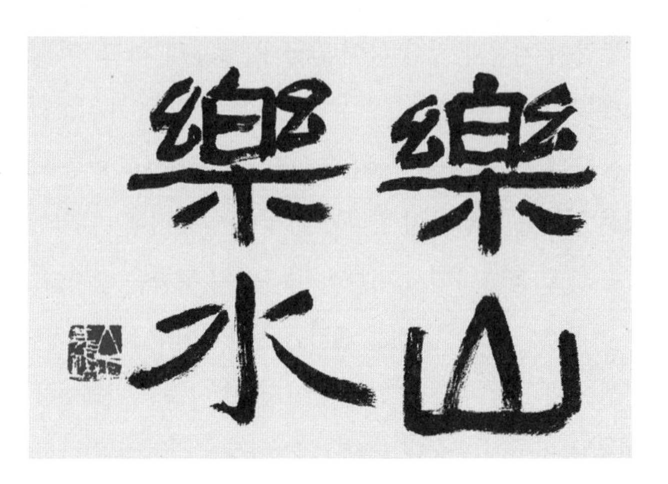

서원철폐령으로 1868년(고종 5)에 훼철되어 아직 복원되지 않고 있으며, 서원 터에 사적비와 신권을 위한 산고수장비山高水長碑만 남아 있다.

서원의 입구에 관수루觀水樓가 있으니, 이 문루는 구연서원 건립 후 반세기 가량 지난 1740년(영조 16)에 문인 화가로 유명한 조영석趙榮祏이 안음 현감을 역임할 때 지었다고 한다. 지금은 경상남도 유형문화재 제422호로 지정되었으며, 현재 거창 신씨 요수종중에서 관리해오고 있다.

경내에는 사우祠宇 · 내삼문內三門 · 전사청典祠廳 · 요수정樂水亭 · 함양재涵養齋 · 정려旌閭 · 산고수장비山高水長碑와 유적비遺蹟碑 암구대岩龜臺 등이 있다.

우리 일행은 상경하는 고속도로가 막힐 것을 염려하여 급히 귀경길에 올랐다. 송탄을 지나면서 길이 조금 막혔지만 비교적 수월하게 올라왔으니, 용산에 도착한 시간이 오후 5시가 조금 넘은 시간이었다.

MBC 고창군 공동 주관
제62기 귀농 귀촌 강좌

고희古稀의 나이에 들어선 필자가 MBC와 고창군에서 주관하는 귀농 귀촌 강좌를 신청하고 8월 28일부터 교육을 받기 시작했다.

강좌는 1주일에 월요일과 수요일 오후 7시부터 10시까지 잠실에 있는 MBC 빌딩에서 진행을 한다. 첨언하면, 5주 동안 10번의 강좌를 듣고 9월 23일과 24일 이틀간 전북 고창군에 가서 실제로 귀농자들의 성공사례를 견학하는 것으로 강좌를 마감하고 수료증을 받는다.

필자는 나이가 많아서 농사를 지으러 귀농하지는 못하고, 그냥 귀촌하여 여가를 즐기며 글을 쓰고 작품 활동을 하려고 해서 이 강좌를 신청한 것이니, 아무래도 지방의 농촌 부근으로 이사를 하면 텃밭을 가꾸어 채소를 심고 과수를 몇 그루 심어서 농촌의 정취를 만끽하며 살았으면 하는 바람이다.

강좌를 들어보니 강사마다 특색과 특정 과목이 있어서 귀농하는 사람들에게는 매우 유익한 교육이 될 것 같다. 그래서 이 지면에 유익한 농사정보와 먹을거리 정보를 적어보려고 한다.

◇ 울주군 금강송면의 김상업 강사의 말씀

지금으로부터 20년 전에 서울에서 다니던 외국인 회사를 그만두고 고향으로 내려가서 유기농 농사를 짓기 시작했다. 처음에는 고향의 지인들의 냉대와 조소가 이만저만이 아니었단다.

대한민국에서 가장 오지의 면이 울주군 금강송면인데, 이곳에는 쭉쭉 뻗은 금강송이 많다고 하여 금강송면이라고 했다고 하며, 위성으로 찍은 사진을 보니 면 전체가 산으로 둘려있고, 농지는 물이 내려가는 개울가에 조금씩 붙어있는 밭과 들뿐인 곳으로, 말 그대로 완벽한 청정지역이라고 해야 좋을 듯싶다.

김 강사가 짓는 주작물은 고추인데, 고추의 종류만 해도 25가지 이상이 된다고 하였다. 농작물의 사진을 보니 재배한 고추의 크기가 사람의 키보다도 더 컸으며, 붉은 고추의 수확을 여섯 번 이상 한다고 하였고, 다섯 번째 수확한 고추를 보여주는데 필자가 주말농장에서 제일 처음에 수확한 첫물보다 더욱 크고 좋아보였다.

어떤 고추는 매운 정도가 청양고추의 200배도 넘는 고추가 있는가 하면, 어떤 고추는 당뇨환자를 치료하는 고추도 생산한다고 하니, 이는 농사에 제약회사가 결합한 농사가 아닌가 한다.

그리고 김 강사는 농약과 비료를 한 번도 써보지 않고 오직 식물과 약초 등을 사용하여 병충해를 제거한다고 하니, 진정 사람에게 유익한 식물을 생산하는 양심적인 사람이구나 하고 생각했다.

그리고 김 강사가 사는 지역은 산골인지라 뱀이 많아서 집 주위에서 독사를 보는 일이 많으므로, 독사를 퇴치하는 방법을 주위의 여러 사람에게 문의해본 결과 어떤 사람이 '백반을 집 주위에 뿌리면 뱀이 오지 않는다.' 고 하여 백반을 뿌렸으나 뱀은 여전히 나타났고, 다음은 '오징어를 집 주위에 뿌려봐라.' 고 하므로, 오징어를 잘게 썰어서 집 주위에 뿌리니, 과연 뱀이 나타나지 않았는데, 그러나 집 주위에 고양이들이 그 오징어를 먹으러 몰려와서 홍역을 치렀다고 한다. 다음은 누가 '채송화를 심으면 뱀이 오지 않는다.' 고 하여 채송화를 집 주위에 심으니, 과연 뱀이 나타나지 않았다고 한다. 그래서 뱀의 천적은 채송화라는 것을 알았다고 하였다.

이렇게 김 강사는 농사를 지으면서 농약이나 독약을 쓰지 않고 집 주위에 있는 독초 같은 것을 이용하여 진딧물이나 나방 등 병충해를 제거했다고 한다.

◇ 상희 복분자 사장 안문규 강사

안 강사는 고창에서 복분자를 재배하다가 이를 가공하여 국내에 판매하고 외국에 수출하는 소기업 사장이다. 안 강사의 말에 의하면, 복분자 식초를 싱가포르에 수출하여 1년 총액이 42만 불을 판매했다고 하고, 그리고 TV 프로인 천기누설에 소개되어서 많은 인기를 얻고 제품 판매에도 많은 도움이 되었다고 한다.

식초는 홍초가 유명하고, 가격도 1병에 5,000원으로 싸다고 한다. 그러나 안 강사가 만든 복분자 식초는 1병에 15,000원으로 비교적 비싸다고 하며, 그렇다면 둘 다 식초인데, 어떻게 하나는 5,000원이고, 하나는 15,000원을 받을 수 있는가! 그 구분은 홍초는 주정酒精 발효이고, 상희 복분자 식초는 복분자 원액을 자연적으로 발효시킨 자연 식초라고 한다. 그래서 가격도 비싸고 제품도 더욱 고급이라고 하며, 이렇게 비싼 가격으로 판매를 하기 때문에 많은 이익을 창출한다고 설명을 하였다.

이 안 강사의 말에 의하면, '귀농을 하는 사람은 반드시 그 지역의 사람들과 잘 어울려서 살아야 한다.' 고 하면서, 그 지역의 농민들과 잘 어울리려면 반드시 내가 먼저 베풀어야 한다고 하였다.

필자의 고향마을에도 귀농과 귀촌한 사람이 약 15가구 정도 되는데, 들리는 말에 의하면 '귀농한 사람들은 자기들끼리 왕래를 하면서 지내므로 원주민은 누가 동네에 와서 사는지 이름조차 모른다.' 고 하였다.

이렇게 귀농인들이 지역주민과 따로 놀게 되는 경우, 안 강사의 말에 의하면, '국가나 군청에서 농민에게 혜택을 줄 때에 지역주민의 협조가 부족해서 받을 혜택도 받지 못하는 경우가 많다.' 고 하면서, 반드시 무슨 수를 써서라도 지역주민과 화합하여 잘 지내야 한다고 역설했다.

지금까지 귀농 귀촌이 많이 이루어지고 있는데, 이들 중에 귀농인의 성공률은 3%에 불과하다고 한다. 이 3%에 들어가려면 많은 노력을 기울여야 한다고 안 강사는 누누이 역설했다.

◇ 현장체험

9월 23일 토요일과 24일 일요일은 고창군에 내려가서 귀농해서 성공한 사람들의 체험담을 보고, 듣기로 예정되어 있다.

23일 5시 45분에 의정부 집에서 출발하여 회룡역에서 6시 4분에 인천행 전철을 탔고, 도봉산역에서 7호선으로 갈아타고 건대입구역에서 2호선 순환열차를 갈아타고 종합운동장역에서 내리니 7시가 조금 넘어가고 있었다. 이곳에서 고창으로 가는 버스는 8시에 떠난다고 하는데, 시간이 많이 남아있었다.

2번 출구 앞에서 어떤 아저씨가 토스트를 구워서 팔고 있기에, 나는 예전에 신설동에서 중, 고등 검정고시를 준비하면서 고시학원 주변에서 토스트를 사 먹으며 공부할 때가 회상이 되어서 토스트 하나를 주문하여 먹고 있으니, MBC에서 준비한 버스가 와서 올라타고 전북 고창을 향하여 출발하였다.

2시간 반 정도의 시간이면 도착한다는 버스는 4시간을 조금 넘겨서 고창군청에 도착하였다. 우리의 일정에는 군청에서 군수가 맞이한다고 하였으나 바쁜 관계로 농업기술센터 소장인 송진희씨 가 우리를 맞이하였다. 간단한 행사를 마친 다음 '모양성 식당' 에서 점심을 먹고 이어서 버들 농원에 도착하니, 면장을 끝으로 정년퇴임한 유○○가 자신이 지은 정자로 우리를 인도하여 복분자로 만든 주스를 한 잔씩 주어서 먹고 유면장의 농장 체험담을 들었다.

유 면장의 주된 내용은, 계획을 세워서 서서히 차근차근 실행에 옮기라는 것이고, 그리고 자신은 집 주위에 여러 가지 유실수를 심어서 봄부터 가을까지 그 과실을 따먹고 사니 건강에 좋다고 하였으며, 또한 토굴을 파고 그 안에 음식을 저장하니 상당히 좋다고 하였다. 또한 매일 좋은 공기를 마시면서 자신이 가꾼 채소와 과실을 먹고 사니 활력이 난다고 하였다.

귀농하면 농지면적이 300평 이상이 되어야 농민의 자격을 얻는다고 하였고, 집을 지을 때는 반드시 허가를 받아서 지어야 한다고 하였다. 유 면장이 지은 컨테이너 집에 들어가 봤는데, 바람도 잘 통하고 전망이 좋아서 이런 집에서 살아도 괜찮겠다고 생각했다.

다음은 박용규 씨가 운영하는 고구마밭에 갔다. 붉은 황토밭의 고구마밭이었다. 올해는 6,000평에 고구마를 심었는데, 1,000만 원 정도 적자가 예상된다고 하면서 귀농이 쉽지 않음을 말해주었다. 얼마나 일을 많이 했는지 손의 마디가 아파서 고생을 한다고 하였으니, 귀농인의 현실을 보는 것 같아서 마음이 짠하였다.

박용규 씨의 말에 의하면, 고창에서 고구마 한 품종만 20만 평을 하는 사람이 있다고 하면서 20만 평의 농사를 지으려면 1년에 영농비만 해도 수억 원이 들어간다고 하였다. 고구마를 어떻게 캐느냐고 물으니, 기계로 캔다고 하였고 일단 고구마를 캐면 세척하는 곳으로 보내어 세척을 한 다음 단번에 판매를 하므로 자금의 회전은 빠르다고 하였다. 나는 황토에서 생산되는 고구마의 맛을 알아보려고 고구마 몇 개만 캐 가도 되냐고 하였더니, 주인 왈,

'벌써 우리들 MBC 고창반이 고구마 캐기를 체험하기 위해서 호미와 장갑과 담을 수 있는 비닐봉지를 준비하였으니 얼마든지 캐서 가져가라.'

고 하기에, 고구마를 캐어서 한 봉지 담아왔다. 이제 황토에서 재배한 고구마와 필자가 사질에서 재배한 고구마의 맛을 비교해보려고 한다.

◇ **공가공방**孔家工房

공가공방의 대표는 공성일인데, 이 사람은 중국에서 가구를 제작하여 국내에 들어와서 팔던 사람인데, 갑자기 이 일이 싫어져서 국내로 들어와서 고창에 공방工房을 차린 지 딱 3년이 되었다고 하였고, 수입은 1년에 7,000만 원~9,000만 원 정도 된다고 하였다. 이 공孔사장은 자신과 군민 간의 화합을 위해서 고창군을 돌면서 무상으로 가구를 고쳐주는 일을 하니, 주위 사람들이 매우 좋아한다고 하였다.

공 사장이 귀농 귀촌자에게 하고 싶은 말은,

'집을 지을 땅을 살 때에는 반드시 그곳에 길이 있어도 과연 그 길이 토지 원부에 길로 빠진 길인가. 아니면 개인의 소유로 명기되어있는가를 확인하고 땅을 사야 한다.'

고 하였고,

'만약 개인의 명의로 되어있는 길로 통하는 땅을 사면 나중에 그 땅의 주인이 자신의 땅임을 주장하면서 길을 막아버리면 집에 들어갈 수가 없다.'

는 것이었고, 실제로 고창에서 그런 사건이 있었고, 결국 그 사람은 서울로 돌아갈 수밖에 없었다고 한다. 귀농 귀촌자에게는 매우 유익한 말인듯하여 좋았다.

◇ 효심당

이곳은 된장류를 만들어서 판매하는 곳으로, 자매가 이곳에 귀농하여 사업을 한다고 하였다. 구옥舊屋에 주련 글씨가 붙어있었는데, 상당히 수준이 있는 글씨 같아서 누구 글씨냐고 물으니, 자매 중에 언니 남편의 글씨라고 하였다.

집의 뒤에는 청룡산이 있고 그 밑에는 저수지가 있었으며, 그 아래에 집이 있으니, 만약 저수지의 둑이 터진다면 불과 몇 분 안에 가옥이 물에 휩쓸릴 수밖에 없는 곳이었으니, 상당히 좋지 않은 곳에 터를 잡지 않았나 하고 생각한다.

효심당 집 주위에 꾸지뽕나무가 있는데, 열매가 빨갛게 익어 있었으니 상당히 아름답게 보였다. 주인 왈,

'가서 몇 알씩 따서 먹으세요.'

하기에 몇 개 따서 먹었다. 그리고 특이한 것은 열매를 따니 하얀 뜨물 같은 물이 방울져 나왔다. 민들레를 뜯으면 이 뜨물이 나오고, 고구마에서도 이 뜨물이 나오는데, '이렇게 뜨물 같은 하얀 물이 나오는 식물이 사람에게 좋다.' 라는 말은 예부터 어른들이 하시던 말씀인지라, 필자는 이러한 유의 식물을 상당히 좋아한다.

◇ 발효 미소

발효 미소는 된장을 토굴에서 발효하여 판매하는 회사이고 사장은 김상관 대표인데, 귀농 9년차이고 5,000평의 농지 위에 집을 짓고 주위에 과실나무를 심었고, 한쪽 끝에는 닭을 치고 있었다.

김 대표의 말씀, '예부터 장독은 집의 뒤에 있었는데, 주위에 나무를 심으므로 그 나뭇잎으로 인해 햇볕을 많이 받는 장독은 없었으므로, 그에 착안하여 토굴을 40여 평 만들고 그 안에서 장을 발효시켜서 판매를 한다.' 는 것이었다. 그리고 지금은 장독을 대신하여 바이오 장독을 만들어서 파는데, 이 바이오 장독은 질그릇처럼 숨을 쉬는 용기이므로, 이 바이오 통에 6 ~ 7년 숙성을 한 된장을 판매한다고 하였다.

이 집에서 저녁을 먹고 잤는데, 새벽이 되니, 닭 우는 소리가 요란하여 더 잠을 잘 수가 없었다. 6시에 일어나서 밖에 나오니 김 사장이 하는 말씀이,

"프로그램에 바닷가에 가보는 시간이 없으니, 자신이 대신 아침에 자신의 차를 이용하여 바닷가에 갈 사람은 지금 나오시오."

라고 하였다. 그래서 우리들은 김 사장의 차를 타고 5분 정도 가니 구사포 해변이었다. 다리로 연결된 섬까지 가서 돌아보고 갯가에 나가니 모래로 된 갯벌이 있었고, 그리고 갯벌이 단단하여 그냥 신작로를 걷는 것과 같았다. 주인 왈 '이곳은 차가 마음대로 다닐 수 있는 갯벌로 전쟁이 나면 비행장으로 쓰일 곳' 이라고 하였다.

갈매기 등 새들이 바다 위를 오락가락하였으니, 요즘 이곳에서 망둑어 낚시를 하면 잘 잡힌다고 하였다. 바닷가 주위에는 풍력발전소를 건설하는 일꾼들이 일찍부터 나와서 열심히 일을 하고 있었다. 현 정부에서 원자력발전소 건설을 폐기한다고 하더니, 그를 대체하려고 건설하는 것 같았다.

◇ 고창읍성

고창읍성은 고창읍내 뒷산에 둘려있었으니, 성곽의 둘레는 1,684m이고 단종 때에 건립하였다고 한다. 그리고 앞의 성벽은 현대에 다시 축성한 것 같았다. 누각이 하나 있었으니, '공북로拱北樓' 이다. 이 글씨는 지나가는 과객이 썼다고 쓰여 있었으니, 해설자의 말에 의하면 이삼만 선생의 글씨라고 하였다. 해설자가 성채를 설명하면서 '여장女牆[12]은 이것이고, 치雉는 이것이다.' 고 하기에 나중에 필자가 여장女牆과 치雉를 문의하니, 자세히 설명해주었다. 그리고 해자垓字[13]를 설명하여 주었으니, 필자가 전에 의궤儀軌를 번역하면서 여장女牆, 치雉[14], 해자垓字 등의 단어들이 등장하여 하나하나 자전에서 찾아서 번역한 일이 있었는데, 오늘 과연 성채를 보면서 설명을 들으니 참으로 좋은 공부가 되었다.

점심을 먹은 뒤에 1시경에 상경 길에 올랐다. 사실 오후의 스케줄이 있었으나 일요일인지라 고속도로가 막힐 것을 염려하여 약 2시간 정도 앞당겨서 상경하니 많이 막히지는 않았다. 종합운동장에 내려서 전철을 네 번 갈아 타고 의정부에 있는 집으로 돌아왔다.

12 여장女牆 : 몸을 숨겨 적을 공격할 수 있도록 성 위에 낮게 덧쌓은 담.
13 해자垓字 : 적의 침입을 막기 위해 성 주위를 둘러서 판 못.
14 치雉 : 예전에 성벽에 기어오르는 적을 쏘기 위하여 성벽 밖으로 여기저기 내밀어 쌓아 놓았던 돌출부.

제노齊魯 한시 여행

2016년 4월 28일 동방서법탐원회 회원들이 중국 산동성 곡부 태항산 천계산 왕희지 고가 등을 유람했다.

齊魯舊地孔孟鄕 제나라 노나라 옛 땅이고 공맹孔孟의 고향인데
山東河北黃河支 산동과 하북의 황하의 지류라네.
無岳巨野大靑田 산 없는 거대한 평야 푸른 밭뿐인데
三春溫氣香蘭芝 삼춘三春의 기온에 난초 지초의 향기라네.
處處美柳受日彬 처처의 미루나무 햇빛 받아 반짝이는데
汽車乘吾奔走馳 버스는 우리들 싣고 빨리 달린다네.
太恒峽谷皆巖壁 태항산 협곡은 모두 암벽 인데
深壑有沼群瀑知 깊은 골짜기엔 연못과 많은 폭포가 있다네.
桃花谷村無桃花 도화곡 마을에는 복사꽃이 없는데

處處美景皆畵詩　처처의 아름다운 경광 모두 시화詩畵라네.
登頂鳥瞰心夢幻　등정하여 조감하니 환상적 마음인데
間間巖壁青林奇　암벽 사이의 푸른 숲이 기이하다네.
古時苗族避强軍　고시古時에 묘족이 강한 군사 피해와
壁間平地田畓治　암벽 사이 평지에서 농사지었다네.
歸路新鄕入按室　신향으로 돌아오는 길 안마실에 들어갔는데
全身按摩解疲肌　전신의 안마에 피로 풀린다네.
天界區區大岩壁　천계산 곳곳에 큰 암벽 있는데
路下溝壑有雲靄　길 아래 구렁에는 운애가 있다네.
望東望西皆絶處　동쪽과 서쪽 바라보니 모두 절경인데
東西南北擧賦詩　동서남북이 온통 시와 부賦라네.
孔府孔林孔廟處　공부와 공림 공묘가 있는 곳
夫子儒想皆光熙　공부자 생각하니 유가의 사상 모두 빛난다네.
五月勞節華夏節　오월은 중국의 노동절인데
滿場人波我老衰　마당에 인파 가득한데 나는 노쇠했다네.
此日中食中華飯　이날 중식은 중국 음식인데
龍鳳別饌解身疲　용봉龍鳳의 특별한 반찬이 피로 푼다네.
羲獻祠堂加智英　왕희지, 왕헌지 사당에 지영선사 더했는데
堂內普照師偉丕　당내의 보조국사 위대하다네.
後苑路側右軍像　후원의 길 옆에 우군右軍의 상像 있는데
少時見鵝書法思　젊을 때에 거위 보고 서법 깨달았네.
長壁各揮後人作　긴 벽에는 각기 휘두른 후인의 작품들
飛鳳鬪虎皆吾師　나는 봉황과 싸우는 호랑이 모두 나의 스승

이라네.

時晩歸路車輛滿　늦은 시간 귀로에 차량은 길에 가득한데

晩餐歡談後日期　만찬의 환담은 후일을 기약함이라네.

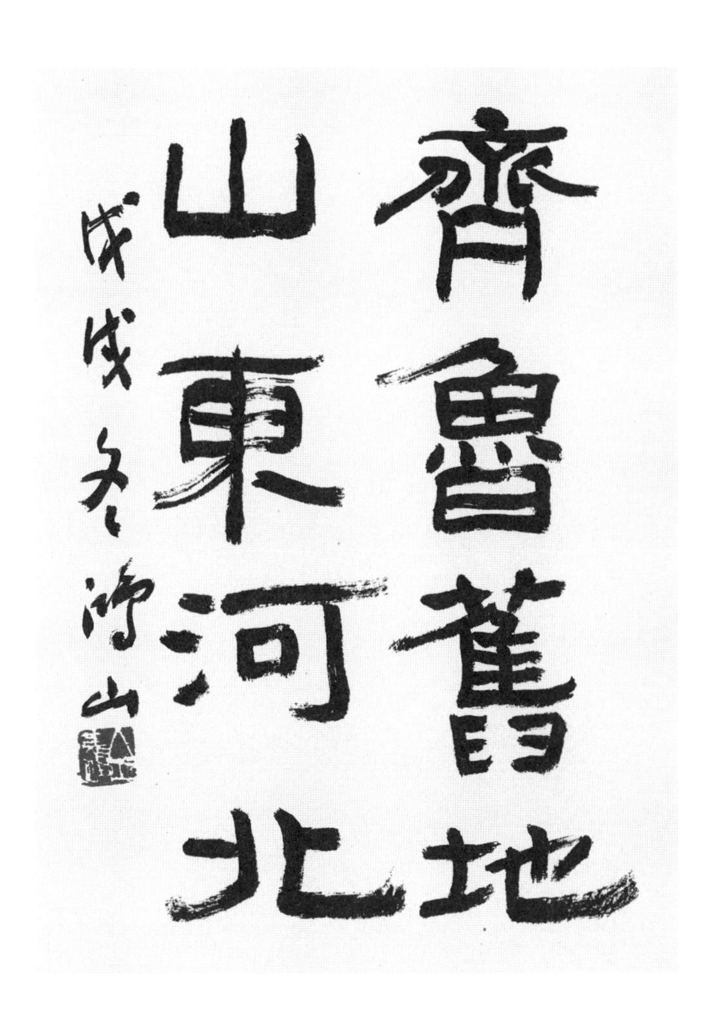

사자성어의 교훈

화불단행禍不單行(화는 홀로 다니지 않는다)

화불단행禍不單行은, 재앙은 혼자 다니지 않는다는 말이다.

필자가 어릴 적에 서당에 다니며 한문을 공부했는데, 당시 서당 훈장님이 화불단행禍不單行을 말씀하시며,

"반신불수半身不隨(풍병)에 걸려, 한쪽 손이 불인不仁(정상적으로 움직이지 않음)하면, 반드시 한쪽의 발도 불인不仁하게 된다."

고 말씀하신 기억이 지금도 생생하다.

또한 어떤 사람이 사업이 부도가 나서 어려움에 처하면 반드시 부인이 암에 걸리거나 자식이 병에 걸리는 경우가 많으니, 이런 것을 '화불단행禍不單行' 이라고 한다.

일단 이런 화가 나를 찾아왔다면, 나는 바짝 긴장을 하고 왜 이런 화가 나를 찾아왔는가를 알아내서 곧바로 처방을 내려서 대응해야 한다. 그렇지 않으면 다른 화가 곧이어 나를 찾을 것이니, 두려운 것

이다.

새옹지마 塞翁之馬(새옹의 말)

옛적 중국의 변방에 한 노옹이 살았는데, 사람들은 이 노인을 '새옹塞翁' 이라고 불렀다. 어느 날, 새옹의 말이 오랑캐 땅으로 달아나 버렸다. 마을 사람들이 이 소식을 듣고 아쉬워하며 노인에게 말했다.

"어쩜, 좋아요. 그 좋은 말이 달아나 버렸으니."

그러나 노인은 태연하게 말했다.

"이 일이 좋은 일이 될지 누가 알겠소?"

얼마 후, 노인의 말이 다시 돌아왔는데, 오랑캐의 땅에 있는 뛰어난 말을 데리고 돌아온 것이었다. 마을 사람들은 다시 노옹에게 축하의 말을 건넸다. 하지만 노인은,

"이 일이 화가 될지 누가 알겠소?"

며칠 후 노인의 아들이 오랑캐의 땅에서 온 말을 타다가 떨어져

서 다리가 부러졌다. 또 마을 사람들은 노인을 위로했는데, 노인은 여전히 태연하게 말했다.

"누가 알겠소, 이 일이 좋은 일이 될지."

1년이 흐른 어느 날 오랑캐가 쳐들어오니, 마을에 있는 장정들이 군대로 불려가서 오랑캐와 싸우다 모두 죽고 말았는데, 하지만 노인의 아들은 다리가 부러져서 군대에 나가지 않았으므로 이 전쟁에서 살았다고 하니, 이를 '새옹지마塞翁之馬' 라고 한다.

우리들이 이 세상을 살다 보면, 위의 새옹처럼 우연한 중에 부자가 되는 집도 있고, 자식들이 출세하는 집도 있다. 반대로 잘 될 것으로 생각했던 사업이 어느 날 갑자기 부도가 나고 처자가 갑자기 병마에 헤매는 집안도 있다.

이 역시 원인을 분석해보면 분명 그럴 수밖에 없는 사정이 우리가 살아가는 생활 속에 도사리고 있는 것이다. 이것이 갑자기 밖으로 터져 나왔을 뿐이다.

| 전규호 에세이 제4집 |

느리고 불편함이 보약이다

초판 인쇄 2019년 1월 17일
초판 발행 2019년 1월 22일

지은이 | 전규호
발행자 | 김동구
디자인 | 이명숙·양철민
발행처 | 명문당(1923. 10. 1 창립)
주 소 | 서울시 종로구 윤보선길 61(안국동)
우체국 010579-01-000682
전 화 | 02)733-3039, 734-4798(영), 733-4748(편)
팩 스 | 02)734-9209
Homepage | www.myungmundang.net
E-mail | mmdbook1@hanmail.net
등 록 | 1977. 11. 19. 제1~148호

ISBN 979-11-88020-86-7 (03800)
13,500원